KB130920

방풍목

이인우 장편소설

도서출판

청어

방풍목

이인우 장편소설

발 행 처 · 도서출판 청어
발 행 인 · 이영철
영   업 · 이동호
홍   보 · 천성래
기   획 · 남기환
편   집 · 방세화
디 자 인 · 이수빈 | 김영은
제작이사 · 공병한
인   쇄 · 두리터

등   록 · 1999년 5월 3일
(제321-3210000251001999000063호)

1판 1쇄 발행 · 2020년 2월 29일

주   소 · 서울특별시 서초구 남부순환로 364길 8-15 동일빌딩 2층
대표전화 · 02-586-0477
팩시밀리 · 0303-0942-0478

홈페이지 · www.chungeobook.com
E-mail · ppi20@hanmail.net
I S B N · 979-11-5860-737-1(03810)

이 도서의 국립중앙도서관 출판시도서목록(CIP)은 서지정보유통지원시스템 홈페이지
(http://seoji.nl.go.kr)와 국가자료공동목록시스템(http://www.nl.go.kr/kolisnet)에서 이용
하실 수 있습니다.(CIP제어번호: CIP2020003513)

방풍목

이인우 장편소설

　사람은 재산을 저장하는 능력이 뛰어난 동물이다. 무엇에 쓴다는 뚜렷한 목표도 없이 본능적으로 재산 모으기에 전력투구를 한다. 그러다 신체가 노쇠해지면 모은 재산이 도리어 화근이 되는 경우도 있다. 자식을 포함한 주변인들은 그 재산을 차지하기 위해 온갖 수단과 방법을 동원한다. 한평생 힘들여 모은 재산을 사회에 환원하는 사람도 있지만 대체로 자식에게 물려준다. 아들을 위주로 물려주던 재산은 딸에게도 공평하게 주라는 법이 만들어지자 부모의 재산 때문에 자식 간에 다툼이 생기기도 한다. 항간에 떠도는 말이 있다. 자식에게 재산을 반만 주면 졸려서 죽고, 다 주면 굶어 죽고, 주지 않으면 맞아 죽는다고 한다. 웃자고 하는 소리 같지만 지금의 세태를 잘 반영하고 있는 것 같아 씁쓸하다.

　매스컴이 전하는 민망한 소식을 접할 때가 있다. 자식이 부모를 살해했다는 소식이 그것이다. 직접 부모를 살해하는 것은 세간의 이목이 집중되지만 간접적인 살해는 아무도 모른 채 지나간다. 자식 때문에 죽음으로 가는 줄도 모르는 부모들이 있는가 하면 자신도 모르게 부모를 죽음으로 몰고 가는 자식도 있다.

어쩌면 우리는 태어날 때부터 부모를 죽음으로 몰아가고 있는지 모른다. 태어나면서, 자라면서, 학교에 가면서, 직장에 다니면서, 결혼을 하면서, 집을 사면서, 더 잘 살기 위해서 부모를 죽음으로 몰아가는지도 모른다.

기회주의자의 특징은 목적을 달성하기 위해서라면 누구에게나 고개를 숙여 개 노릇을 하지만 목표가 달성되면 처참하게 배신을 한다. 그런 인간은 사기꾼 근성이 숨어 있어 발톱을 숨긴 못된 짐승과 같다. 불리해지면 싹싹 빌고 유리해지면 하늘을 찌르는 거만으로 패륜도 서슴지 않는다.

우리 주변에는 불효자이며 패륜아인 불량 정치인이 권모술수로 이권에 개입하는 경우를 간혹 볼 수 있다. 사회의 악과 부조리는 황금만능주의에서 비롯되며 가족이라는 이름으로 괴롭힘만 주는 패륜 인간 역시 이 시대 가족관계의 한 단면이라고 할 수 있다.

방풍목(防風木)이 불어오는 바람을 막아 묘(墓)를 보호하듯이 조상도 후손에게 닥치는 액운을 막아준다. '방풍 소나무가 자라서 아름드리가 되면 6대에 가서 큰 인물이 태어난다. 그 인물을 중심으로 자손이 번성하고 잘 살게 되면 자가용이 산 아래 도로를 메운다.'는 풍수의 방풍목 예언을 믿는 아버지의 마음을 쓰려고 했다.

2020. 2. 추천서재에서
이인우

/ 차례 /

아들 같은 조카

아침부터 반갑지 않는 봄비가 추적추적 내린다. 신발장 귀퉁이에 처박혀 있는 장화를 꺼내 신고 우산을 찾아 들었다. 집에서 30분 거리에 있는 직장까지 질척거리는 흙길을 따라 걸었다. 사무실 입구는 먼저 출근한 사람들이 비에 젖은 우산을 세워 놓았는데 넘어져서 실내화와 뒤엉켰다. 자리에 앉자마자 오늘 할 일의 순서를 정해 보았다. 오전 근무를 하고 조퇴를 하려면 보통 때보다 서둘러야 다른 직원들에게 피해를 주지 않는다. 조퇴 신청을 하고 부지런히 서류를 정리하다보니 한두 사람이 출장이라며 또는 점심 약속이 있다며 자리를 비웠다. 조퇴 결재를 하던 과장이 손짓으로 나를 불렀다.

"집에 무슨 일 있어! 신청서에는 가사정리라고만 쓰여 있는데……"

"시골 부모님 댁에 일이 있어서요."

과장은 더 이상 자세한 사유를 묻지 않고 도장을 찍었다. 직원들은 조퇴나 연가 신청을 하면 자세한 내용을 쓰라고 조회 때마다 지적을 하지만 그냥 '가사정리'라고 관례처럼 쓴다. 아마도 사생활을 공개하기 싫어서 그렇게 쓰는 것 같다. 사실 오늘 조퇴는 시골 초등학교에 다니는 동생 아들을 시내 학교로 전학시키기 위해서다. 지난 달 조부 제사를 지내려고 부모님 댁에 갔는데 함께 사는 동생이 내가 자리에 앉기도 전에 애가 탄다는 표정으로 마른 침을 삼키며 호소를 했다.

"다른 집 아(童)들은 5학년 때 시내 학교로 전학을 시킨다고 야단인데 우리 먼동이는 6학년인데, 형이 좀 알아봐 주소!"

동생은 어려운 일만 생기면 나에게 떠맡긴다. 집안 대소사는 물론 부모님 감기약, 본인의 소화제, 심지어 농약까지 시킨다. 시내에서 봉급자 생활을 하는 나는 동생의 부탁을 언제부터 들어주기 시작했는지 기억도 나지 않는다. 동생은 아마도 부모를 모신다는 유세를 그렇게 하는 것 같다. 이번에는 아들을 시내 학교로 전학시켜서 나에게 맡길 작정을 진작부터 했다가 기회가 되니 또 울상을 짓는 것이다. 초등학교 고학년 때 시내 학교로 전학 시키는 이유는 시내 중학교에 보내기 위해서다. 나는 어쩔 수 없이 이번에도 부탁을 들어 주려고 조퇴를 신청했다.

사실 동생은 나와 같은 배에서 태어나지 않았다. 그는 작은어머니(서모 庶母)가 낳은 아들로 공부는 뒷전이고 친구들과 어울리기를 좋아하다가 중학교만 겨우 졸업하고 고등학교 진학은 포기했다. 동생의 탈선은 그의 어머니인 서모가 감기 증세로 여러 날 앓다가 40대에 죽고 나서 더욱 심해졌다. 동생은 아버지의 돈을 훔쳐서 객지를 떠돌다가 돈이 떨어지면 집에 들어오기를 반복했다. 아버지는 열일곱 살 된 아들의 마음을 잡아 주고자 이웃 동네에 사는 스무 살 된 처녀와 중매로 결혼을 시켰다. 동생은 결혼을 하자 마땅히 할 일이 없으니 아버지의 농사일을 거들며 함께 살게 되었다. 아버지는 동생 때문에 무던히 마음고생을 했다. 친척들에게 부탁하여 시내에 일자리를 구해 주어도 적응을 하지 못하고 곧장 집으로 돌아왔다. 아버지는 아들이 농사일 하는 것이 무척 싫었지만 어쩔 수 없어 함께 살게 되었다.

아버지는 3대 독자로 일찍 결혼하여 딸만 셋 낳고 아들을 낳지 못했다. 아들을 얻으려는 할머니의 성화에 못 이겨 중매로 두 번째 부인을 얻게 되었다. 첫째 부인인 우리 어머니는 키가 작은데 두 번째 부인은 키가 클 뿐 아니라 얼굴도 계란형 미인이었다. 거기다가 애교 넘치는 웃음으로 시부모의 귀염도 받았다. 우리 어머니는 얼굴도 평범한데 애교마저 없었다. 또 기다리는 아들도 낳지 못하고 딸만 낳으니 두 번째 부인이 들어와도 벙어리 냉가슴만 앓았다. 그런데 이변이 생긴 것은 그 다음이었다. 두 번째 부인이 첫딸을 낳고 2년이 지났을 때 어머니에게도 태기가 있어 낳으니 아들이었다. 아들이 귀한 집안이라 어머니를 대하는 시부모의 태도도 달라졌다. 그것은 첫째 부인의 당당함으로 굳어졌다. 어머니에게 구세주가 된 귀한 아들이 나였는데, 어머니는 말할 것도 없고 조부모는 물론 집안 어른들까지 귀여워하는 4대 독자가 된 것이다. 그런데 어머니는 한 번 아들을 낳자 연년생으로 또 아들을 낳았다. 그러나 세상은 한 사람에게만 좋은 일을 주지 않았다. 두 번째 부인이 두 번째 딸을 낳고 쫓겨날 위기에 처했을 때 무슨 조화인지 아들을 덜컹 낳았다. 그 아들이 나와 동생을 하루아침에 평범하게 만든 네 살 아래인 말썽꾸러기 이복동생이다. 그 후 연년생인 내 동생이 초등학교 2학년 때 감나무에 떨어져 죽자 배다른 형제만 남게 되었다.

버스를 타고 시골 초등학교에 갔다. 교문에 들어서니 비가 오는 데다 수업 중이라 아이들은 교실에 들어가고 운동장에는 태극기만 휘날릴 뿐 개미 한 마리도 얼씬거리지 않았다. 운동장이 질척거려서 물이 고이지 않는 흙을 찾아 밟았다. 저 멀리 태극기의 깃대 뒤 교실 창문에 작게 보이던 교무실이라는 글씨가 점점 또렷하게 보였다. 넓지 않는 운동장인데 장화를 신고 걸으니 지루했다. 현관에 들어서자 어디선가 칠판 두드리는 소리와 여선생의 높은 옥타브 목소리가 들렸다. 긴 복도가 보이는 곳에 신발장이 있었다. 내빈용 실내화를 신으려는데 학교 아저씨로 보이는 사람이 공손하게 고개를 숙이더니

"무슨 일로 왔니껴?"

"전학을 좀 시키려고 왔는데, 교무실이 어딨지요."

아저씨는 항상 있는 일인지 무표정하게 턱으로 복도 첫 교

실을 가리키더니 우산을 들고 현관 밖으로 나갔다.

시골 학교가 다 그렇지만 옛날에는 많은 아이들이 조잘거렸을 텐데 지금은 한 학년에 한 반도 채우지 못하는 형편이다. 하기야 내 동생까지 시내학교를 선호하여 아들을 전학시키려고 발버둥을 치는 형편인데 다른 사람들이야 오죽하겠는가? 거기다가 시골에 사는 젊은 사람들은 기회가 되면 일자리를 찾아 도시로 나가니 학생이 줄어드는 것은 당연한 일이다.

전학 서류는 간단했다. 우리 집으로 옮긴 어린 조카의 주민 등록초본을 내밀자 생활기록부와 건강기록부를 주며 도장을 찍으라고 했다. 시내학교와 전화 통화를 했으니 내일이라도 등교하면 된다고 했다.

나는 가까운 시내에서 살지만 바쁘다는 핑계로 부모님을 자주 뵙지 못한다. 한 달에 한 번, 두 달에 한 번, 그것도 제사나 생일 등 집안 행사가 있을 때 뵙는다. 시골에 가면 아버지는 맏아들이어서 그런지 나만 보면 족보를 비롯한 옛날 책이며 집안 대소사 문서를 내놓고 보라고 한다. 제사를 지내면 제문이나 지방을 써놓고 읽어보라고도 한다. 그럴 때마다 나는 건성으로 읽는 척 하다가 어머니와 그동안 있었던 일을 이야기하거나 큰방으로 가서 동생과 이야기를 한다.

아버지는 심각하게 내게 조상이나 집안 대소사에 대해 가르치려고 하지만 나는 별로 관심이 없다. 어떨 때는 나에 대한 불만을 동생에 빗대기도 한다.

"너 동생은 책에 관심이 없다. 지방 쓰는 법을 가르쳐 줘도 그때 뿐이고, 쓰라고 하면 못쓴다."

아버지가 동생에 대한 불만을 내게 이야기 할 때면 나는 그러지 말아야지 하며 지방 쓰는 법을 배워 보지만 '지방은 아버지가 쓰는 것인데 내가 뭐! 알 필요가 없지!'하면서 자기 합리화를 시킨다.

오늘도 아버지는

"이거 한번 읽어봐라! 아베가 썼다."

내가 자리에 앉아 숨도 고르기 전에 표지가 낡아서 표제조차 알 수 없는 옛날 책을 내밀었다. 한눈에 봐도 세필로 정교하게 쓴 글씨다. 7언 율시인데 할아버지가 직접 지은 한시인지? 남이 쓴 시를 베낀 것인지? 내 한문 실력으로는 알 수가 없다. 아버지는 내가 대학을 졸업했으니 한문도 많이 알 것이라고 생각하지만 나는 아버지의 반도 모른다. 그런데 아버지는 옥편을 뒤지다가 찾지 못하면 나에게 묻기도 한다. 내가 대답을 못하고 머뭇거리면 옥편을 다시 살펴보다가 나에게 찾아보라고 한다. 어쩌다 내가 찾으면 얼굴에 미소가 가득하다. 아버지는 책보는 것이 버릇처럼 된 듯하다. 모내기를 하느라 바빠도 점심시간이 되면 밥상이 들어오기 전에 책부터 펴놓는다. 아침이고 저녁이고 농사일과 집안일을 하지 않으면 책을 본다. 볼일을 보거나 사람을 만날 때도 가방에는 책력과 산서(풍수 책), 필기구 등을 챙긴다. 아버지는 초저녁잠이 흔하다.

보통 한잠을 자고 나면 자정이 조금 넘는데 그때부터 소리 내어 책을 읽는다. 남이야 자든 말든 그것은 내가 아주 어릴 때부터 그랬다. 그러다가 새벽닭이 울면 잠시 눈을 붙였다가 날이 새면 일어나서 소죽을 끓이거나 마당에서 빗자루를 매(만들)거나 나무를 자르거나 농기구를 정비한다. 아버지가 저녁에 책을 읽으면 어머니는 부엌에 가서 물을 떠오거나 잔심부름을 하느라 잠을 설치기도 하지만 습관이 되었는지 불평하는 소리를 듣지 못했다. 아버지가 보는 책의 종류는 다양하다. 족보에서 산서까지 어제 본 것을 또 보고 저녁에 본 것을 아침에 또 본다. 한지로 된 책이 헐어서 너덜거리면 다른 종이로 덧씌워 놓고 본다. 아버지의 책은 할아버지가 보던 것도 있고, 증조부가 보던 것도 있고, 고조부가 보던 것도 있다. 심지어 언제 만들어 졌는지 모르는 책도 있다. 과거 공부를 하던 조상의 책도 있고 음운에 관한 책도 있다. 조상들이 보다가 남긴 책을 보관하기 위하여 6·25전쟁 때는 싸리나무 상자에 담아 땅에 묻었다가 습기가 차서 못쓰게 된 책도 있다. 책들은 세월의 흔적이 고스란히 묻어서 젖었다가 말랐다가를 반복하느라 종이가 말려 올라가서 펴지지 않거나 표지를 바꾼 책도 있다. 근래에 남의 문중문집을 얻거나 새로 나온 책들 외에는 모두 먼지가 날릴 정도로 헌책이다. 아버지의 책사랑은 유별나지만 어머니의 종이 사랑도 유별나다. 어머니는 한글도 모르지만 아버지가 쓰다가 버린 아주 작은 종이라도 방청소를 하면서 버리지 않는다. 모아 두었다가 아버지에게 버려도 되는지 한 번 더 확인을 하고 버린다. 어떨 때는 아버지의 중요한 생각이 적힌 종이를 간직했다가 준 적도 있다.

아버지는 책을 펴면 엎드려서 본다. 한 번 엎드리면 책 한 권을 다 볼 때까지 자세를 바꾸지 않는다. 자다가 일어나도 식사를 마치고도 엎드려서 책을 보고 글씨도 쓴다.

동생의 아들인 어린 조카가 우리 집으로 오자 아이들이 쓰는 방에 책상도 들여 놓아야 하니 방이 너무 비좁았다. 내가 사는 한옥은 몇 년 동안 적금을 부어 모은 돈과 아버지가 나에게 물려준 논을 동생에게 팔아 보태어 샀다. 동생은 논을 사준 것과 아버지가 돈을 조금 보탠 것을 자기 돈 인양 유세를 떨었다.

"형! 형의 집 반은 아버지 것이요. 그러니 나도 권리가 있소!"

취중에 한 동생의 헛소리에 나는 아무런 말도 하지 못한다. 옆에 있던 아버지는 헛기침만 했다.

동생은 나보다 6년이나 먼저 결혼을 해서 딸을 낳고 아들을 낳았다. 그러므로 우리 아이들보다 동생의 아들인 먼동이가 5살이나 많다. 내 맏아들은 초등학교 1학년이고 둘째는 유치원에 다닌다. 갑자기 아들이 한 사람 불어나게 된 아내는 볼이 튀어 나올 만도 한데 겉으로 아무런 표현도 하지 않고 당연한 듯 조카를 아들처럼 거두었다. 우리 아이들과 똑같이 밥 먹이고 빨래를 해주고 용돈까지 주었다. 조카는 학교에 내는 돈

뿐 아니라 저금할 돈까지 큰어머니(백모)에게 타내었다. 학교
에 가기 전 가방을 매고 부엌 앞에 서서 당당하게 외친다.

"큰엄마 돈!"

"얼마면 되는데?"

아내는 설거지 하던 손을 앞치마에 닦으며 큰방으로 들어
가 지갑에 돈을 꺼내어 먼동이 손에 쥐어 준다.

먼동이가 내일 소풍을 간다며 학교에서 돌아오자마자 자랑
을 했다. 아내는 펌프를 잣아 물을 받아 쌀을 씻다가

"그러면 전교생이 다 가겠네?"

먼동이는 대답을 하는 둥 마는 둥 제 방으로 들어갔다.

아내는 저녁을 먹고 가까운 시장에 갔다. 김, 단무지, 소시
지, 달걀, 땅콩, 고구마, 사탕, 과자, 사이다, 사과 등을 두 손
가득 사들고 왔다. 내일 아침에는 김밥을 싸서 조카와 맏아들
에게 주기 위하여 준비를 하는 것이다.

다음날 아침! 맏아들은 1학년이라 처음 가는 소풍이니 책
가방 대신 과자와 김밥을 싸서 주니 눈이 휘둥그레졌다. 둘째
는 형들처럼 김밥과 과자를 싸 달라며 유치원 가방을 벌리며
떼를 썼다.

먼동이를 전학 시키고 얼마 지나지 않아 시골에서 동생 내
외와 아버지가 농산물을 팔려고 시내에 왔다가 점심시간이 되
자 집에 왔다. 장날만 되면 늘 있는 일이지만 동생은 거나하게
술을 한잔 하고 형수인 아내에게 심통을 부렸다.

"형수! 이제 우리 아들은 형수 아들이요. 내사 맡겨 놓았으니 죽이 되든지 밥이 되든지 모르겠소!"

그리고는 밥상도 치우기 전에 마루에 벌러덩 누웠다. 아버지는 며느리만 있는 집에 불쑥 찾아와서 점심을 먹으니 미안한지 유치원에 갔다가 온 손자의 손을 잡고 시장 구경을 한다며 골목으로 나갔다.

아내는 한 달에 서너 번, 심하면 네다섯 번, 장날이 되면 점심 먹으러 오는 시댁 식구들 시중을 드느라 생활비가 항상 부족했다. 거기다가 이번 달 부터는 조카까지 거두어야 하니 더욱 힘이 들었다. 전부터 푼돈을 벌고자 섬유회사에서 나오는 뜨개질 일감을 가지고 와서 뜨지만 이번 달에는 그마저 많이 하지 못했다.

동생은 학교에 다녀오는 먼동이를 보고도 남의 자식 대하듯 했다. 용돈은커녕 인사도 제대로 받지 않았다. 먼동이도 책가방만 벗어서 방에 던지고 아무 말도 없이 슬그머니 대문을 빠져나갔다. 큰엄마에게 부엌 앞에 서서 용돈 달라고 조르던 때와는 달리 정작 지 애비(지 아비, 그의 아버지)나 지 애미(지 어미, 그의 어머니)에게는 용돈을 달라고 하지 않았다. 동생 말처럼 조카를 내 아들로 입양이라도 시킨 것이 아닐까 의심스러웠다.

먼동이라는 이름은 어머니가 지은 것이나 마찬가지다. 그것은 제수씨가 '산통을 겪다가 정신줄을 놓고 먼 산을 바라보

앉다.'는 어머니의 증언 때문이다. 호적과 족보에는 멀 원(遠) 자에 항렬자인 동녘 동(東) 자를 써서 원동(遠東)이지만 집에서는 그냥 먼동이라고 부른다. 3대만에 아들이 둘이어서 좋은데 손자까지 생겨서 대를 잇게 되었으니 얼마나 귀한 손자인가? 그러나 동생이나 제수씨는 아들인 먼동이를 별로 달갑지 않는 것인지 관심이 없어 보였다. 먼동이는 어릴 때부터 사랑방에서 할머니의 젖을 만지며 애지중지 키웠는데 욕심이 무척 많았다. 서너 살 때 일이다.

서리가 내린 아침! 아버지는 소죽을 끓이기 위해 새벽에 일어나 여물을 썰어 콩깍지와 함께 구정물을 붓고 아궁이에 장작을 지폈다. 소죽이 끓자 장작불을 화로에 담아 방으로 들고 들어왔다. 이글거리는 화롯불을 보자 어머니는 제사 때 쓰고 숨겨둔 오징어를 가지고 왔다. 오징어는 화롯불에 넣자 오그라들었다. 옆에 자고 있는 손자를 깨웠다. 먼동이는 오징어를 보자 불나비가 불에 달려들 듯 달려들었다. 할머니는 귀한 손자가 먹기 좋게 화로에서 오그라드는 오징어를 꺼내 호호 불어 찢어서 방바닥에 청첩장 종이를 펴고 놓았다. 먼동이는 식지도 않는 오징어를 집으려다 뜨거워서 손이 움츠려드는가 싶더니 언제 집었는지 한 조각을 입으로 가져갔다. 오물거리는 손자의 입을 바라보던 할머니는 만족한 미소를 지었다. 마침 큰방에서 놀고 있던 누나가 오징어 냄새를 맡고 조르르 달려왔다. 먼동이는 오징어를 빼앗길까 급하게 또 한 조각을 입에 넣고 양손에 들었다. 그러다 얼굴이 파랗게 질리더니 바르르 떨다가 옆으로 스르륵 넘어졌다. 그 사이 누나는 먼동이 손에 들여 있는 오징어를 낚아채어 큰방으로 달아났다. 할머니는 먼동이의 등을 두드리며 안절부절못했다.

"야가 와 이카노! 야가 와 이러노!"

옆에서 구경을 하고 있던 나는 먼동이의 입을 벌려 오징어 조각을 꺼냈다. 먼동이는 숨은 쉬는 것 같았다.

"이놈아! 무슨 욕심이 그렇게 많아? 누나가 좀 먹으면 어때서!"

먼동이를 나무랐다. 먼동이를 나무라는 사람은 아무도 없다. 가끔 내가 나무라기는 하지만 어머니의 시선은 곱지 않다.

먼동이는 식탐이 많아 밥을 보면 환장을 한다. 오늘은 눈이 캥한 것이 아침 밥상이 들어와도 본체만체하는 것으로 봐서 심하게 체한 것이 분명하다. 어머니는 손자가 밥을 먹지 않으니 걱정이 되어 손가락을 따고 주무르느라 밥도 먹지 않는다.

"원촌아지매 모시고 온나."

어머니의 단호한 말에 아침밥도 먹는 둥 마는 둥 하고 급하게 일어섰다. 한 시간 가량 가는 윗동네에 따고 주무르는 원촌할머니가 산다. 먼동이는 잘 먹어서 업고 가기에는 부담스러울 만큼 무겁다. 먼동이를 업고 가는 것보다 할머니를 데리고 오는 것이 낫겠다 싶어 내린 어머니의 결정이다.

"원촌할매가 안 올라 카면 어쩌지?"

어머니는 손사래를 치며

"좁쌀 한 되 들고 가거라!"

나는 속으로 동생이 가면 좋을 텐데, 그러나 표현은 못하고 좁쌀을 들고 윗마을을 향해 뛰었다. 입에서 입김이 나오고 숨이 가팠으나 조카를 살려야 한다는 일념으로 뛰다가 걷다가를 반복했다. 원촌할머니 집 마당에 들어서니 사람을 보고도 숨이 차서 말이 나오지 않아 한참 동안 헉헉거렸다.

"워– 워! 워– 언– 초온 할매 있니껴?"

마당을 쓸던 원촌할머니 아들이 말을 더듬는 나를 한참 서서 보았다.

"이 사람아! 뭐가 그리 급하노? 천천히 말을 하게!"

그러자 원촌할머니가 방문을 열었다.

내가 원촌할머니를 모시고 허둥지둥 집에 와 보니 먼동이는 오징어를 쥐고 누워 있었다. 원촌할머니는 먼동이의 등을 주무르고 팔을 쓸어내리더니 입을 벌려 입천장을 따고 양손의 엄지손가락 손톱 위를 따서 피를 내었다.

"아이고! 우리 정승판서(政丞判書)! 정승판서 나왔다."

아들보다 세 살이나 많은 며느리가 시집와서 기다리던 손자를 낳았다. 손자를 기다리던 시어머니는 며느리가 산기를 느끼자 방에 짚을 깔고 해산준비를 했다. 부엌의 무쇠솥에 물을 끓여 놓고 진통을 하는 며느리를 붙잡고 애를 태우던 중 순산을 한 것이다. 손자의 탯줄을 끊어 핏덩이를 안고 너무 반가워 지른 첫마디다. 열촌 안으로 친척이 없는 집이라 기다리던 손자가 태어나니 반가운 마음에 본인도 모르게 튀어 나온 소리다.

"어머님요. 아들이껴!"

"그래! 고추다! 고추!"

첫딸을 낳고 또 딸이면 어쩌나 하던 제수씨는 고추라는 말에 맥을 놓고 눈을 감았다. 핏덩이를 안고 목욕을 시키는 시어머니를 보자 손자를 기다리던 시아버지의 모습이 떠올랐다.

동생은 아내인 제수씨가 아들을 낳자 전에 없이 미역을 사러 간다며 나섰다. 어머니는 자기가 낳은 아들의 손자는 아니지만 무척 반가웠다. 손자는 젖을 먹을 때 외에는 할머니가 밤낮으로 돌봤다.

아버지는 손자의 얼굴을 보자 고조부 산소의 굽은 방풍소나무의 예언이 떠올랐다. 혹시 한 대를 앞당겨서 집안을 일으킬 손자가 아닐까? 그러나 맏아들의 맏손자가 아님을 알고 고개를 흔들었다.

고조모 제사가 있어 시골에 갔더니 먼동이가 감기라며 앓고 있었다. 어머니는 애기송이를 다려서 먹였다며 자고 있는 먼동이에게 손부채질을 하고 있었다. 그런데 먼동이는 자고 있는 것이 아니었다. 숨만 쉴 뿐 앓고 있었던 것이다. 나는 또 아무 생각 없이 시내로 달리기 시작했다. 약국이 있는 곳까지는 10㎞가 넘는다. 자동차라도 만나면 손을 들어 사정을 해

보겠지만 여의치 않았다. 하는 수 없이 시내버스정류장이 있는 4㎞를 뛰다가 걷다가를 반복했다. 한 시간 정도 시내버스를 기다려 약국에 도착했다. 허름한 한옥에 차려진 약국은 유리창살 미닫이문을 열고 들어서니 심부름하는 청년이 나왔다. 약을 지으려고 왔다고 했더니 잠시만 기다리라고 했다. 이발소에 바둑을 두려갔는데 불러와야 한다는 것이다. 한참을 기다리니 키가 작달막한 약사가 절룩거리며 왔다. 먼동이의 병증세를 자세히 설명하니 알았다며 약장 뒤로 갔다. 약사는 약사발에 약을 넣고 갈아서 봉지에 나누어 싸더니 큰 봉지에 넣어 주었다.

"감기 몸살이니 식사하고 30분 후에 하루 3번 먹이소."

약사는 내가 미닫이 출입문을 힘들여 열자 나보다 먼저 밖으로 나갔다. 잘 가라는 말도 없이 절룩거리며 건너편에 있는 이발소 안으로 들어갔다.

나는 오던 길을 되짚어 버스를 한참 기다려 타고 뛰어갔다. 동생은 밭에 갔다가 지게를 지고 지나가는 말로

"머가 모자라 갔다가 또 오는데!"

나는 대답도 하지 않고 사랑방으로 들어갔다. 어머니는 연신 누워서 땀을 흘리고 있는 손자에게 애기송이 다린 물을 먹이고 있었다. 그러면서

"니가 이해해라. 같은 배가 아니라도 동생이니 형이 이해를 해야지 어쩌겠노! 그래도 삼시세끼 차려주고 아침저녁으로 사

랑방에 와서 인사하는 것이 기특하다. 어느 누가 지 낳은 어미도 아닌데 그렇게 보살펴 주겠노!"

맏아들이 되어서 부모를 모시지 못하는 것이 못내 미안해서 아무 말도 못하고 고개만 끄덕였다.

먼동이에게 약을 지어주느라 하루를 다 보냈다. 모처럼 찾아온 일요일을 그렇게 보냈지만 후회는 되지 않았다. 내 조카인데 그 정도는 큰애비가 되어서 해야 할 것 같았다.

시내로 가기 위해 또다시 시내버스정류장까지 걸어가야 한다. 아랫동네를 지나다가 고조부 산소가 있는 산을 쳐다보니 굽은 방풍소나무가 아스라이 보였다.

고조부 산소는 무척 가파른 산등성이에 있는데 바로 아래에 고조모 산소가 있고 그 아래에 증조부모 산소가 등을 타고 내려오면서 있다. 아버지는 고조부 산소에 묘제를 지낼 때면 굽은 방풍소나무에 대한 이야기를 들려주었다.

고조부 산소를 모시던 지관(풍수)이 패철을 놓고 이리저리 터를 둘러보면서 증조부에게 이런 말을 했다고 한다.

"이 터는 배산임수로 좌청룡 우백호의 길지이다. 묘를 남향인 인(寅)좌로 쓰면 크게 효험을 볼 것이다."

그리고 옆에 있는 굽은 방풍소나무를 가리키며

"이 구부러진 방풍소나무가 아름드리가 되는 6대에 가면 후손이 번창 할 뿐 아니라 재산도 크게 일 것이며 세상을 다스리는 훌륭한 자손이 태어난다. 후손이 영리하여 세상의 앞에

서게 되면 산소 아래 신작로가 **빽빽**하도록 자가용을 세워놓고 묘벌이 가득하게 서서 묘제를 지내게 될 것이다."

고조부의 6대 손이면 나의 손자가 되는 것이다. 아버지의 조부인 나의 증조부는 고조부 산소의 굽은 방풍목에 대한 풍수의 예언을 오래도록 전하기 위해 글로 남겼는데 지금도 족보와 함께 보관 되어있다.

나는 어린 마음에 방풍목이 빨리 자라기를 바라며 나무 가까이 있는 갈비는 향을 피우기 위해 모닥불을 피울 때도 건드리지 않았다. 잔술이라도 남으면 어른들 몰래 뿌리에 부어주었다.

어릴 때 본 방풍소나무는 허리가 굽어 아이들이 올라가 놀 수 있었는데 가지가 산소 쪽으로 너무 가까이 뻗어서 잘라버린 흔적도 있었다. 북쪽으로 큰 소나무가 있어 굽은 방풍목은 크기에 비하여 가지는 많이 뻗지 못했다. 방풍목이 빨리 자라 자손이 번창하기를 아버지도 빌었을 것이다. 아버지가 빈만큼 나도 빌었다. 언제 우리 집도 다른 집처럼 친척이 많아질까? 또 잘 살아서 산 아래 신작로가 **빽빽**하도록 자가용이 줄을 설 수 있을까?

내가 결혼하고 집을 장만 할 때 아버지는 내 이름으로 사놓은 논 서마지기를 동생에게 사라고 했다. 동생은 논을 헐하게 샀지만 아버지의 명이라 내키지 않는 일을 해서인지? 아니면 형이 집을 사니 질투를 느껴선지? 아직도 그 앙금을 술만 취하면 버릇처럼 되뇌었다.

　복덕방 사장은 앞서서 휘적휘적 걷더니 좁은 골목으로 들어갔다. 아버지도 내 뒤를 따라 왔지만 세 번째 찾아오는 집이라 땀이 나고 배가 고파서 마음도 지쳤다. 처음 찾아간 집은 큰 도로를 낀 마당이 넓은 집이지만 내 형편에 너무 비싸서 엄두가 나지 않았다. 두 번째 집은 골목이 너무 좁아 사람도 겨우 피할 정도이며 화장실도 없는 허름한 집으로 가격은 헐했으나 마음에 들지 않았다.

　집을 한 바퀴 둘러본 아버지는 고개를 끄덕이며 내 의향을 물었다. 내게 있는 돈으로는 턱없이 부족했다.

　"너무 비싸요. 돈이 부족해서요."

한참을 생각하던 아버지는

　"니 동생한테 돈이 조금 있다. 우선 빌려 써라! 안 되면 뒷들에 논을 맡으라고 해라."

　아버지의 권유로 덜컹 매매계약서에 도장을 찍었다. 아버지는 '먼동이 애비한테 잘 말할 테니 걱정하지 말라'며 저녁때가 되었는데 밥도 마다하고 시골집으로 향했다. 계약서를 읽어보고 또 읽어보며 내 집을 갖게 되는 기쁨에 젖어 있었다. 저녁밥을 먹고 잠자리에 들려고 하는데 전화벨이 요란하게 울렸다. 수화기를 들고 '여보세요.'라고 하려는 순간 전화기 저쪽에서 큰 소리가 들렸다.

　"형이고 뭐고! 뭐하는 짓이로? 돈도 없는 게 무슨 집을 산다고 지랄이로? 내 돈은 바라지도 마라! 그라고 뒷들에 논, 내사 안 살 테니 다른 사람에게 팔든지 말든지 마음대로 해라!"

동생은 무척 화가 나 있었다. 아마 아버지가 동생에게 돈을 꿔 주라고 했다가 그것도 여의치 않으니 뒷뜰에 논을 맡으라고 한 것이 분명했다. 나는 화를 억지로 삭이며 동생을 설득하려고 했다.

"아버지께서 힘들여 산 논을 다른 사람에게 팔면 자식 된 도리가 아니라고 생각해서 너한테 팔려는 것이다. 다른 사람한테 파는 것보다 아주 헐값으로, 그러니 자네가 내 사정을 좀 봐 주면 좋겠다. 내가 집이 있어야 아버지나 자네 가족이 시장에 와도 우리 집이니 편하지 않겠나?"
동생은 헐값이라는 말에 토를 달았다.

"여기 논 값이 평당 5만 원 하는데, 얼마를 달라는 말인데요."
나도 흥분하여 '너'라고 하다가 작은 소리로 '자네'라고 하자 동생도 흥분이 가라앉았는지 존댓말로 바뀌었다.

"한 3만 원정도 하면 안 되겠나?"
동생은 3만 원도 사기 싫다고 했다. 나는 억지로 2만 원에 흥정을 했다. 그 대신 모자라는 집값을 조금 빌려달라고 했더니 동생은 화가 덜 풀렸는지 내일 다시 이야기 하자며 수화기를 놓았다. 내일 다시 이야기를 하자고 했으니 반은 승낙을 한 것 같았다.

집을 억지로 산 후 동생은 몇 달 지나지 않아 빌린 돈을 내

놓으라며 장날마다 와서 공짜 점심을 먹고는 으름장을 놓았다. 봉급생활자가 어디서 돈이 나오겠는가? 적금을 붓는다 해도 1년은 지나야 돈이 나온다고 해도 막무가내다.

어떨 때는 제수씨와 질녀가 와서 신발이 없다느니 옷이 없다느니 하며 사 달라고 아내에게 떼를 썼다.

먼동이가 초등학교를 졸업하고 중학교에 들어갔다. 시내 중학교 교복을 입고 주말이면 시골에 가는데 항상 빈손으로 왔다. 하다못해 채소나 감자 등 반찬거리라도 들려서 보내는 것이 도리인데 동생과 제수씨는 그러지 않았다. 빌린 돈을 갚을 때도 이자까지 쳐서 주었는데 무엇이 못마땅한지 입이 서너 발이나 나와서 말없이 돈을 챙겼다. 그래도 돈을 빌려주고 헐값이지만 논을 사주어서 집을 사게 되었으니 고맙다며 소고기 몇 근을 사서 주었다. 어머니는 내 눈치를 보더니 참으라며 옆구리를 찔렀으나 기분이 썩 좋지는 않았다.

중학생이 된 먼동이는 씀씀이가 점점 커지더니 이제는 매일 학교에 갈 때마다 큰어머니에게 손을 벌렸다. 용돈이 적다며 투정을 부리는 것을 보고 출근길에 골목을 지나며 아무도 모르게 돈을 주었다.

"부족하지! 조금만 아껴 써라! 이 큰애비도 돈이 별로 없다."

다른 집 아이들은 초등학교도 들기 전에 발표력을 키운다며 웅변학원에 보내고, 수리력을 키운다면 속셈학원도 보내지만 우리 아이들은 아무 학원에도 보낼 수 없었다. 아내가 뜨개질을 하여 반찬값이라도 보태지만 그 달 봉급타서 그 달 쓰기에도 빠듯했다. 나는 시내버스비라도 아끼려고 중고 자전거를 샀지만 비가 오는 날은 어쩔 수 없이 버스를 탄다.

먼동이는 입이 무거운지 말을 잘 하지 않고 표정의 변화도 없다. 학교에서 무슨 일이 있었는지 집에 와서 말을 하지 않으니 알 수가 없다. 어릴 때 애지중지 키워준 할머니가 와도 모른 체 한다. 학교성적은 중간 정도 되는 것 같았으나 집에서 공부하는 것보다 놀기를 좋아했다. 학교에서 거의 늦게 오지만 일찍 오는 날은 저녁밥을 먹기 바쁘게 잠을 잤다. 4촌 동생인 우리 아이들과 어울려 놀지도 않고 숙제를 봐 주는 일도 거의 없다.

모처럼 일찍 퇴근해서 발을 씻고 있는데 전화기가 울렸다. 아내가 받았는데 이상한 전화라며 수화기를 넘겨주었다.

"여기 경찰선데요. 원동이 아버님 되십니까?"

"예! 큰아버집니다만."

"아버지는 없습니까?"

"시골에 살아서 제가 데리고 있습니다."

"원동이가 집단폭행으로 잡혀 왔어요."

하늘이 노랗다는 말은 이럴 때 쓰는 것 같았다. 중학교 2학년이 무슨 집단폭행이란 말인가? 그러나 경찰서에 잡혀왔다니 보통일은 아니었다. 동생에게 전화를 했다.

"잘 듣게! 지금 먼동이가 작은 일로 경찰서에 있다네!"

"형! 그게 무슨 말이요. 먼동이가 왜?"

"글쎄! 나도 모르는 일이네, 조금 전에 경찰서에서 전화가 왔네!"

"지금은 어두워서 갈 수 없으니 형이 좀 가보소!"
동생은 전화를 성의 없이 끊었다. 나는 하는 수 없이 아내를 재촉하여 택시를 타고 경찰서로 갔다. 먼동이는 유치장에 서너 명의 친구들과 갇혀 있었다. 나를 보자 별로 반갑지 않은지 아무 말도 하지 않았다. 조금 있으려니 먼동이 친구 부형들이 하나 둘 유치장 앞으로 나타났다.

그동안 먼동이가 늦게 집에 오는 이유를 알 듯도 했다. 공부는 하지 않고 친구들과 어울려 다니면서 싸움질을 했던 것이 분명했다. 친구 중에는 초등학교 동창도 있고 다른 학교 학생들도 있었다.

그날도 수업을 마치고 친구들과 어울려 만화방 계단을 오르는데 앞에 가던 친구가 갑자기 쓰러졌다. 먼동이가 뒤따라 올라갔는데 앞에 친구를 때린 학생은 평소에 이름이 알려진 이웃학교 주먹 짱이었다. 먼동이가 빠른 동작으로 계단의 마지막 층에 올라서자 그 짱은 순간적으로 한 계단 밑으로 내려섰다. 이 순간을 놓치지 않고 먼동이가 주먹을 날리자 짱은 계단 밑으로 굴러 떨어졌다. 짱이 계단 밑으로 떨어지자 뒤에 올라오던 친구들이 짱을 발로 밟고 때리고 난리를 쳐서 얼굴에 심한 상처를 입히고 갈비뼈에 금이 갔다. 만화방에서 만화를 보던 짱의 친구들이 뒤늦게 알고 계단 아래에서 패싸움이 벌어졌는데 짱의 패 세 명은 힘 한 번 써보지 못하고 형편없이 맞았다. 만화방 주인이 패싸움하는 것을 보고 너무 겁이 나서 경찰에 신고를 했다. 담당 형사는

"부모들끼리 합의를 해야 합니다. 그렇지 않으면 소년원으로 넘어갑니다. 학교는 학교대로 퇴학을 당하게 될지 모릅니다. 치료비를 후하게 주고 합의만 되면 우리는 풀어 줄 수도 있습니다. 내일 오전까지 합의가 되지 않으면 검찰로 넘깁니다."

매우 사무적인 형사는 아이들을 유치장에 가두어 둔 채 다른 사무를 보았다. 피해자 학부모들은 합의고 뭐고 콩밥을 먹여 퇴학을 시키겠다고 주먹을 쥐고 휘둘렀다.

가해자 부모들 중에 우리 아이도 맞았다며 맞고소를 하겠다는 사람도 있었으나 우선 병원에 입원한 짱이라는 학생을 만나기로 했다. 경찰서 문을 나서면서 시계를 보니 열한 시가 넘었다. 조금 있으면 통행금지이니 내일 가자고 했다.

집에 들어와서 세수를 하다 보니 열두 시 사이렌이 울렸다. 동생에게 전화하여 현재 상황을 이야기 하려다가 그만 두었다. 먼동이 방에는 우리 아이들만 잠을 자고 있어 빈 방 같은 느낌이 들었다.

출근을 하려다가 먼동이의 방문을 또 열어보았다. 아내도 아침마다 가방을 들고 용돈을 달라고 조르던 조카가 없으니 허전한지 먼동이 방을 연신 바라보았다.

출근을 하여 자리에 앉는데 동생이 전화를 했다. 그렇지 않아도 조퇴를 하여 경찰서로 갈 참이었는데 경찰서에서 만나자고 했다. 급한 일을 대충 보고 경찰서에 가니 다른 학부형들과 동생이 무슨 이야기를 하고 있었다. 제수씨는 나를 보자 인사도 하지 않고 다짜고짜

"우리 먼동이 어딨어요. 이놈의 자식! 공부를 하는 줄 알았더니 애비를 닮아 사람이나 패고!"

제수씨는 유치장 안에 갇혀 고개를 내미는 먼동이를 보자 신발을 벗어서 머리와 등을 사정없이 때렸다. 지금까지 볼 수 없었던 제수씨의 행동은 꼭 나에게 화풀이를 하는 것처럼 느껴졌다.

먼동이에게 맞은 짱은 얼굴에 찰과상과 이빨이 한 대 나갔으며 갈비뼈에 금이 갔다. 이빨부터 계산을 했다. 의치를 하는데 30만 원이다. 평생에 3번을 바꾼다고 계산하면 90만 원이다. 갈비뼈와 얼굴 치료비, 정신적 피해 등을 담당 형사의 조언을 들어가면서 계산을 하니 한 집에 백만 원씩 부담이 되었다. 백만 원이면 황소 반 마리 값이다. 먼동이가 많이 때렸으나 돈은 공평하게 나누어 부담하기로 했다. 피해 학부형들은 많이 누그러져서 합의를 해 주었으나 짱의 집에서는 끝까지 돈을 더 요구했다. 먼동이와 친구들은 경찰서 유치장에 갇힌 지 이틀 만에 풀려났다. 학교는 미리 손을 써서 3일 정학 정도로 사건은 마무리 되었으나 먼동이의 폭력성은 앞으로 어떻게

발전할지 걱정이 되었다.

먼동이가 3학년이 되자 교복에 규율부 마크를 달고 다녔다. 규율부는 주로 교문을 지키며 복장을 단속하는데 학생회장의 친구나 회장선거운동에 적극적으로 활동한 힘이 센 학생들로 뽑는다. 규율부 마크를 달고 토요일이라 시골에 간다며 대문을 나섰다. 다음날이다. 동생이 아침도 먹기 전에 전화를 했다. 무척 흥분하여 말도 제대로 하지 못한다. 아내가 받아서 나에게 주었는데

"형! 형이 하는 일이 뭐요."

동생은 말을 하다가 숨이 차는지 한참 씩씩거렸다.

"이놈이, 머리에 피도 안 마른 놈이, 담배를 피웁니다."

나도 가슴이 덜컥 내려앉았지만 동생을 진정시켜야 했다.

"이 사람아! 정신 차리게! 어디 내가 담배를 가르쳤나? 나도 그놈이 담배 피우는 걸 본 일이 없네!"

동생은 조금 진정이 되었는지

"이제 큰일이요. 하나뿐인 아들이 사람이나 패고 담배를 피우니 괜히 시내학교로 전학을 시킨 것 같소!"

잘 되면 내 탓이고 잘 못 되면 조상 탓이라더니

"이 사람아! 누가 그런 짓을 할 줄 알았나? 전학이야 자네가 시켜 달라고 애걸복걸해서 시킨 것인데 이제 와서 내 탓을 하면 어쩐단 말인가?"

동생은 더 이상 말을 하지 않고 일방적으로 전화를 끊었다.

아침에 기분 나쁜 소리를 들으면 하루 종일 일이 잘 풀리지 않는다는데 오늘은 무슨 나쁜 일이 생기려는지 걱정이 되었다.

먼동이는 패싸움 사건 후 저녁 늦게 들어오는 것은 물론 아예 집에 들어오지 않는 날도 있었다. 차라리 내 아들이라면 매라도 들고 혼을 내겠지만 그렇게 했다가는 동생이 무슨 오해를 할지 모르니 참고 참았다.

바쁘다는 핑계로 시골에 가지 못했다. 여름 제사가 많은 우리 집은 겨울이 되면 생일 등 집안행사도 없어 오랫동안 부모님께 전화 한 통 드리지 못했다. 무소식이 희소식이라 연락 없이 한 달 정도 지났으니 정말 미안하고 죄송했다. 그런데 일요일 아침에 전화가 왔다. 어머니다.

"니 동생이 구루마(우차)에 나락(벼)하고 보리 싣고 정미소에 빨로(탈곡) 간다. 오늘 정미소에 와서 쌀하고 보리쌀 좀 가져가거라!"

먼동이가 우리 집에 오고 식량을 준 일이 없는데 무슨 바람이 불어서 식량을 준다고 하는지 어안이 벙벙했다. 그동안 식량에 대해서 아무도 말을 하지 않았다. 동생도 나도 부모님도 먼동이를 학교에 보내는 것은 백부가 당연히 해야 하는 줄 알았다.

정미소는 면소재지에 있는데 시골과 우리 집 중간 지점이다. 면조재지에서 시내까지 하루에 서너 번 버스가 다니지만 시간을 맞추기가 쉽지 않다. 식량을 버스에 싣고 온다 해도 우리 집까지 어떻게 운반 할지 좋은 생각이 떠오르지 않았다.

빈 포대기 몇 개를 챙겨서 집을 나섰다. 버스정류장에 서서 언제 올지 모르는 버스를 기다렸다. 가는 사람 오는 사람 중에 얼굴을 아는 사람들이 어디 가느냐고 인사를 했지만 정미소에 간다는 말은 하지 않았다. 정오가 가까워서야 사람들을 가득 태운 버스가 왔다.

동생과 어머니는 쌀과 보리쌀을 우차에 싣고 나를 기다리느라 점심도 먹지 못한 것 같았다. 나는 하나뿐인 식당에 들어가자고 했다. 어머니는 돈도 없는데 집에 가서 밥을 먹으면 된다고 했지만 그럴 수는 없었다. 국밥을 시켜놓고 소주도 한 병 시켰다. 동생은 술잔을 받으면서 볼멘소리를 했다.

"형! 먼동이가 먹으면 얼마 먹는다고 큰어매가 쌀을 한 가마니나 주라고 하는데 오늘 찧은 쌀 전부가 두 가마니요. 반 가마니만 드릴 테니 그리 아시오. 그 대신 보리쌀은 한 가마니 덜어 놓았소!"

"그래! 부모님 모시는 것만 해도 고마운데 무슨 쌀을 준다고 그러는가?"

사실 동생은 내 이름으로 되어 있는 논과 밭 다섯 마지기에 농사를 짓는다. 그러나 그 논밭은 아버지가 내게 이전을 해 준 것으로 내 것이라고 권리를 주장할 형편이 못된다.

어머니와 동생이 우차를 끌고 시골로 떠나자 나 혼자 쌀 반 가마니와 보리쌀 한 가마니를 옆에 두고 하염없이 버스를 기다리다 보니 날이 어두웠다. 처음에는 지나가는 트럭이라도 세워 사정을 해 보고 싶었으나 용기가 나지 않았다. 국밥집 아주머니가 물을 버리면서 딱하다는 듯 몇 번 보고 식당 안으로 들어갔다. 식당에 쌀을 팔아버리려는 생각도 해 보았으나 동생이 주는 것이라 그대로 집에 가지고 가고 싶었다. 집집마다 하나둘 불을 밝히는데 어디에 갔다고 오는 지 택시 한 대가 보였다. 빈 택시였다. 무조건 손을 들었다.

"이 짐도 싣고 가야 합니다. 트렁크를 좀 열어 주시지요."

"짐 값은 별도로 주셔야 합니다."

"얼마를 주면 되겠소?"

"3천 원은 주셔야 합니다."

3천 원이라 쌀 한 말 값이다. 그러나 날은 어둡고 하는 수 없다.

택시는 도로 옆 버스정류장에 쌀과 보리쌀을 내려놓고 휑하니 가버렸다. 짐을 두고 집에 갈 수도 없고 서 있을 수도 없고 참으로 낭패. 어디 가서 리어카라도 빌려와야 할 텐데 집에서는 무슨 일을 하는지 버스정류장까지 조금 멀기는 해도 나올 수도 있을 텐데 보이지 않는다. 마침 버스에서 이웃집 아주머니가 내렸다. 짐 때문에 집에 못가니 연락을 좀 해 달라고 했다. 잠시 후 아내가 어디서 빌려 왔는지 리어카를 끌고 먼동이는 보이지 않고 내 아들 둘이 밀고 왔다.

집에 와서 쌀과 보리쌀을 내려놓고 보니 부자가 된 듯 했지만 하루 종일 고생한 일을 생각하니 두 번 다시 겪고 싶지 않았다.

겨울이 깊어지자 아이들은 방학을 했다. 모처럼 우리 가족이 동네 목욕탕에 갔다가 자장면을 사먹고 집에 왔다. 집에 오니 분명 잠그고 간 대문이 열려 있었다. 열린 대문을 들어서서 마루문을 여니 동생이 와 있었다. 아마 대문을 타넘고 들어온 모양이다. 옷에 흰 페인트가 묻어 있었다. 남루한 옷을 보니 그냥 온 것이 아니라는 것을 금방 알 수 있었다. 집에 무슨 나쁜 일이 있었던 것이 분명했다.

"저녁때가 다 된 시각에 무슨 일로?"

내 말이 끝나기도 전에 동생은

"아무 소리도 하지 말고 술이나 한잔 주소!"

아내는 부엌에서 떨걱거리더니 콩조림과 먹다 남은 김치를 둥근 소반에 얹어 들고 나왔다. 나는 마루 찬장에 있는 담금주를 병째로 꺼내놓았다. 동생은 연거푸 두 잔을 마셨다.

"이 사람아! 천천히 마셔라. 무슨 일인데 그러노?"

"아 글쎄! 산에 가서 갈비를 한 짐 끌어지고 집에 와서 먹다 남은 소주를 그릇에 부어 먹는데 여편네가 하루 종일 술만 먹는다고 쫑알거리기에 한 대 쥐어박았소? 그런데 큰어매가 마실 나갔다가 마침 이 광경을 보고 전후 사정도 모르면서 타박을 하지 않겠소?"

"머라고 타박을 했는데?"

"여편네 때리는 놈 치고 인간 된 놈 못 봤다고 했소!"

나는 동생이 잘못 한 것을 알면서도 어머니 편도 제수씨 편도
들 수 없었다. 동생은 지금 너무 화가 나서 형이라고 찾아 왔
는데 위로를 해 주어야 하기 때문이다.

"어매도 너무 하시지 전 후 사정이라도 알아보고 무슨 말을
하시지?"
하고는 어머니를 나무랐다. 동생은 자기편이 생겼다고 생각하
는지 나에게도 술을 한 잔 부어 주었다. 어떻게 하던지 동생을
달래어 집에 데려다 주어야 하는데 날은 어두워지고 마음은
급했다. 아내는 부엌에서 저녁밥을 짓느라 마당에서 펌프질을
하여 나물을 씻느라 언 손을 호호 불면서 들락거렸다. 동생은
담금주 큰 병을 반 정도 비웠다. 술이 너무 과한 것 같아 나는
슬그머니 술상을 옆으로 밀었다.

저녁을 먹으면서 아버지에게 전화라도 드릴까 했는데 마침
어머니가 전화를 했다.

"먼동이 애비 거기 안 갔나?"
나는 어머니를 골려주고 싶어 안 왔다고 하려다가 걱정 하는
음성에 눌려

"지금 저녁 먹고 있는데!"

"마을 타성 집에 초상이 났으니 저녁 먹고 오라고 해라."

"타성! 누가 죽었는데요."

"거 왜 김씨에 웅곡 노인이라고?"

웅곡 노인이라면 마을에서 연세가 가장 높은 분으로 나도

잘 아는 사람이다. 어머니는 타성 집이라 객지에 나가 있으니 오지 말라고 했다. 그러면서 동생은 마을에 초상이니 오늘 저녁에 와야 된다고 했다. 아마도 초상을 핑계로 아들을 부르려는 속셈을 읽을 수 있었다. 동생도 마을에 초상이 났다고 하니 금세 마음이 풀렸는지? 아니면 집에 갈 핑계가 생겨 좋은지? 택시라도 타고 가겠다고 했다.

웅곡 노인은 동생의 중매를 선 사람이다. 성씨가 다르고 별다른 친분은 없었지만 이웃 마을에 사는 노인의 사촌 여동생 딸과 동생을 맺어 준 사람이다.

동생은 비록 배가 다르지만 내가 미더운지 부부 싸움을 하거나 부모님과 다투는 등 어려운 일이 있으면 언제라도 불쑥 찾아와서 하소연을 했다. 얼마 전 예비군 훈련 때 있었던 일이다. 면내에 예비군끼리 친목을 도모하기 위해 조금의 돈을 거두어서 중대장과 술자리도 마련하고 식사도 한다. 어쩌다 동생이 총무를 맡게 되었는데 1년 결산을 하니 돈이 비었다. 동생의 말로는 쓰는 즉시 기록을 해 두었지만 어쩌다 기록을 하지 못한 것이 있었다고 했다. 그 일로 이웃동네에 사는 서너 살 많은 사람과 다투다가 주먹다짐까지 했다. 상대는 동생에게 얼굴을 맞아 상처가 났는데 진단서를 발부 받아 고소를 했다. 동생도 적잖이 맞았지만 얼굴이 아니어서 표시가 나지 않을 뿐으로 누가 더 맞았는지는 아무도 모른다. 동생이 경찰서에 출석 요구서를 받고 내게 왔다.

"형! 나는 정말로 그 돈을 먹지 않았소! 그리고 그 사람보다 내가 더 맞았소! 그런데 내가 왜 죄인으로 불려가야 하오!"

동생의 하소연으로 봐서 잘못이 없어 보이지만 자세한 내용은 경찰서에 가봐야 알 일이다. 동생이 경찰서에 출석하기 전에 무슨 방법이 없나 싶어 평소에 알고 지내던 파출소 김소장을 찾아갔다. 고급식당으로 불러내어 비싼 양주로 저녁을 사 주었다. 김소장은 경찰서 담당 형사에게 전화를 하더니 별일이 아니니 출석하지 말고 집으로 가라고 했다. 저녁이 늦어 김소장을 보내고 집에 오니 동생은 초조하게 나를 기다리고 있었다.

"어떻게 되었소! 내일 경찰서에 가서 콩밥을 먹는 것이요."

"내가 손을 써 놓았으니 집으로 가게! 다음에는 그런 일이 없도록 하고!"

"내 꼭 밝힐 것이요. 절대로 나는 돈을 쓰지 않았소!"

며칠 지나자 파출소 김소장에게서 전화가 왔다.

"일이 커지게 생겼소! 고소한 사람이 도 경찰국에 고소를 했소! 아마 여기서 일이 무마 되니 화가 난 것 같소!"

참으로 일이 커지게 되었다. 동생은 도 경찰국에 고소가 되었다는 사실을 알고 그놈을 죽여 버리겠다며 펄펄 뛰었지만 나는 그 사람을 만나보기로 했다. 그를 어렵게 만나니 그의 말은 조금 달랐다.

"당신 동생이 돈을 띠어 먹은 확실한 증거가 있소! 금전출

납부를 속여서 기록한 증거는 영수증이 없다는 것이요. 그리고 내가 먼저 맞고 정당방위로 나도 때린 것이요. 그런데 무슨 빽으로 풀려났는지 참으로 나는 억울하오. 형의 빽으로 풀려난 것을 모르는 사람이 없소! 그런데 그 놈은 아무 잘못이 없어서 풀려나왔다며 온 면내가 다 알도록 떠들고 다니고 있소!"

일을 무마하는 데는 돈밖에 없었다. 김소장에게 쓴 돈도 적지는 않지만 피해자와 합의를 보고 싶었다. 먼동이 놈 사건 때 합의를 한 경험이 있어 그 사람이 요구하는 대로 돈을 주고 합의를 했다. 동생은 이번에도 내가 힘이 있어 쉽게 나온 줄 알고 떠들고 다닐까봐 조심을 시켰다.

먼동이가 고등학교에 어렵게 들어갔다. 시내 전체에서 같은 시험지로 연합고사를 쳐서 합격한 학생들만 뺑뺑이를 돌린다. 평준화지역이 되었으니 좋은 학교 나쁜 학교가 없다. 연합고사만 되면 어느 학교든 들어가지만 그래도 뺑뺑이를 잘 돌리면 집 가깝고 시설 좋은 학교나 공립학교도 갈 수가 있다. 시험을 치기 며칠 전 벼락공부를 시킨 것이 유효했던 것 같다. 서점에 가서 기출문제를 구했다. 내가 불러 주고 먼동이가 정답을 맞히는 공부를 했다. 수학은 아예 포기를 하고 국어와 사회 등 암기 과목을 위주로 했다.

먼동이는 내가 바라던 집 근처 공립 고등학교는 들어가지는 못했다. 시내에서 조금 떨어진 사립 고등학교에 들어가게 되었는데 그의 친구들은 모두 연합고사에 불합격하여 이웃 작은 도시 고등학교 아니면 진학을 포기했다.

시내 고등학교 교복과 교련복을 입고 대문을 나서는 먼동이를 보니 내 아들 같아 동생보다 더 뿌듯했다. 이제부터 대학교에 진학해야 하니 열심히 공부만 하기로 다짐까지 받아 놓았다.

나무에 새잎이 돋는가 싶더니 어느덧 신록으로 물드는 5월이 왔다. 방문을 열고 청소를 좀 할까 하고 일요일이지만 조금 일찍 일어났다. 장날이고 하니 시골에서 누가 와도 올 것 같아 빨리 청소를 끝내고 싶었다. 아내는 펌프질을 하여 물을 받고 나는 밀걸레로 마루부터 닦았다. 유리창을 닦으려고 마른걸레를 찾는데 전화가 왔다. 한 손에 걸레를 쥐고 한 손에 수화기를 들고 얼핏 들으니 경찰서라고 했다. 경찰서라고 하면 이제는 경기가 날 정도다.

"원동이 집이지요."

먼동이라고 부르다가 호적에 있는 원동이가 익숙하지 않아 대답도 못하고 있는데 저쪽에서는 일사천리로 말을 했다.

"이웃도시에서 패싸움을 했는데 피해자 중에 목숨이 위태로운 학생이 있어요. 빨리 경찰서로 오세요. 그럼 바빠서 이만!"

참 한심한 일이다. 어제는 토요일이라 집에 들어오지 않기에 바로 시골로 갔는가 했었는데 연합고사에 떨어져 이웃 도시로 진학한 친구에게 간 것이 분명했다. 동생에게 전화를 했더니 바쁘다며 형이 알아서 하란다.

경찰서에 가니 파출소에 있다가 동생 사건을 무마시켜준 소장이 과장으로 와 있었다. 나는 부끄러워 말도 못하고 담당 형사 책상으로 갔는데 김과장이 내 앞에 와서 차나 한잔 하자고 했다. 그러면서

"연세보다 큰 아들이 있었네요. 전번에는 동생 일로 고생하시더니 이번에는 아들입니까?"

김과장의 말이 비웃는 투로 들렸으나 왠지 밉지는 않았다.

"아들이 아니고 조카인데 전번에 예비군 비리 사고를 친 동생 아들입니다."

나도 모르게 나온 말이지만 곧 후회를 했다. 내 아들이라고 할 것을, 그렇게 되면 좀 쉽게 해결 할 수도 있을 텐데, 그러나 이미 뱉은 말이니 어쩔 수 없는 일이다.

먼동이는 어제, 토요일이라 오전 수업을 마치고 중학교 때 같이 놀던 친구를 찾아갔다. 그 친구가 진학한 학교는 작은 도시라 남녀공학으로 한 학년이 두 반뿐이다. 먼동이 친구는 시골 아이들에게 주먹으로 겁을 주어 1학년 짱이 되어 있었다. 여학생들과 자취방에서 놀고 있는데 2학년 남학생들이 시비를 걸어 온 것이다. 먼동이 친구는 여학생을 제외하고 세 명인데 상대는 2학년으로 다섯 명이나 되었다. 자취방에서 작은 다툼이 있었으나 먼동이는 큰아버지와 약속도 있고 하여 싸우지 않으려고 강 쪽으로 도망을 갔는데 상대편 학생들이 바로 뒤따라 왔다. 다리 위에 다다라 보니 상대편은 숫자가 불

어나 다리 양쪽에서 포위를 하여 가운데로 조여 들어왔다. 먼동이와 친구 두 명은 강으로 뛰어 내리려고 다리 밑을 보니 물이 없는 건천이었다. 용기가 나지 않았다. 이제는 막다른 길을 택해야 했다. 죽도록 맞던지 아니면 싸우던지 둘 중에 하나다. 먼동이 친구는 같은 학교 선배들이니 뒤로 꽁무니를 뺏으나 먼동이는 여학생들도 보는지라 체면이 서지 않았던지 아니면 주먹을 자랑하고 싶었는지 그들과 붙어 싸웠다.

상대편 학생들 중에 두 사람은 다리 밑으로 떨어져 다리 골절과 팔 골절을 당했으며 다리 위에 있던 학생도 이빨이 두 개나 나간 학생도 있었다. 먼동이도 코뼈가 부러지고 온몸에 찰과상을 입었다.

상대는 2학년이고 여러 명이었으나 모두 먼동이가 먼저 주먹을 날리고 상대를 다리 밑으로 던졌다고 증언을 했다. 그 중에 다리 밑으로 사람을 던졌다는 것이 큰 죄가 되어 모든 것을 뒤집어쓰게 되었다. 작은 도시 파출소에서 꾸민 사고경위서는 먼동이가 아주 불리하게 되어 있었다. 사고경위서가 경찰서로 넘어 온 이상 먼동이 편이 유리하도록 번복할 수는 없다.

상대방의 피해가 너무 커서 합의를 하는 데 손이 발이 되도록 빌었다. 형사들 말에 의하면 시내에서 일어난 사건이 아니고 다른 도시로 가서 패싸움을 했기 때문에 원정 패싸움이라 죄가 더 크다고 한 것도 불리하게 작용을 했다. 결국 먼동이와 친구 세 명은 각각 황소 한 마리 값인 백오십만 원씩 부담하기로 하고 육백만 원에 합의를 보았다. 먼동이 학교에는 아예 알리지 않도록 합의를 했기 때문에 아무 일도 없었다.

가을이 되었다. 먼동이가 수학여행을 간다고 했다. 아내는 담임의 점심까지 손수 준비 한다며 새벽부터 부엌을 들락거렸다. 전번 이웃 도시 원정 패싸움 때 담임은 알고 있었지만 문제를 삼지 않았던 것에 대한 답례였다.

새벽에 여행을 출발하는 먼동이를 오토바이에 태우고 학교까지 갔다. 일찍 온 학생들이 삼삼오오 계단에 모여 있다가 먼동이를 보자

"어이 원동이! 아빠 오토바이 탔네, 다음에 우리도 한번 빌려 타자."

먼동이의 나이를 잊고 있던 나는 오토바이를 탈 때가 되었음을 알고 오토바이 열쇠를 잘 간수해야겠다고 다짐했다. 오토바이를 고장 내는 것도 걱정이지만 사고가 나는 것이 더 걱정이다. 먼동이가 몇 번 경찰서 신세를 지고부터 항상 경찰서 유치장에 갇혀 있는 것이 떠올랐다.

큰엄마에게 용돈을 받았겠지만 내가 주는 것은 다르다 싶어서 주머니에 있던 돈을 더 주고 오토바이에 시동을 걸었다.

"친구들에게 얻어먹지만 말고 너도 사 줘라!"

먼동이가 타고 갈 버스가 교문에 들어서는 것을 보고 나도 출근을 해야 하기에 교문을 나오면서 3박 4일 동안 무사히 다녀오기를 빌었다.

먼동이가 수학여행에서 오는 날이다. 조금 일찍 퇴근을 하여 학교에 갔다. 버스가 올 시간이 지났는데 오지 않는다며 학부형과 선생님들이 걱정을 했다. 날이 어두워 가로등이 켜지고도 한참 지나서 버스가 교문으로 들어왔다. 출발할 때처럼 다섯 대가 줄을 서서 들어왔다. 1호차는 1반인데 먼동이는 4반이므로 네 번째로 들어왔다. 먼동이가 탄 버스가 멈추고 학생들이 하나둘 내리는데 먼동이는 내리지 않았다. 그러다가 담임과 함께 버스에서 내리더니 앞도 뒤도 돌아보지 않고 학교 건물 안으로 들어갔다. 교실에 물건을 두고 왔나 하고 기다렸다. 학생들이 떠나고 버스도 떠났는데 먼동이는 건물에서 나오지 않았다. 오토바이 안전모를 벗어서 들고 현관으로 들어갔다. 현관 옆 복도로 서무실이 보이고 교장실이 보였다. 반대편 복도 쪽으로 교무실이 보였는데 아무도 없는지 조용했다. 교무실 문을 열고 들여다보니 먼동이가 담임 옆에 꿇어앉아 있었다. 예감이 좋지 않았다. 무슨 일이 벌어졌구나! 교무실 출입문 소리에 담임이 나를 보더니 일어섰다.

"선생님! 무슨 일이지요."

먼동이는 고개를 숙이고 인사도 하지 않았다.

"오셨어요. 원동이가 도벽사건에 연루 되었어요. 서무과 서기가 가방에 여행 경비를 넣고 다녔는데 잠시 두고 물을 먹는 사이에 없어졌어요. 그 옆에는 원동이 하고 친구 두 명이 있었다고 학생들이 증언을 했는데요."

"그럼, 원동이가 그 돈 가방을 가져갔다는 말입니까?"

"없어졌던 가방은 그 옆 자리에서 찾았는데 돈이 조금 빈답니다."

"이 무슨 경우지요? 우리 먼동이가 가져갔다는 증거라도 잡고 이러는 겁니까?"

나는 화가 나서 담임에게 큰소리를 질렀다. 담임은 난처한지 나와 먼동이를 번갈아 보았다.

"먼동아! 남자답게 말을 해라! 니가 가져갔다면 가져갔다고 해라! 이 큰애비가 물어줄 터이니."

먼동이는 나를 쳐다보더니 눈물을 글썽이며

"큰아부지! 정말로 나는 안 가져갔어요."

"그럼! 나도 아니라고 믿는다. 그러면 누가 가져갔는지 알 것이 아니냐?"

먼동이는 자기도 모르게 작은 소리로

"태삼이요."

하다가 움찔했다. 담임은

"이놈아! 진작 그렇게 말을 했으면 이 고생은 하지 않을 것이 아니냐? 내일 태삼이 불러서 알아 볼 터이니 오늘은 집에 가거라!"

먼동이를 데리고 교문을 나서면서 추리를 해 보았다. 태삼이라는 학생은 먼동이 친구일 것이다. 친구를 일러바치는 것은 못할 짓이니 입을 다물고 있었을 것이다. 또 다른 경우는 태삼이와 같이 돈 가방을 훔쳤는데 먼동이만 의심을 받고 있었을 것이다. 어느 경우든지 먼동이도 관련이 되었을 것이라는 짐작이 갔다.

먼동이는 집에 와서도 죄를 지은 것처럼 아무 말도 하지 않았다. 나도 아내가 알까 입을 다물었다.

다음날은 토요일이라 먼동이는 오전 수업을 마치고 집에 와서 점심을 먹고 시골로 갔다. 내가 퇴근을 하여 집에 들어오니 마침 먼동이 담임에게서 전화가 왔다.

"서무과 서기가 돈 계산을 잘못하여 빈 돈이 없다고 합니다."

나는 그 봐란 듯이

"그럼! 잘못도 없는 원동이만 잡았군요."

담임은 옆에 누가 있는지 목소리를 낮추더니

"그게 아니라 서무과 직원이 돈을 변상하는 선에서 사건이 마무리 된 것입니다. 태삼이도 아니라고 하고 원동이도 아니라고 하지만, 저는 끝까지 조사하여 범인을 찾을 겁니다. 원동이 큰아버지께서도 협조해 주셨으면 합니다."

점심을 먹는데 아내가 푸념을 했다.

"글쎄! 먼동이 말이요. 수학여행 갔다가 무슨 선물을 샀는지 가방에 챙겨 넣더니 둘러메고 시골로 갔어요. 어쩌면 그럴 수 있어요. 새벽같이 담임 점심까지 싸서 여행을 보냈는데 나한테는 사탕 한 개도 없으면서 지 애미 애비만 챙기는 것이 괘씸해요. 당신은 혹시 받았어요."

나도 받지 못했지만 받았다고 하면 더 분하다 할 것이고 받지 않았다고 하면 더 괘씸해 할 것 같아 아무 말도 하지 않았다.

"먼동이가 아직 어리니 무엇을 알겠소! 섭섭하지만 잊어버립시다."

아내의 말을 듣고 나니 나도 무척 섭섭했다. 그러나 겉으로 표현은 할 수 없는 일이다. 아직도 밝혀지지 않는 수학여행 중 도벽사건이 문득 문득 떠오를 때마다 내가 잘못 가르쳐서 그런 일이 생긴 것 같아서 동생에게 미안했다. 그러면서 먼동이가 폭력사건은 몇 번 있었지만 남의 물건까지 탐내지는 않았으면 하고 빌었다.

먼동이 학교에서는 수학여행 돈 가방 사건에 대해서 더 이상 조사가 되지 않았는지 아무런 연락이 없었다. 이제 잠잠한가 싶었는데 학교에서 연락이 왔다.

먼동이가 다른 학교 학생들과 싸워서 학부형이 경찰에 고소를 하겠다고 한다는 것이다. 마침 저녁을 먹고 아이들의 숙제를 봐 주고 있다가 전화를 받았다. 담임선생님은 '피해자를 만나고 있으니 별다방으로 나와 주셨으면 합니다.'하고는 전화를 끊었다. 느슨하게 잠옷을 입고 있었는데 바쁘게 옷을 입으니 바짓가랑이 하나에 다리 두 개가 들어갔다. 저고리를 어깨에 걸치고 골목을 빠져나왔다. 한참을 기다려 택시를 잡았는데 택시에서 내리고 돈을 헤아려보니 오천 원짜리를 천 원짜리로 잘못 알고 주었다. 택시비가 2천 원인데 6천 원을 준 것이다. 커피 한 잔에 1천 5백 원 했는데 너무 비싼 택시를 타서 속이 쓰렸다. 구석자리에 앉아서 넥타이를 맨 젊은 남자 한 명과 여자 한 명을 상대로 이야기 하던 먼동이 담임이 아는 체를 했다. 피해 학생의 담임이라는 넥타이 남자는 무척 깐깐해 보였다. 젊은 여자는 피해자 어머니라고 했는데 아들에게는 관심이 없고 돈에 온 신경을 쓰고 있었다.

"원동군 아버지입니다. 서로 인사 하시지요."

나는 반쯤 앉았다가 다시 일어서며 고개를 깊숙이 숙였다.

"자식 잘못 둔 죄인입니다. 많은 이해 바랍니다."

피해 학생의 담임은 손을 내밀어 악수를 청했으나 손에 힘이 없었다. 어찌 보면 가해자 학생 아버지이니 너 오늘 잘 만났다는 뜻으로 느껴졌다. 피해자 어머니는 인사도 받지 않고 새촘하게 몸을 도사리고 앉아 있었다. 나는 전후 사정을 눈치로 파악하려고 노력했지만 피해 정도가 어느 정도인지? 어떻게 된 사건인지? 무척 궁금했다. 담임은 내 눈치를 알았는지

"원동이가 친구 한 명과 다른 학교 학생의 자취방에 갔어요. 왜 갔는지는 저도 모릅니다. 전 후 사정을 보니 여학생 문제로 싸움이 된 것 같습니다."

나는 여학생이라니 새촘한 아주머니의 표정을 보고 무슨 성폭행 사건이 아닌가 하고 가슴이 뛰었다.

"여학생이라니요. 이제는 여자 문제?"

담임은 그것이 아니라며 차분하게 이야기했다.

"원동이가 좋아하는 여학생이 있었는데 다른 학교 학생도 그 여학생을 좋아 했다니 아마 삼각관계가 아닌가 싶습니다."

삼각관계라는 말을 하자 옆에 있던 아주머니가 갑자기 소리를 질렀다.

"선생님! 말은 바로 합시다. 삼각관계라니요. 우리 아들은 미숙이와 초등학교 동창으로 어릴 때부터 한 동네에서 자랐어요."

여학생 이름이 미숙이라는 것을 알았다. 그녀는 자기 아들이 미숙이와 좋아하는데 원동이가 이유도 없이 아들을 때렸다는 것이다. 거기에 대해서는 두 학교 담임도 이의가 없는 것 같았다. 나는 사태를 파악하고 본론으로 들어가려고 했다.

"남학생들이 여학생 문제로 싸웠군요."

그러자 피해자라고 하는 학모는

"싸움이라니요. 자고 있는 내 아들을 일방적으로 쳐들어와서 때렸다니까요. 그것도 한 놈이 아니고 두 놈이."

"그래서 댁의 아들은 병원이 있습니까?"

"꼭 병원에 입원하기를 바라는 것 같습니다. 아유! 불길해! 내가 이럴 줄 알았어! 병원에 가서 진단서를 끊으려다 참았는데, 내일이라도 입원을 시켜서 경찰에 고소를 해야겠네요."

경찰이라는 말에 겁이 났다.

"저는 원동이 큰아버지인데 고소를 하기 전에 선생님들께서도 오셨고 하니 좋게 해결을 합시다."

피해학생 어머니는 다소 누그러진 표정으로 한마디 쏘아 붙였다.

"작은 돈으로 해결하려고 하지 말아요. 이빨도 흔들리고 허리도 아프다고 하는데 진단서를 끊지 않는 것은 철없는 학생의 앞날을 위해서요."

잠시 두 학교 담임끼리 자리를 옮겨 이야기를 하는 동안에 나와 피해학생 어머니만 남게 되었다. 이야기를 하다 보니 그녀는 생모가 아니고 계모라는 것을 알게 되었다. 그래서 처음부터 돈에 관심이 있었구나! 병원에 가지 않고, 또 경찰서에 고소도 하지 않고, 학교에도 아무 일 없이 마무리 되도록 하려면 돈이 필요했다.

먼동이 담임이 나를 보자고 했다. 대뜸 '얼마를 생각하십니까?'하고 물었다.

"선생님께서 시키는 대로 하겠습니다."

"그러면 20만 원정도로 하면 어떨까요."

"할 수 없지요. 저 쪽에서 뭐라고 할지?"

"그것은 김선생님과 이야기 했으니 저쪽에서도 더 요구를 하지 않을 것입니다."

새촘한 학모는 계모라서 그런지 돈을 더 달라고 끝까지 버티었다. 5만 원을 더 주어서 25만 원에 합의를 하고 다방을 나왔다. 담임선생님 두 분을 맥주 집으로 모시고 가느라 열두 시가 가까워서 집에 왔다.

잠자리에 누우려는데 동생이 전화를 했다. 동생은 술을 먹었는지 말을 더듬었다.

"혀- 형- 수- 한테 이야기 들었는데- 에- 이번에도 그놈이 사람을 팼소! 아니면 도둑질을 했소!"

동생은 금방이라도 먼동이를 보면 잡을 것 같아서 나는 사건이 잘 해결 되었으니 걱정하지 말고 잠을 자라고 달래었다.

다음날은 장날이다. 점심을 먹으려고 집에 오니 동생은 오지 않고 제수씨가 와서 점심을 먹고 있었다. 어제 저녁에도 집에 들어오지 않던 먼동이가 학교에 가지 않았는지 방에 있었다. 나는 먼동이를 보자 울분을 참지 못했다. 내 인상을 본 먼동이는 서둘러서 방을 빠져 나와 대문으로 향했다.

"먼동아! 이리 좀 온나 보자. 할 말이 좀 있다."

먼동이는 내 말을 들은 체도 하지 않고 대문을 열고 나가려고 했다. 나는 달려가서 뒷덜미를 잡았다.

"이놈아! 큰애비가 부르면 대답이라도 해야지! 못 들은 척하는 것은 어디서 배운 버릇이로?"

나는 하도 분하여 돌아서는 먼동이의 뺨을 한 대 갈겼다.

"이놈의 자식! 오늘 니 죽고 내 죽자!"

마루에 있던 제수씨는 나와 먼동이를 번갈아 보더니

"저놈의 자석! 더 때리소! 맞아야 정신이 드니더!"

제수씨의 말을 듣자 나는 곧 후회를 했다. 조금만 참았더라면 내 자식도 아닌데 때리다니! 그러면서 먼동이를 방에 앉혀놓고 이말 저말 늘어놓았다.

"이놈아! 나는 뭐 힘이 안 드는 줄 아나! 나는 학교 다닐 때 돈이 없어서 고등학교 1학년 때부터 초등학생들을 가르쳤다. 방송통신대학이지만 대학교에 진학 할 때도 면서기 봉급이 얼마 되지 않아 입학금과 등록금, 책값이 없어 이웃집에 소(牛)판 돈을 빌렸다가 나중에 내가 갚았다."

먼동이가 보기에 자기 아버지는 농사를 짓고 배다른 큰아버지는 대학까지 나왔으니 오해를 할까? 또 마루에 앉아있는 제수씨도 들으라고 큰 소리로 묻어둔 이야기를 한 것이다.

먼동이에게 훈계를 하고 나오니 제수씨는 밝지 못한 표정으로 먼동이를 앞세워 시골로 간다며 데리고 갔다.

먼동이가 시골로 가고 이틀 만에 동생과 함께 집에 왔다. 동생은 일그러진 얼굴로 나를 보더니 처마 밑에 걸터앉으며 먼동이에게 짐을 싸라고 했다. 나는 무슨 일인가 지켜보기만 했다. 시장 갔다가 대문을 열고 들어오던 아내는 먼동이가 짐을 싸는 것을 보고

"도련님! 무슨 일이에요. 먼동이가 짐을 싸는데!"
동생은 대답도 하지 않고 책과 옷 보따리를 들고 먼동이를 앞세워 대문 밖으로 나가려고 했다. 나는 화를 참지 못하고 동생을 불러 세웠다.

"내가 먼동이를 때렸다고 짐을 싸나? 이제 다시는 안 볼 사람처럼! 무슨 사람이 그리 속이 좁노?"

동생은 나를 한참 아래위로 훑어보더니 그냥 돌아섰다. 참으로 한심한 일이다. 아내는 부엌으로 들어가면서 종알거렸다.

"배은망덕한 것들! 그동안 먹여주고 재워 줬는데, 큰애비가 뺨 한 대 때렸다고 보따리를 싸가지고 말도 없이 가다니! 인간 구제는 하지 말라고 하더니 옛말이 하나도 그른 것이 없네!"
나도 말을 삼기다가 아내에게 미안하기도 하여 큰방으로 들어가면서 중얼거렸다.

"참! 못돼먹은 사람들이네! 한마디 상의도 없이! 아니 말 한마디 없이! 은혜를 원수로 갚다니!"

아내는 먼동이를 초등학교 6학년부터 고등학교 1학년이 다 가도록 아무런 대가도 없이 용돈까지 주면서 뒷바라지를 자식처럼 했다. 너무 허망했다.

며칠 뒤 어머니의 전화를 받으니 먼동이는 학교 근처에 사글세 방 한 칸을 얻어 자취를 한다고 했다. 자취는 처음이라 어머니가 밥을 해주기로 했다며 근심 어린 말투로 '큰애비가 참아라!'며 몇 번을 당부했다.

아내는 아침마다 가방을 들고 용돈을 달라던 먼동이가 눈에 밟히는지 설거지를 하면서 또 푸념을 했다. '그 놈의 자식이! 그 놈의 자식이!' 그러다가 '밥은 먹고 다니는지 모르겠다.'며 한숨을 쉬었다.

어머니가 먼동이 밥을 해주며 서너 달을 보낸 어느 봄날! 아버지는 장날도 아닌데 문중일로 시내 왔다가 집에 들렀다.

아내는 동네 아주머니들과 마루에 앉아서 뜨개질을 하는데 눈동자 풀린 시아버지가 힘없이 들어왔다. 아주머니들은 눈치를 보며 일어섰다. 아내는 늦은 점심밥을 차려주었다. 아버지는 배가 몹시 고팠던 참인데 며느리가 알아서 밥을 주니 고마웠던지 좀처럼 하지 않던 작은며느리 이야기를 했다.

"먼동이 애미가 탈이다. 큰애비한테 먼동이가 맞았다고 집에 와서 난리를 치면서 자취를 시키겠다고 했다. 먼동이 애비도 사랑방에 와서 늙은 할마이한테 먼동이 밥을 해 주라고 반강제로 졸랐다. 큰애미 니가 그동안 고생 많았다. 다 지나가면 모두가 안다."

평소에 말이 별로 없던 아버지는 얼마 전 시내버스 사건을 이야기 했다.

"버스 회사에서 전화가 왔는데 먼동이가 시내버스 의자 시트를 칼로 도려내었으니 변상하지 않으면 고소를 하겠다고 했다. 전 같으면 큰애비가 알아서 해결을 했을 터인데 이제는 할 수 없이 먼동이 애비가 버스회사에 갔다. 버스회사에 전무라는 사람을 만났으면 잘못 했다고 사과를 하고 돈으로 변상을 했으면 되었을 텐데 의자 값이 뭐가 그리 비싸냐며 싸우고 왔다. 버스회사 전무는 경찰에 고소를 하고 학교에도 연락을 하겠다며 마지막으로 전화를 했다. 할 수 없이 내가 전무를 만났다. 전무는 의자 시트 값이 올라서 20만 원을 달라고 했다. 먼동이 애비한테는 아마 10만 원을 달라고 했던 것 같다. 큰애비에게 전화를 하려다가 내가 그냥 20만 원을 주겠다하고 끝을 내었다. 왜 그렇게 먼동이 애비는 막혔는지 모르겠다. 시내버스 사건으로 그동안 큰애비가 먼동이 때문에 얼마나 고생을 했는지 집안 식구들도 알게 되었다. 오늘도 먼동이 자취방에 할마이가 있지만 너 집에 온 것은 이 말이라도 해서 큰애미 속을 좀 풀어주려는 것이다. 이제는 너희들도 좀 편안하게 살거라! 참 고생 많았다."

그 뒤 어머니로부터 들은 이야기지만 먼동이가 시내버스의 자 시트를 칼로 형편없이 도려낸 사건은 아버지가 아니었으면 고소를 당하는 것은 물론 학교에서도 정학을 맞았을 것이라고 했다. 먼동이는 아침에 학교에 가면서 버릇처럼 용돈을 달라고 했는데 애미가 왕복 차비만 주자 도시락 가방을 땅에 패대기쳤다. 화를 참지 못한 먼동이는 버스에 오르자마자 뒷좌석에 가서 가방에 든 연필칼을 꺼내어 의자를 긋기 시작했다. 그 장면을 본 다른 학생들은 아무도 말을 하지 못했는데 먼동이에게 희롱을 당한 고등학교 3학년 여학생이 차에서 내리면서 운전기사에게 귓속말로 전했다고 한다. 운전기사는 바로 회사에 연락을 하여 사람이 오도록 하고 차를 세워 두었다. 수십분 후 회사 전무가 와서 먼동이는 바로 잡혔다. 회사 전무는 사건을 담당하는 사람으로 경찰에 알리면 돈도 챙기지 못하고 불리어 다니느라 고생만 하는 것을 아는 지라 학생의 신분 파악만 하고 집에 연락하여 합의를 유도한 것이다. 어떻게 보면 잘 한 처사인지 모른다. 먼동이도 고소를 당하면 전과가 생기고 학교는 학교대로 처벌을 받기 때문이다.

먼동이가 집을 나가자 좋아진 것은 아내뿐 아니라 아이들이다. 우선 방이 넓어서 잠을 마음대로 잘 수 있어 좋고, 밥먹을 때도 쪼그리고 앉지 않아도 되었다. 그러나 5년이나 함께 살던 사람이 없다는 것은 마음 한 구석이 빈 것 같이 허전했다.

무더운 여름이다. 먼동이가 자취방을 얻어 할머니와 살고부터 장날이면 찾아오던 동생과 제수씨가 뜸해지고 아버지도 뜸해졌다. 미안해서 그런지? 괘씸해서 그런지? 먼동이 자취방이 있어서 그런지는 알 수 없는 일이다.

아내는 먼동이 자취방에 나 모르게 두어 번 찾아 갔었다고 한다. 좁은 방에 먼동이보다 밥을 해 주는 시어머니가 걱정이 되어서 반찬을 들고 찾아갔다고 한다. 오늘은 아침을 먹으면서 나에게도 한번 가보라고 은근히 권했다. 나도 아내의 말이 싫지는 않았다. 조금 일찍 퇴근하고 가보겠다고 했다.

먼동이가 자취하는 집은 학교까지 걸어서 15분 거리에 있었다. 큰길을 벗어나 좁은 골목으로 들어가니 언덕길이 나왔다. 이 동네는 언덕 위에 집들이 있었다. 동네 뒤에는 먼동이학교 뒷산과 같은 줄기의 산이다. 동쪽으로 골목을 돌아 한 10분 언덕을 오르니 파란색 대문의 낡은 한옥이 나왔다. 대문 가까이에 가작을 단 부엌이 있는 방이 먼동이 방이다. 그 옆으로 방 2개가 더 있고 큰방이 있었는데 큰방 옆으로 부엌이 달려 있었다. 부엌 앞으로 창고와 화장실이 북쪽을 향해 있었는데 언덕 위에 집이라 마당이 무척 좁았다. 수돗물이 들어오지 않는지 대문 밖 언덕 밑에 공동 펌프와 수도꼭지가 보였다. 문을 열자 어머니가 나왔는데 나는 눈물이 왈칵 쏟아졌다. 아들이 못나서 집을 두고도 남의 집 곁방살이를 한다는 생각이 들었기 때문이다.

"좋은 집 두고 여기서 무슨 고생이요."

마침 서쪽으로 해가 지고 있어 방문에 가득히 햇살이 비쳐 어머니의 얼굴이 붉게 타올랐다. 어머니는 괜찮다며 방에 들어오라고 했으나 들어가기가 싫어 동마루에 걸터앉았다. 마침 저녁을 짓던 중인지 된장 끓이는 냄새가 났다. 어머니는 한숨을 쉬면서

"무슨 고등학생이 여학생을 데리고 와서 자고 간다. 참 얄궂다."

"여학생이라니요."

"그 여학생도 애비가 시골에서 농사를 짓는다는데 얼굴도 크고 신체도 좋더라! 맏며느리 감이기는 해도 아직 학생이라 결혼이야 웬걸 할라꼬! 너는 아무 말 하지 마라! 지 애비가 알면 또 난리난다."

나는 짚이는 데가 있었다. 전번에 다른 학교 학생의 자취방에서 여학생 때문에 싸운 사건이 떠올랐다. 아마 그때 그 여

학생, 미숙이가 아닐까? 생각이 거기에 미치자 더욱 낭패감을 느꼈다. 이놈이 이제는 남의 여자까지 가로채는구나! 정말 큰일이다.

"그래도 집에는 일찍 들어오지요."

어머니는 얼굴을 찡그리며 말을 잇지 못하다가

"애비니까 이야기 한다마는 먼동이는 이틀에 한 번 꼴로 집에 안 들어온다. 친구 집에 잔다고 카는데 학교도 잘 안 가는 눈치더라. 이 일을 어쩌면 좋노?"

요즘 세월에 고등학교는 나와야 사람취급을 받는데 학교를 안 간다니 할 말이 없었다. 그렇다고 무슨 뾰족한 수가 생각나지 않아 어머니를 안심시키느라

"내가 한번 알아 볼 테니 어매는 걱정 마시소!"

"야야! 차라리 먼동이 애비한테 맡겨라! 전번 같이 큰애비가 손찌검이라도 하면 이번에는 무슨 사단이 날지 모른다. 내사 그게 걱정이다."

맞는 말이다. 이제는 손찌검을 해도 지 애비가 하도록 버려 둘 참이다.

먼동이 자취방에 다녀오고 학교는 잘 다니는지? 사고는 안 치는지? 머리에 떠나지 않았지만 동사무소에 바쁜 일이 있어 정신없는 나날을 보냈다. 다행히 우리 아이들은 학교에 잘 다니고 아내도 염색공장에 뜨개질감을 가져와서 동네 아주머니들에게 나누어 주고 받아들이는 일까지 하게 되어 수입도 늘

어났다.

먼 산에 단풍이 드는가 싶더니 은행나무 가로수가 노란색으로 물이 들었다. 온 천지가 붉은색으로 노란색으로 물들 즈음 잠잠하던 우리 집 전화기가 요란하게 울렸다. 그것도 아침 일찍 울린 것이다. 시골에 부모님과 동생이 있어 아침 일찍 오는 전화와 저녁 늦게 오는 전화는 항상 불길한 예감이 들어 싫다. 전화를 받자마자 어머니의 음성이 들렸다.

"애비야! 큰일 났다. 먼동이가 어디 갔는지 삼일이 지나도 보이지 않는다. 어쩌면 좋노?"

잠도 덜 깨어 눈을 비비고 있는데 펌프물을 잣던 아내가 앞치마에 손을 닦으며 근심스럽게 옆에 서 있다가 전화 내용을 들었는지!

"당신은 걱정하지 말고 출근 준비나 하소! 내가 학교에 가 볼 테니! 당신에게 말을 하지 않아서 그렇지 전번에도 결석 때문에 학교에 간 일이 있니더!"

그동안 먼동이는 조용히 학교에 잘 다닌 것이 아니었다. 직장에서 먼동이 담임에게 전화라도 드려야 도리일 것 같아 했는데 3학년 진급이 안 될 것 같다고 했다. 퇴근을 하니 아내가 먼동이 학교에 다녀왔다.

학교에 가니 담임은 반 학생 몇 명을 데리고 만화방과 자취방 등을 찾아다니다가 친구집에 자고 있는 먼동이를 찾았다. 먼동이는 담임에게 이끌려 가방도 없이 학교에 와서 매를 맞고 복도에 꿇어앉아 반성문을 쓰고 있었다. 마침 복도 저쪽에 큰어머니가 나타나자 걸음아 나 살려라 하고 학교 뒷산으로 내빼었다. 아내는 자존심도 버리고 담임에게 빌었다. 3학년에 진급하게 해 달라고, 학교에 잘 다닐 수 있도록 이끌어 달라고 빌고 또 빌었다. 산으로 도망간 먼동이는 멀리 가지 못하고 큰 굴참나무 아래에 고개를 숙이고 앉아 있는 것을 담임이 발견하고 소리를 질러 내려오도록 했다. 아내는 먼동이를 보자 등줄기라도 때리고 싶었지만 우선 애처로운 마음이 들어 자취방에 데리고 가서 밥을 먹여 잠을 자도록 했다. 그리고 내일부터 열심히 학교에 잘 다닐 것을 다짐 받았다. 또 결석을 하면 큰아버지가 학교에 찾아 갈 것이라고 으름장도 놓았다.

새싹이 돋더니 먼 산에 아지랑이가 피어오르는 봄이 왔다. 작은 헌 오토바이를 타다가 큰 오토바이를 산지 열흘 정도 지나니 운전에 자신이 생겨 시골에 가서 자랑을 하고 싶었다. 공휴일이라 마땅히 할 일도 없어 아침을 먹고 천천히 출발하였다. 신발 끈을 단단히 매고 안전모를 쓰고 검은 안경까지 썼다. 아내는 안경은 벗으라고 하지만 하루살이라도 눈에 들어가면 안 된다며 벗지 않았다. 자동차가 많은 시내를 벗어나자 비포장도로지만 시골의 풀냄새를 맡는 여유까지 생겼다. 아버지는 오토바이를 보더니 돈 걱정부터 했다.

"비쌀 텐데! 돈 만드느라 고생했다."

동생은 지게를 지고 밭에 갔다가 대문에 들어서면서 오토

바이를 보고 무척 신기해했다. 지게를 벗더니 한 번 타 보자고
했다. 시동 거는 방법과 출발하는 방법, 세우는 방법을 가르쳐
주었더니 금방 타고 큰 길로 나갔다. 자전거를 탈 줄 아는 사
람이면 쉽게 배운다. 동생이 큰길에서 먼지를 일으키며 사라
지자 아버지는 사랑방으로 들어오라고 하더니 또 책을 꺼내놓
았다. 이번에는 큰 문중 향사를 지내야 된다며 홀기를 읽어 보
라고 했다. 홀기와 축문 중에 홀기를 가려내어 읽으려 하는데
제수씨가 소리를 질렀다.

"그 봐라! 내 그럴 줄 알았다. 싸다! 싸!"

밖을 내다보니 동생의 얼굴은 피가 흐르고 오토바이의 무릎바
람막이 한쪽은 깨어졌는지 찌그러졌다. 나는 밖으로 급하게
나가며 오토바이부터 살펴보고 싶었으나 동생의 안부부터 물
었다.

"많이 다쳤나? 볼에 피가 난다. 다른 데는 다친데 없나?"

동생은 아무 말도 하지 않고 깨어진 무릎바람막이를 만졌다.
나는 오토바이는 수리하면 되니까 걱정하지 말라며 제수씨를
안심시켰다. 아버지는 오토바이를 보며

"새 오토바이, 저렇게 깨부수면 어쩌노!"

한마디 하고 방문을 닫았다.

동생의 상처는 얼굴 뿐 아니라 팔꿈치와 무릎도 까져서 피
가 났다. 집에 있던 알코올(에탄올)로 소독을 하고 머큐로크롬
을 발랐으나 무척 아파 보였다. 병원에 가자고 했으나 괜찮다

며 씩 웃었다. 어머니는 먼동이 자취방에 가져 갈 된장과 김치 등을 보자기에 싸놓았다. 아마 오토바이가 왔으니 같이 타고 갈 요량을 하는 것 같았다.

오토바이 뒤에 짐을 싣고 어머니를 짐과 나 사이에 앉히면 서 발을 바퀴의 살에 넣을까 조심하라며 발의 위치를 일러 주 었다. 먼동이는 토요일인 어제도 집에 오지 않았다. 비포장도 로라 오토바이 바퀴가 돌덩이에 부딪힐 때 마다 어머니는 '아 이쿠! 아이쿠!'하면서 나에게 매달렸다.

먼동이 자취방은 언덕길이라 오토바이에 사람을 태우고 올 라갈 수 없어서 어머니를 내리게 하고 시동은 끄지 않고 그대 로 세워 두었다. 내가 짐을 들고 언덕을 오르니 먼동이는 어디 갔는지 방문이 잠겨 있었다. 어머니가 열쇠로 문을 여니 갇혀 있던 공기가 나오면서 빈 방 냄새가 났다. 오토바이 시동을 끄 지 않고 그대로 두었기 때문에 바로 언덕을 내려가려고 하니 어머니는 방에 들어오라며 팔을 당겼다. 그러나 오토바이가 걱정이 되어 언덕을 내려가니 오토바이 주변에 아이들이 모여 구경을 하고 있었다. 어떤 아이는 손잡이 액셀러레이터를 당 겨 보기도 했다. 어머니는 오토바이를 타고 올 때는 오토바이 에 신경을 쓰느라 먼동이 말을 하지 않더니 방에 앉자마자 이 야기를 했다.

먼동이는 3학년이 되자 공부는 둘째이고 학교에 아예 가지 않는다고 했다. 어디서 무엇을 하는지? 나쁜 친구들과 어울려 사고나 치지 않는지? 집에 들어오지 않는 날은 밤잠을 설친다고 했다. 밥을 해 주어도 손자가 열심히 학교에 다녀야 힘이 나는데 먼동이 애비가 걱정 할까봐 말도 못한다고 했다. 언젠가 담임선생님이 자취방에 왔다가 먼동이 책상을 살펴보고 가면서 '계속 결석하면 졸업을 시킬 수 없다.'고 했다. 어머니의 걱정을 덜어 드리려고 '내가 한 번 학교에 가겠으니 걱정하지 말라'하고는 저녁을 먹고 가라는 어머니의 손을 뿌리치고 오토바이에 시동을 걸었다.

초여름이 지나고 짧은 소매를 입을 때까지 동사무소에 감사가 있어 어머니와 약속을 잊고 먼동이 학교에 가지 못했다. 눈만 뜨면 사무실로 달려가서 어두워야 집에 돌아오는 일이 반복되었다. 오토바이가 있어서 웬만한 일은 직접 달려가서 처리를 하다 보니 더욱 바빴다.

언제나 마루에서 뜨개질을 하던 아내가 오늘은 보이지 않았다. 아이 둘만 마른 라면을 뜯어 먹으며 숙제를 하고 있었다. 아이들도 어머니가 어디 갔는지 모른다고 했다. 걱정이 되어 부엌에 들어가 보니 솥에는 먹다가 남은 밥이 말라 있었다. 설거지통에 그릇이 담겨 있는 것으로 봐서 급한 일로 나간 것이 분명했다. 연락이 오겠지 하고 빈 그릇을 정리하는데 대문 벨이 울려 큰아들이 나갔다. 아내는 급히 오느라 얼굴에 홍조를 띠며 숨을 헐떡거렸다.

점심을 먹고 마루에서 동네 아주머니들과 뜨개질을 하고

있는데 먼동이 담임에게서 전화가 왔다.

"원동이 자취방에 갔으나 문이 잠겨 있어 시골에 전화를 했더니 받지 않습니다. 내일 학생징계위원회가 열리는데 큰어머니라도 학교에 오셔야 될 것 같습니다. 그렇지 않으면 원동이가 퇴학이 될 것 같습니다."

아내는 하던 뜨개질을 놓고 급하게 먼동이 학교로 달려갔다.

교무실에 들어가니 먼동이 담임선생님은 수업에 들어가고 없었다. 교감선생님 책상 옆에는 내빈용 의자가 있는데 먼동이 담임선생님 책상 옆에는 의자가 없어서 그냥 서서 기다렸다. 지나가는 선생님들이 힐끔힐끔 쳐다보는데 정말 민망했다. 무슨 일로 왔는지 다 안다는 눈치였다. 교무실에 오고가는 사람들은 거의 선생님들이었으며 학부형으로 보이는 사람은 없었다. 정갈한 복장이 아닌 여자들이 있었으나 선생님인지 아닌지는 알 수가 없다. 한참 두리번거리며 교무실 구경을 하다가 창문 쪽으로 시선을 돌려 창밖을 보았다. 오래된 학교는 아니지만 운동장 주변에 잎이 무성한 플라타너스 나무들이 줄을 지어 서 있었다. 먼동이가 도망가서 앉아 있던 굴참나무는 교사(校舍) 뒤에 있는 산이라 보이지 않았다. 교무실이 갑자기 웅성거려 뒤를 돌아보니 선생님들이 수업을 마치고 하나 둘 들어왔다. 조금 있으니 먼동이 담임선생님이 왔다.

"오래 기다렸지요. 수업 중이라 기다릴 것 같은 예감이 들었으나 어쩔 수 없었습니다."

아내는 고개를 깊게 숙여 인사를 하고 선생님의 입에서 무슨 말이 나올지 긴장이 되었다.

"원동이는 오늘도 학교에 나오지 않아 저와 반 아이들이 찾아왔습니다. 3학년이 되고 3월은 간혹 결석을 했지만 잘 나왔는데 4월부터는 3일에 한 번, 5일에 한 번 학교에 옵니다. 불러서 달래도 보고 벌도 주었으며, 만화방이나 친구 자취방을 찾아가기도 했지만 결석은 계속 되었습니다. 그러다가 일주일 전에 사건이 벌어졌습니다."

아내는 몹시 긴장하여 선생님께 주려고 들고 온 음료수 박스가 이제야 생각이 나서 책상 위에 올려놓았다.

"원동이는 지금 교실에 들어가지 못하고 상담실에서 교육을 받고 있습니다."

아마도 상담실에서 벌을 받으며 반성문을 쓰고 있을 것이라 짐작이 되었다.

원동이는 일주일 전 2학년 때 문제가 생겼던 여학생(미숙이)과 골목길을 가고 있었다. 좁은 골목에서 그 여학생 남자친구와 마주쳤는데 누가 먼저랄 것도 없이 주먹과 발길질이 오고 가는 싸움이 붙었다. 지금도 누가 먼저 주먹을 날렸는지 알 수가 없다. 서로 책임을 피하려고 상대방이 먼저라고 우긴다. 서로 안고 뒤엉켜 뒹구는데 지나가던 청년이 말렸다. 그 청년은 휴가 나온 군인이었다. 어찌 된 일인지 싸움을 말리던 군인을 싸우던 원동이와 여학생 남자친구가 합세하여 두들겨 팼다.

군인이 잘난 체하여 때렸다는데 이빨이 빠지고 갈비뼈에 금이 가서 병원에 입원하여 귀대를 못하자 헌병들이 와서 군대 병원으로 옮겼다. 군인을 팼으니 군법에 따라야 한다. 그것은 경찰서에 잡혀간 것보다 복잡했다. 곧 학교로 연락이 가고 헌병들이 학생들을 데리려 왔다. 군인을 때린 두 학교 학생과장은 손이 발이 되도록 빌고 빌었다. 학생들을 군법에 넘기지 않으려고 원인을 제공한 여학생의 학교 학생과장까지 군대에 가서 빌었다. 그러자 군에서는 학생들을 학교에서 엄하게 처벌하는 조건으로 더 이상 문제 삼지 않기로 했다. 그런데 문제는 그 다음이었다. 먼동이와 남학생 그리고 여학생은 삼각관계로 전에도 폭력사건이 있었으므로 정학 정도로는 일이 마무리 되지 않을 것이 분명했다. 한 학교에서 퇴학을 시키면 다른 학교에서도 퇴학을 시켜야 하는 연관성이 있었다. 여학생 학교에서는 남학생과 달라서 퇴학은 시키지 않으려는데, 남학생 학교에서는 서로 눈치를 보며 퇴학을 시켜야 하는 쪽으로 방향이 잡혀가고 있었다.

먼동이 담임선생님은 결석이 많고 폭력전과가 있다고 해도 퇴학만은 면하게 하고 싶었다. 그러나 전후 사정과 분위기가 심상치 않아 학부형을 급하게 불렀다고 했다. 아내는 빌다가 눈물을 흘리면서 어떻게 하던지 퇴학은 면하게 해 달라고 애원을 했다. 그러다가 교감선생님에게도 빌고, 교장실에 가서 교장선생님에게도 빌었다. 교장선생님은 담임을 불러서 '학생의 부모는 어디 가고 학생의 백모가 와서 비느냐?'며 꾸중을 했다.

아내의 이야기를 듣고 나니 상황이 급하다는 것을 알게 되었다. 저녁에라도 담임을 만났으면 하고 시골 동생에게 전화를 했으나 술이 취하여 잔다면서 전화도 받지 않았다. 다음날 아침, 동생은 새벽같이 왔다. 어떻게 하던지 졸업이라도 시켜야 되지 않겠냐며 징징거렸다.

"형! 형이 좀 어떻게 해 보소! 저 불쌍한 놈, 고등학교라도 졸업을 해야 사람구실을 합니다. 나도 공부가 싫어 고등학교에 안 갔지만 먼동이는 꼭 졸업을 시켜야 합니다."

평소에 잘 하지 않던 존댓말을 하며 애원하는 동생의 표정은 정말 진지했다. 먼동이를 자퇴시킨다고 할 때의 당당함은 찾아볼 수가 없었다. 역시 부모는 자식 앞에 약해지는 모양이다.

사무실에서 조퇴를 하고 동생을 데리고 먼동이 학교로 갔다. 교무실에는 먼동이 담임선생님도 교감선생님도 없었다. 수업에 들어가지 않는 몇 분 선생님 중에 먼동이 담임선생님 옆자리 여선생님에게 사정을 말했더니 '오후에 열린다던 징계위원회가 앞당겨져서 조금 전부터 교장실에서 열리고 있다.'고 했다. 나는 다짜고짜 교장실로 들어갔다. 문을 여니 탁자를 가운데 두고 여러 명의 선생님들이 둘러앉아 있었다. 그 중에는 교장, 교감, 먼동이 담임도 있었다. 내가 무릎을 꿇어앉자 젊은 선생님이 일어서더니 큰소리를 질렀다.

"당신 누구요."

"원동이 큰애비요. 제발 살려주십시오. 우리 집에서 학교에 다녔으니 내가 잘못한 거나 마찬가지요."

평소에 안면이 있던 교장선생님이 일어서더니 엎드려 있는 나를 일으켜 세웠다. 그는 내 어깨를 쓰다듬으며

"그렇지 않아도 가정환경을 조사 하다가 큰아버지의 직장도 알게 되었습니다. 동사무소에 계시다가 과장으로 승진을 하여 시청에 계시는 것으로 알고 있는데 정말 훌륭하십니다. 잘 될 것입니다."

교장선생님의 말을 들으니 조금은 안심이 되어 교장실을 나왔다. 동생은 교장실 복도에서 담배를 피우며 창밖을 보고 있다가 나를 보자 달려왔다.

"어떻게 되었소! 퇴학을 시킨다지요."

나는 평소에 피우지 않던 담배를 동생에게 달라고 하여 불을 붙이고는 조금 기다려 보자고 했다. 한참을 기다리니 담임 선생님이 교장실 문을 열고 나오면서 나를 보자 씩 웃었다. 나는 한숨을 쉬면서 '퇴학은 면했구나!'하는데 동생은 무슨 영문인지 몰라 눈만 멀뚱거렸다.

"교장선생님 배려로 무기정학 처벌을 받았습니다. 보름 정도 정학을 하자고 건의를 했지만 같이 싸운 다른 학교 학생은 퇴학을 당했다며 학교 체면이 있지 그렇게는 안 된다고 했습니다. 담임이 부족해서 그렇게 되었습니다. 죄송합니다. 한 달

정도 근신을 하면 교실에 들어갈 수 있으니 안심하십시오."

먼동이 담임은 고개를 숙이며 죄인처럼 죄송하다고 했으나 동생은 퇴학처분을 면했는데도 고맙다는 말도 하지 않았다. 내가 오늘 저녁에 만나서 술이라도 한잔 하자고 했으나 담임 선생님은 한사코 거절을 했다.

동생과 함께 먼동이 자취방에 가니 어머니는 신발도 신지 않고 한 걸음에 달려 나오면서 어떻게 되었냐고 했다. 퇴학은 면했다고 하자 한숨을 쉬면서

"우리 집에서 처음 본 손자다. 참으로 귀한 손자인데, 다행이다. 참 다행이야!"

사실 따지고 보면 먼동이는 맏집인 내 아들이 아니니 맏손자는 아니다. 우리 아이들보다 나이가 많을 뿐이다. 또 어머니로 봐서는 남의 배에서 난 아들의 아들이니 별로 유별 할 것도 없지 싶은데 어릴 때부터 키워서 정이 들어 애착을 갖는 것 같았다. 어머니는 평소에도 내 아이들 보다 먼동이를 더 챙겨 주었다. 본인의 배로 태어난 아들의 아들은 가까운 핏줄인데 떨어져 살아서 정이 들지 않는 탓도 있었다. 어찌 되었든지 먼동이는 어머니에게 둘도 없는 귀한 손자다. 바쁜 농사철에도 굶지나 않을까 걱정을 하며 반찬을 챙겨 자취방에 드나들었다.

먼동이는 그 후 정신을 차렸는지 가끔 결석은 했지만 학교에 잘 다녔다. 그 여학생도 만나지 않는지 자취방에 데리고 오는 일도 없다고 했다. 아내는 고생하는 시어머니를 보러 간다

는 핑계로 먼동이 자취방에 가서 학교에 잘 다니는지 살폈다.

코스모스가 피는가 싶더니 가로수에 단풍이 들기 시작했다. 동생은 가끔 전화를 할 때마다 먼동이도 학력고사를 친다며 자랑을 했다. 먼동이를 대학교에 보내어 대리만족이라도 하고 싶은 심정이니 오죽 하겠나! 싶어 칭찬을 해 주었다.

학력고사를 치는 날이다. 아내는 아침을 먹으면서

"먼동이가 학력고사를 친다는데 가봐야겠지요."

하고 물었다. 먼동이 학교가 아니라 고사장에 간다는 것으로 봐서 어느 학교에서 시험을 치는지 알고 있는 듯 했다. 나는 너무 유난을 떨지 말라고 했다. 그러나 혼자 걱정을 하고 있을 어머니 생각이 나서 시험이 끝나면 어머니와 먼동이를 데리고 집에 와서 고기라도 구워 주면 좋겠다고 했다.

퇴근을 하니 어머니와 먼동이가 집에 왔다. 모처럼 집안이 떠들썩하게 깻잎과 상추를 씻고, 쌈장을 만들고, 마늘과 고추를 다지느라 도마 소리가 요란했다. 마루에서 돼지고기를 구워 먹으면서 시험을 잘 쳤느냐고 했더니 먼동이는 너털웃음을 웃으면서 너스레를 떨었다.

"문제가 쉬웠어요. 다른 과목은 공부한 문제가 나왔는데 수학은 잘 몰라서 옆에 학생 답안을 보고 베꼈어요. 안 보여 주려는 것을 쉬는 시간에 주먹으로 윽박질렀더니 보여줬어요."

옆에 학생을 윽박질렀다는 말에 가슴이 뜨끔했으나 좋은 날이니 참기로 했다. 다행히 시험을 잘 쳤다니 열심히 공부한 보람이 있다고 칭찬을 해 주었다. 저녁에는 친구들과 모이기로 했다며 일어섰다. 아내는 일찍 들어오라고 했지만 먼동이는 인사도 하는 둥 마는 둥 대문을 나가버렸다.

학력고사 성적이 발표되고 며칠이 지나도 동생은 전화 한 통 하지 않았다. 성적은 잘 나왔는지? 어느 대학 무슨 과를 지원하는지? 무척 궁금했다. 부모님 안부도 여쭤어 볼 겸 전화를 했더니 제수씨가 받았다. 안부를 묻고 나서 동생을 바꾸어 달라고 했더니 힘없는 목소리로 저녁을 먹고 동네에 나갔다고 했다. 제수씨에게 먼동이 이야기를 해봐야 모른다고 할 것이 뻔하기 때문에 그만 두기로 하고 어머니를 바꾸어 달라고 했다. 한참 후 어머니가 급하게 달려왔는지 숨을 헐떡거리며 전화를 받았다.

"숨 좀 고르시고 천천히 받으세요. 잘 계시지요. 아부지는요."
어머니는 내 말에 대답은 하지 않고

"애비야! 큰일 났다. 먼동이가 대학에 못 간단다. 시험성적이 엄청 나쁘단다. 어쩌면 좋으노?"
어머니의 말에 당황하여 할 말을 잊고 전화기에 입을 떼지 못하고 있는데, 한참 후 먼동이 애비가 왔다며 전화를 바꾸어 주었다. 동생은 또 나를 원망했다.

"먼동이가 시험을 잘 쳤다고 형이 그랬잖소! 그런데 담임에게 전화를 했더니 지방대학도 못 간다고 했소! 그렇다고 전문대학에 보내기는 죽어도 싫소! 형이 책임지시오."

좋은 소식을 기다렸는데 어디서 날아온 돌인지도 모르고 한 대 맞고 나니 어질어질하여 전화를 끊었다.

사무실의 직원 자녀들은 무슨 대학 무슨 과에 원서를 쓴다며 자랑을 해도 내 조카가 4년제 대학에 못가니 먼 나라 이야기로 들렸다. 동생에게 전문대학이라도 보내라고 권했지만 조금의 틈도 주지 않았다. 급기야 재수를 시킨다고 했다. 먼동이의 성적을 아는 지라 전문대학의 장래성 있는 학과를 택하여 보내기를 바랐지만 동생은 끝내 재수를 시킨다며 졸업도 하기 전에 서울의 유명한 학원에 보낸다고 했다.

우리 맏아들도 3월이면 중학교 2학년이라 걱정이 되었다. 둘째도 6학년이 되는데 모두가 다 보내는 학원에도 보내지 못하니 무척 미안했다.

먼동이는 졸업을 하자 신사복을 차려입고 청량리행 열차를 탔다. 아내는 먼동이가 서울에 가는데 그냥 있을 수 없다며 나도 모르게 여비를 주었다.

취직도 사업도

먼동이가 서울에 있는 고모집에 갔다. 먼동이에게는 고모지만 나에게는 아홉 살이나 많은 큰누님이다. 큰누님은 매형이 일찍 돌아가시고 혼기가 다 된 외동아들과 어렵게 살고 있다. 이제는 고모에게 신세를 지려는 것이다. 어머니는 입을 삐죽거리며 못마땅해 했지만 아버지는 쌀이라도 보내라며 또 고조부 산소의 방풍목 이야기를 했다.

"애비에게 고조부이니 손자에게는 5대 조부가 된다. 그 산소를 쓰는 풍수가 6대에 가서 큰 인물이 난다고 했으나 조금 당겨 질 수도 있을 게다."

아버지는 먼동이의 학교생활을 자세히 모르므로 막연하게 손자에게 기대를 걸었다. 쌀을 보내라고 하는 것을 보면 먼동이가 우리 집에 있을 때 아무것도 보내지 않았다는 것을 아는 듯도 했다.

서울 큰누님은 자형이 남긴 조금의 유산으로 산동네 작은 한옥에 산다. 남향집인데 동쪽에서 서쪽으로 방, 마루, 큰방이 있고 남쪽으로 부엌과 방이 있어 부엌 옆방은 사글세를 주었다가 먼동이가 온다고 하니 살던 사람을 내보냈다. 사글세만큼 방세를 주는지 어떨지는 동생이 알아서 할 일이나 나에게 했던 것을 생각하면 안 줄 것이 뻔하다.

먼동이가 서울에 가서 학원에 다니며 공부를 한다고 하니 아버지의 기대는 컸다. 마치 일류대학에 다니는 것처럼 동네 사람들에게 자랑을 했다.

아내는 먼동이가 초등학교 6학년부터 고등학교를 졸업할 때까지 하루도 마음 편할 날이 없었다. 이제 서울에 갔으니 한시름 놓게 되었다며 한숨을 쉬었다. 그러나 그것도 몇 달 가지 않았다. 먼동이는 한 주일에 한 번, 두 주일에 한 번 시골집에 내려왔다. 시골에서 얻은 용돈이 적으면 백모인 아내에게 와서 졸랐다. 그럴 때마다 아내는 오지랖이 넓은 건지? 숙맥인지? 용돈을 챙겨 주었다. 먼동이는 내가 없는 것을 어떻게 아는지 없을 때 집에 왔다가 갔다. 그런데 한 번은 나와 마주치게 되었다. 도망을 가려다가 잡혀서 인사도 하는 둥 마는 둥 하는 것을 마루에 앉으라고 하니 처마 밑에 눈을 내리 깔고 서 있었다.

"너 다니는 학원 이름이 뭐로?"
학원에 다닌다는 것이 고맙기도 하고 진짜 다니는가 싶어 물어 본 것이다. 먼동이는 머뭇거리더니
"서울학원에 다니는데요."

"종일반이라!"

"아닌데요."

"그러면 무슨 과목을 몇 시부터 몇 시까지 배우노?"

"그것은 알아서 뭐 하려고요."

먼동이는 아주 반항적이다. 어릴 때도 퉁명스런 말투였는데 자라면서 점점 더 심해졌다. 이제는 싸움을 거는 시비 투의 말이다. 나는 좀 더 따져보려다가 그만 두면서 소리라도 지르고 싶었으나 억지로 참았다. '알아서 뭐 하려고요.'하는 말에 섬뜩함을 느끼면서 갑자기 남으로 여겨졌다. 참으로 괘씸했다. 이제는 학원에 다니든지 공부를 하든지 지가 알아서 할 일이다.

안부도 전할 겸 서울의 큰누님에게 전화를 했다. 평소에는 전화번호도 잘 몰랐는데 먼동이가 서울에 가자 전화번호를 적어 두었다.

먼동이는 보름 정도 학원에 가는 것 같았는데 그 후로는 빈손으로 나가는 것으로 봐서 학원에 가지 않는 눈치다. 아침을 먹고 밖으로 나가는 일도 한 달 정도 하더니 이제는 방에 틀어박혀 뭘 하는지 방문을 열어보면 담배연기만 자욱하다. 큰누님의 아들은 서른을 훨씬 넘어가도 담배를 피우지 않는데 무슨 일인지 머리에 피도 마르지 않는 놈이 담배를 피운다며 흉을 봤다. 며칠 전에는 점심을 먹고 밖에 나갔는데 저녁 늦게 들어와서는 밥을 주려고 문을 열어보니 얼굴이 붓고 팔에도 상처가 있어 약을 주었다. 누구하고 싸운 것이 분명하다고 했다.

먼동이가 큰누님 집에 가고부터 누님과 전화통화라도 하게 되니 가까워 진 것 같아 좋았으나 한편으로는 미안하고 죄송했다. 시골에 갔을 때 어머니와 약속을 했다. 휴가를 얻으면 기차여행 겸 큰누님 집에 다녀오자고, 먼동이의 말투는 밉지만 그래도 핏줄인 것을 어찌 하겠는가?

보리타작을 하고 모내기를 하느라 시골은 무척 바빴다. 대추나무에서 감나무에서 느티나무 고목에서 매미가 울어대는 여름이다. 우리 집에 여름 제사가 많은 것은 여름에 죽은 조상 귀신이 후손들을 데려가기 때문이라고 아버지는 제사 때마다 이야기를 한다. 그날도 증조부 제사가 들어서 아내는 아침부터 시골로 내려가고 나는 아이들을 데리고 저녁을 먹고 출발했다. 시골에 도착하여 오토바이를 마당에 세우려는데 큰방에서 동생의 고함소리가 들렸다.

"이 망할 자식! 공부 하라고 서울에 보냈더니 돈만 쓰고, 이제는 도둑질까지 한다며! 뭐 이런 놈이 다 있노?"

처마 밑 댓돌에 올라서니 동생이 먼동이의 머리를 손으로 때리는 것이 보였다. 정신없이 마루에 올라가 동생을 말렸다. 먼동이는 고개를 숙여 지 애비에게 들이밀었다.

"때리소! 때리고 싶거든 더 때리소! 씨팔!"

먼동이가 '씨팔!'이라고 하자 나도 모르게 먼동이 뺨을 때렸다.

"뭐 이런 놈이 다 있노! 지 애비에게 욕을 하다니!"

먼동이는 내 턱밑으로 머리를 들이밀었다. 사랑방에 있던 어머니가 언제 왔는지 먼동이를 끌어안았다.

"야들이 아(童) 잡는다. 말로 해라! 말로! 후유!"

아버지의 큰 기침소리가 들리자 나는 씩씩거리며 자리에 앉았다. 동생도 따라 앉았는데 먼동이는 발로 문을 소리 나게 차더니 이내 삽짝 밖으로 사라졌다.

동생은 제수씨에게 술을 가져오라고 소리를 지르더니 아직 흥분된 목소리로 그동안의 사정을 이야기 했다.

얼마 전 서울의 큰누님에게 전화를 해서 먼동이가 공부는 잘하는지 물었더니 처음에는 잘 한다고 하다가 동생도 알아야 된다며 이야기를 하지 않겠소!

처음에는 학원에 잘 다니는 것 같았는데 어느 순간부터 책가방이 손에 없었다. 방문을 열어보면 담배연기가 자욱하고, 그러다가 아침만 먹으면 밖에 나가서 늦은 저녁에야 집에 들어와서 밥도 먹지 않고 잤다. 그러던 어느 날 늦은 저녁에 먼동이가 큰 가방을 메고 왔다. 무엇이 들었을까 궁금했지만 묻지도 않고 그대로 두었다. 다음날 점심때가 다 되어 먼동이가 밖에 나가자 살며시 방에 들어가니 어제 들고 온 가방이 옷장에 숨겨져 있었다. 가방을 열어봤더니 상표도 뜯지 않는 여자 속옷이 가득 들어 있었다. 이놈이 속옷 장사를 시작했는가 보다 하고 가방을 닫으면서 생각하니 하필이면 여자 속옷장사를 할까 의문이 생겼다.

먼동이가 아침이 되어도 집에 들어오지 않아 걱정을 하고 있었는데 점심때가 지나서 신사복을 입은 사람이 대문벨을 눌렀다. 나가보니 형사라며 신분증을 눈앞에 보이면서 원동이 집이 맞느냐고 했다. 형사는 다짜고짜 먼동이 방을 묻더니 방문을 열고 들어가서 옷장 책상 할 것 없이 다 뒤졌다. 큰누님은 짐작을 하고 가방이 걱정되었으나 형사는 아무것도 손에 들지 않고 밖으로 나왔다.

　"원동이 지금 어딨어요."

　"어제 저녁에 나가서 안 들어왔는데요. 무슨 일이지요."
큰누님은 떨렸으나 태연하려고 입을 다물었지만 입술은 계속 떨렸다.

　"옷 가게에 도둑이 들었는데, 도둑 중에는 원동이 친구가 있어 공범이 아닌가? 하고 물증을 찾으려고 왔습니다. 혹시 수상한 물건을 가지고 온 적은 없습니까?"

　큰누님은 본 적이 없다고 딱 잡아떼고 대문을 닫았다. 형사가 간 뒤에 먼동이 방에 들어가 가방을 찾았으나 다행히 없었다. 먼동이가 가지고 나간 것이 분명했다. 그런데 그 가방이 아들 방 청소를 하다가 옷장을 열었더니 거기에 있었다. 아들에게 전화를 해서 확인을 했더니 모른다고 했다. 먼동이가 감추어 놓은 것이 분명했다. 그러면서 가슴이 떨렸다. 형사가 준 명함을 보고 전화를 하려다가 스치는 생각이 '누구를 잡으려고 가방을 아무데나 숨기지!' 이러다가 아들도 위험하게 될 것이다. 가방을 쓰레기통에 버리려다 도로 옷장에 감추었다.

저녁이 되자 먼동이가 들어왔다. 큰누님은 아무런 내색도 하지 않고 밥을 차려 주었다. 먼동이는 아무 말 없이 아들 방에 들어가더니 그 가방을 들고 나왔다. 돌아서는 먼동이를 보고 야단을 쳤다.

"이놈아! 누구를 잡으려고 가방을 아무데나 숨기노?"

먼동이는 가방을 어깨에 메면서

"친구가 잠시 맡아 달라고 해서 가지고 왔는데, 왜요."

"낮에 형사가 왔다 갔다. 혹시 도둑질 하는 사람하고 어울리나?"

도둑질이라는 말에 먼동이는 눈을 새파랗게 치뜨면서 대들었다.

"고모는 내가 도둑놈으로 보여요. 참! 더러버서! 내가 나가면 시원하시겠네!"

먼동이가 이틀째 집에 들어오지 않았다. 걱정이 되어 시골에 전화를 하려고 하니 아들이 말렸다. '친구 집에 있는 것 같으니 조금 더 기다려 보고 전화를 해도 늦지 않다.'고 했다. 시골에서 올라오지도 못하는데 걱정만 한다는 것이다. 먼동이가 집을 나가고 삼 일이 되던 날 형사가 또 찾아 왔다. 분명히 물증이 있을 텐데 찾지 못했다는 것이다. 큰누님은 우리 집에는 없으니 찾아보라고 큰소리를 쳤지만 왠지 뒤가 꿀렸다.

형사가 간 뒤 이제는 더 이상 두고 볼 수가 없어서 시골에 전화를 했다. 그동안 먼동이 행동을 이야기 하고 데려가라고 했다. 더 이상 서울에 두면 무슨 큰일이 일어날지 모른다는 말도 덧붙였다. 그래도 고모에게 대들었다는 말은 하지 않았다. 그런데 먼동이가 어제 시골에 왔다. 제삿날을 알고 왔을 리는 만무하고 용돈이 떨어져서 내려 온 것이 분명했다.

동생이 큰누님과 통화를 하고 먼동이를 찾았으나 마을에 놀러가고 없었다. 마침 내가 도착하기 직전에 먼동이가 집에 왔는데 제사상에 올릴 생선을 손질하던 동생이 화가 북받쳐 먼동이를 때린 것이다.

어머니는 조상 제수를 장만하면서 큰소리를 내면 부정 탄다고 동생을 나무라며 진정시켰다. 동생은 소주 두 병을 비우고 나서야 조금 진정이 된 것 같았다. 앞으로 먼동이를 어떻게 해야 할지 걱정까지 했다. 나는 대학은 보내야 사람 구실을 한다며 공부를 시키라고 했고 동생은 아무리 생각해도 가망이 없다고 했다.

먼동이는 가끔 책을 사러 왔다며 시골에서 내려와 우리 집에서 밥을 먹고 갔다. 지 애비를 닮아 키는 작지만 얼굴은 미남형이라 착한 샌님같이 보인다. 겉으로 착해 보이는 놈이 하라는 공부는 하지 않고 사고만 치는지 이해가 되지 않았다. 두뇌도 둔재는 아니어서 시골 초등학교에 다닐 때는 우등상도 탔다. 밥을 먹으면서 아내가 누구와 무엇을 했느냐고 묻자 먼동이는 자기도 모르게 미숙이 하고 영화를 봤다고 했다.

아직도 고등학교 때 사고를 친 그 여학생과 어울려 다니는 듯했다.

밤도 늦었는데 동생이 응급실에 실려 왔다고 먼동이가 전화를 했다. 자려고 이불을 펴다 말고 옷을 대강 걸치고 오토바이에 시동을 걸었다. 아내도 함께 가겠다며 따라 나왔다. 병원은 우리 집에서 오토바이로 10분 정도 가는 거리에 있다. 응급실에 도착을 하니 의사가 다녀갔다며 동생은 침대에 누워 있었다. 겉으로 보기에는 멀쩡했다.

동생은 늘 그러했듯이 아침부터 부엌에 들락거리며 소주를 대접으로 마셨다. 아침 먹을 때 한 잔, 밭에 갔다 와서 한 잔, 점심 먹을 때 한 잔, 저녁 먹기 전에 한 잔, 저녁 먹고 한 잔을 하다보면 소주 됫병은 바닥이 난다. 하루에 소주 한 됫병을 마시는 셈이다. 소주는 늘 농협판매차가 오면 박스로 사는데 일주일에 한 박스 정도 산다. 그날은 저녁도 먹기 전에 소주 됫병이 바닥났다. 제수씨가 부엌에서 저녁을 하면서 중얼거렸다.

"술 처먹다가 뒈진 귀신이 있나? 뒈질라꼬 환장을 했나?"
동생은 부엌으로 달려가서 큰 망치로 솥뚜껑을 내리쳤다. 솥뚜껑이 깨지고 물동이가 깨져서 부엌은 난장판이 되었다. 보다 못한 아버지가 지게 작대기를 들고 부엌으로 달려갔다. 동생은 뒷문으로 도망쳤는데 잠시 후 제수씨가 장독대에 갔다가 입에 거품을 물고 펌프 옆에 쓰러져 있는 것을 발견했다. 농약을 먹은 것이 분명했다. 급하니 먼동이를 찾았다. 먼동이는

119에 전화를 하여 사람이 죽어 가니 빨리 오라고 했다. 시골이라 119는 빨리 오지 않았다. 119가 올 동안 식구들이 동생을 마루로 옮기고, 얼굴을 닦고, 팔 다리를 주무르고, 따뜻한 물을 숟가락으로 입에 떠 넣고 난리를 피웠다.

동생을 진료하던 의사는 약을 먹었다는 말만 듣고 위세척 준비를 하고 사진을 찍으라고 했다. 내가 도착 했을 때는 사진은 찍고 위세척은 하기 전이었다. 간호사가 침대를 끌고 위세척실로 가자고 했다. 먼동이가 침대를 밀며 긴 복도를 따라갔다. 나와 아내는 복도에서 기다리기로 했다. 한참 후 먼동이가 숨을 헐떡거리며 왔다.

"큰아부지! 아부지가 없어졌니더!"

"없어지다니?"

위세척실로 가니 동생이 누웠던 침대는 그대로 있는데 침대 밑에 두었던 신발이 없어졌다. 복도, 휴게실, 대기실, 카운터, 식당, 슈퍼마켓, 분식코너, 출입문까지 찾았으나 동생은 어디에도 없었다. 병원 지하 주차장에 갔다가 응급실 앞에 오니 허름한 옷을 입는 50대 여자가 누구를 기다리는지 서 있었다. 혹시나 하고 동생의 인상착의를 이야기했다. '키가 작고 배가 볼록 나왔으며 얼굴은 검은데 흰 고무신을 신은 40대 남자'라고 하자 고개를 끄덕이더니 조금 전에 자기가 타고 온 택시를 받아 타고 갔다고 했다.

동생은 시골로 간 것이다. 제수씨를 놀라게 하려고 가짜 환자 행사를 하다가 위세척을 한다고 하니 겁도 나고 돈이 아까워 도망친 것이 분명했다. 평소 신중하지 못한 동생의 성격으로 충분히 그럴 수 있다는 생각이 들었다. 응급실 앞이라 환자를 싣고 온 택시가 있어 제수씨와 면동이에게 타고 가라고 했다. 제수씨는 무슨 영문인지 몰라 우두망찰 서 있다가 택시에 올라탔다. 택시 안으로 차비를 던져 주며 걱정하지 말고 잘 가라고 했다.

동생은 어릴 때부터 꾀병을 자주 부렸다. 학교에 가기 싫으면 배가 아프다고 누워서 앓다가 학교에 가지 말라고 하면 금방 일어나서 놀았다. 결혼을 하고 가족이 있어도 화가 나면 집을 나가서 며칠씩 돌아오지 않았다.

면동이는 서울 생활을 청산하고 농사를 짓는다며 일을 거들더니, 힘이 드는지 공부를 한답시고 돈을 얻어 시내에 와서 친구들과 어울려 놀았다. 우리 집에는 학교에 다닐 때보다 자주 오지는 않았으나 가끔 와서 필요한 것을 가지고 갔다.

찬바람이 불고 첫눈이 오더니 떨어진 낙엽이 추하게 보일 즈음 면동이는 학력고사를 친다며 집에 왔다. 수험번호를 받으러 간다며 고사장에 갔는데 밤이 늦어도 오지 않았다. 걱정이 되어 시골에 전화를 하려다가 그만 두고 기다리는데 자정이 넘어서 아이들 방에 들어오는 것 같았다.

아내는 새벽에 일어나서 면동이가 고사시간에 늦지 않도록 점심 도시락까지 준비 했다. 고사장이 집에서 조금 멀리 있어서 택시를 타고 가라며 돈을 주고 출근 준비를 서둘렀다. 먼동이가 떠나고 30분 정도 지났을 때 큰아들이 방에 떨어진 먼동이 수험표를 들고 왔다. 큰일이다. 옷도 입는 둥 마는 둥하고 오토바이로 달려갔다. 다행히 고사시간 전이라 교문이 열려 있었다. 먼동이는 수험표가 있는지 없는지도 모르고 복도를 배회하고 있었다.

아내는 먼동이가 학력고사를 치고 오면 삼겹살이라도 굽는다며 준비를 했다. 중학교와 초등학교에 다니는 아이들도 오랜만에 삼겹살을 먹는다며 좋아했다. 서둘러 퇴근을 하고 집에 오면서 보니 학력고사를 치고 나오는 학생들로 시내버스는 발 디딜 틈도 없이 복잡하고 거리는 학생들로 넘쳤다.

삼겹살을 구울 준비를 하고 기다린 지 두 시간이 지나도 먼동이는 오지 않았다. 아이들은 배가 고프다며 방과 마루를 들락거렸다. 기다리다 못한 나는 친구들과 어울렸을 거라 여겨서 저녁을 먹자고 했다. 그날 저녁 먼동이는 오지 않았다. 아니 그 다음날도 전화 한통 없었다. 시험은 잘 보았는지? 빈 도시락은 어떻게 했는지? 궁금했지만 연락오기만 기다렸다.

먼동이는 어떻게 되었는지 학력고사를 치는 날 아침에 보고 한 달이 지나도 소식이 없었다. 연말이라 바쁘다보니 부모님께 전화 통화도 하지 못했다. 학력고사 정답을 팔던 서점들은 대학지원서를 파느라 좌판에 학교별로 원서를 전시해 놓았다. 좋은 대학지원서를 들고 가는 학생들을 보니 무척 부러웠다.

무소식이 희소식이라며 지내다보니 우리 아이들은 방학을 하더니 벌써 개학을 하였다. 작은아들은 집 가까운 중학교에 배정을 받았다며 교복을 샀다.

오랜만에 일요일이 장날이다. 시골에서 누구라도 오지 않을까 하고 기다렸는데 점심때가 되자 아버지가 두루마기에 갓을 쓰고 왔다. 족보를 만드는 일로 시내에 왔다가 오는 길이라고 했다. 먼동이 이야기가 궁금했으나 아버지께서 먼저 말을 하도록 기다렸다. 점심을 먹고도 먼동이 이야기를 하지 않아 아내가 말을 꺼냈다.

"아버님! 먼동이는 어느 대학에 간다니껴?"
아버지는 물을 마시느라 대답을 못하다가 물을 넘기고도 한참 동안 아내를 바라보았다.

"먼동이 시험 치로 왔을 때 무슨 짓을 했노?"
아버지의 물음 속에는 분명 뭔가 숨겨져 있었다. 그래서 내가 나섰다.

"먼동이가 뭐라고 했는데요."
아버지는 아주 못마땅한 듯

"아무리 배가 다른 동생의 아들이라 해도 조카는 조카지 암, 시험 치로 가는 아(童)한태 얼마나 섭섭하게 했으면 큰아버지도 아니라고 했겠노? 지 애비도 무척 섭섭하다며 형이 그럴 줄 몰랐다고 하더라!"

아내는 펄쩍 뛰면서 시험 치는 날 아침에 있었던 이야기를 했으나 아버지는 믿지 않는 눈치였다. 나는 나대로 집히는 데가 있었다. 그것은 먼동이가 시험을 치고 오지 않자 아내가 한 말이 생각났다.

먼동이가 시험 치러 가면서 내 옷장을 열더니 한 벌 뿐인 신사복을 빌려 달라고 했다. 아내가 오늘 입고 가는 옷이라며 안 된다고 하자 새로 사 놓은 구두를 달라고 했는데 그것도 안 된다고 했다. 먼동이는 시큰둥해서 건네주는 차비와 도시락을 휙 낚아채듯이 들고 나갔다.

먼동이는 전에도 새로 사 놓은 와이셔츠와 넥타이를 빌린다며 가져갔다. 운동화도 모자도 장갑도 좋은 것만 보면 가져갔다. 이놈이 분명 지 애비한테 무엇인가 나빴던 일들을 모아두었다가 이야기 한 것이 분명했다. 아버지마저 오해 할 정도이니 형제간의 우애를 갈라놓아 그동안 소식이 없었던 것이다. 참 분하고 괘씸한 일이다. 내 딴에는 큰애비 노릇을 한다고 정성을 쏟았는데 그 결과는 배신으로 돌아 왔다. 급한 것은 아버지의 오해를 풀어 주어야 했다. 먼동이를 전학 시키던 일부터 사고를 치고, 자취를 하고, 몇 번 퇴학의 위기를 넘긴 일까지 이야기를 했다. 아버지는 반신반의를 하다가 아내도 울면서 하소연을 하자 수긍을 하는 눈치였다. 아버지가 대문을 나서자 아내는 한참 동안 허공을 보더니 탄식하며 혼잣말을 했다. '인간구제는 하지 말라더니! 개도 그렇게 했으면 주인을 배신하지 않을 게다. 아무리 철이 없다 해도 어쩌면 그럴 수

있노! 가뜩이나 앞뒤 막힌 동서(同壻)는 무슨 맘을 품었겠노?'

　먼동이는 1년 동안 재수 한다면서 공부는 뒷전이더니 학력고사 성적이 지난 해 보다 더 나빴다. 전문대학이라도 보내라며 권했으나 동생은 보내지 않았다. 학력고사가 끝나자 이제는 드러내놓고 친구들과 어울려 놀았다. 공부하라고 하는 사람도 없으니 며칠씩 집에 들어오지 않았다. 지 애미에게 돈을 얻다가 안 되면 할머니에게 달라고 했다.

　먼동이가 방탕한 생활을 하자 아버지는 취직자리를 구한다며 사돈의 팔촌까지 찾아 다녔다. 그러다가 농기계를 제작한다는 먼 도시에 사는 아버지의 열 몇 촌 누님의 남편을 찾아갔다. 가정집은 어딘지 모르니 공장을 찾아 간 것이다. 도시 주변이라 시골 같은 분위기가 풍겼다. 차가 드나드는 큰 문에 들어서니 2층 건물의 아래층에 사무실 간판이 보였다. 회색 옷을 입은 사람들이 사무실에 들어갔다가 나왔다. 사무실 앞에는 큰 개가 굵은 줄에 매여 있었는데 낯선 사람을 봐도 짖지 않았다. 문을 열고 들어가니 민원인과 대화하는 카운터 테이블이 가슴 높이로 놓여 있었다. 천장에 매단 작은 글씨는 경리부, 판매부, 자재부, 홍보부라고 쓰여 있었다. 경리부라고 쓰인 책상 앞에만 아가씨가 앉아 있고 다른 글씨 밑에는 빈 책상이 놓여 있었다. 아가씨 앞에 가서 고개 숙여 인사를 하고 사장을 만나려 왔다고 했다.

　"잠깐 밖에 나가셨는데, 저 자리에 앉아 조금만 기다리시지요."

왜 왔느냐고 묻지도 않고 홍보부라고 쓰인 구석자리 앞에 놓인 소파를 가리켰다. 하는 수 없이 아가씨의 지시에 따라 소파에 앉아 어디가 사장실인지 살펴보았다. 경리부 아가씨 책상 뒤에도 책상이 있었는데 작은 명패에 글씨는 잘 보이지 않았다. 그 옆으로 조금 큰 책상도 있었다.

　한 시간 정도 기다리니 잠바 차림의 키가 작은 늙은이가 중절모자를 쓰고 들어오더니 카운터 옆에 달린 작은 문으로 들어갔다. 경리부 아가씨가 일어서더니 아버지를 가리키며 무어라고 작은 소리로 이야기하고 제 자리에 앉았다. 오랫동안 못 만났지만 매형이 분명했다. 두 살 차이 매형이지만 깍듯이 예의를 차렸다.

　"매형! 그동안 찾아뵙지 못해 죄송하이더! 누님은 잘 계시니껴!"

사장은 안경을 바꾸어 쓰더니 금방 아버지를 알아봤다.

　"이 사람아! 어쩐 일인가?"

경리부 아가씨 책상 옆으로 들어가니 사장실이 있었다. 사장실에는 두 사람이 앉는 소파가 작은 탁자를 가운데 두고 마주 보고 있었다. 소파 옆으로 사장의 책상이 있고 책상 옆에는 철제 캐비닛(cabinet)과 나무 책장이 있었는데 책장에는 감사패와 기념패 등이 들어 있었다. 사장이 권하는 대로 소파에 앉으니 아가씨가 차를 가지고 왔다. 사장의 잔은 뚜껑이 덮여 있었는데 아버지의 잔은 뚜껑이 없었다. 한눈에 보아도 사장의 차는 보약 아니면 고급차로 짐작이 되었다.

사장이 책상 서랍을 여닫다가 소파에 와서 앉더니 차를 권했다.

"그래! 어쩐 일인가?"

"스무 살 먹은 손자가 대학도 못가고 놀고 있어 취직자리가 있나 하고 왔니더!"

"마침 일하는 사람을 구하던 중인데 잘 되었네! 전에는 무슨 일을 했는가?"

"고등학교 졸업하고 공부만 하다가 집에 있니더!"

"내일 이력서 가지고 오라고 하게!"

참으로 쉽게 취직이 된 것이 아닌가? 진작 여기 와서 부탁할 것을, 괜히 여러 곳을 돌아다녔다며 후회 아닌 후회를 했다.

사실 이 공장은 일하는 사람을 수시로 구했다. 일이 힘들기도 하지만 월급이 적어 그만 두는 사람이 많기 때문이다. 그것도 처음 한 달은 일을 배우는 기간으로 아주 적은 돈을 주었다.

먼동이는 머리를 단정히 빗어 넘기고, 신사복에 구두를 신고 출근을 했다. 경리 아가씨가 어떻게 왔느냐고 묻자 사장을 만나려고 왔다며 거드름을 피웠다. 사장은 먼동이의 옷차림에 놀라다가 이력서를 보며 소파에 앉으라고 했다.

"이 공장은 농기구를 만들어 도매상에 넘기네! 자네는 용광로 앞에서 망치질을 해야 하는데, 내일부터는 간편한 옷을 입고 오게! 물론 일할 때는 작업복을 입어야 하네!"

사장은 잠시 후 공장장을 불러서 먼동이를 데려가라고 했다. 경리 아가씨는 옆 눈으로 보며 입을 삐죽거렸다.

먼동이가 농기구 공장에서 3일 정도 일을 하고 그만 두겠다며 투덜거렸다. 이유를 물으니 '다른 사람들은 사무실에 앉아서 사무를 보거나 물건을 차에 싣고 배달을 하는데 뜨거운 용광로 앞에서 망치질을 하니 너무 힘들어 못하겠다.'는 것이다. 아버지는 손자가 힘든다고 하니 공장에 찾아갔다. 마침 사장이 해외에 나가서 만나지 못하고 먼동이가 일하는 곳에 가보았다. 펄펄 끓는 용광로 앞에서 얼굴에 검은 끄름을 덕지덕지 칠한 먼동이를 보게 되었다. 처음에는 먼동이가 아닌 줄 알았다. 참으로 못할 일이라 탄식을 하며 집으로 돌아왔다. 그리고 오랜만에 나에게 전화를 했다.

"애비야! 먼동이 좀 어떻게 해 봐라! 차마 눈 뜨고 못 보겠다. 웬만하면 전화를 안 하려고 했다마는……"
전후 사정을 알고 보니 딱한 일이었다. 그렇다고 당장 그만 두라고 할 수도 없는 노릇이다. 동생은 전번에 틀어진 것이 아직도 안 풀렸는지 전화 한 통 없었다. 아버지의 간곡한 부탁이니 사장이 해외에서 돌아온 것이 확인 되면 농기구 제작소에 한 번 가보기로 했다.

사무실에서 출장을 가려고 서류봉투를 들고 문을 나서는

데 전화가 왔다고 했다. 전화를 받으니 동생의 다급한 목소리이다.

"형! 먼동이가 다쳤소! 지금 병원이라는데 어떻게 하면 좋겠소!"

동생의 이야기를 들으니 큰 사고는 아닌 것 같아서 출장지에 갔다가 병원에 가기로 했다.

먼동이는 펄펄 끓는 쇳물의 불똥이 소매 위로 떨어져서 팔목에 깊은 상처를 입었다. 회사에서는 아무도 오지 않고 동생만 먼동이 침대 옆에 서 있었다. 동생은 어떻게 해야 할지 모르겠다며 내 입만 쳐다보았다. 당장 입원비가 없다며 돈 걱정을 했다.

이것은 공장에서 일을 하다가 다쳤으니 공장에서 책임을 져야 하는 것이다. 그렇지 않아도 사장을 만나려던 참이니 재해보험 등 자세한 것은 공장에 가서 알아보기로 했다. 그런데 걱정거리가 하나 더 생겼다. 지금까지는 동생이고 조카이니 내 아들로 생각하고 일을 처리 했는데 이제는 동생이 무슨 오해를 할지 모르니 나 혼자 결정 할 수가 없다. 동생과 함께 가서 상의 하는 것이 좋을 듯 했다. 이틀 후에 사장이 해외여행에서 돌아온다고 했으나 기다릴 수가 없어 내일 농기구 제작소에 동생과 같이 가자고 했다. 동생은 옛날처럼 형이 혼자 가면 안 되겠느냐고 했지만 혼자는 갈 수 없다고 잘라 말했다.

다음날 공장에 가서 기다렸으나 동생은 농사일이 바쁘다며 나오지 않았다. 재해보험 등 치료비와 보상 관계를 알아보았으나 최종 결정은 사장이 한다고 했다. 병원에 가니 먼동이는 손목에 붕대를 감고 휴게실에서 담배를 피우고 있었다. 나를 보았는지 못 보았는지 창밖을 보며 담배를 피우기에 헛기침을 몇 번 했다. 의사의 말로는 깊은 상처가 아니어서 다행이라며 며칠 있다가 퇴원을 해도 좋다고 했다.

사장이 해외에서 돌아왔다고 하는데 동생은 바쁘다며 병원에 나오지 않고 전화도 없었다. 그러는 며칠 사이에 회사에서 무슨 조치를 했는지 먼동이는 퇴원을 하고 병원에 없었다. 나중에 알아보니 치료비를 조금 받는 선에서 해결을 보고 먼동이는 홍보부로 자리를 옮겼다고 했다.

며칠 후 동생은 술을 먹고 전화로 횡설수설했다.

"형이 봐주지 않아도 먼동이 신사복 입고 출근합니다. 너무 그러지 마소! 좀 알아서 봐 주면 어디가 덧나나?"

술 취는 사람을 상대로 말싸움을 하기는 싫었다. 일을 봐 주어도 잘 못 봤다고 삐지고, 함께 보자고 해도 삐지는데, 안 봐주면 원수가 될 판이다.

먼동이는 홍보부로 자리를 옮기고 한 달을 못 채워 쫓겨났다. 회사의 고위 간부나 된 것처럼 홍보는 하지 않고 출근해서 출장 간다며 친구들과 어울려 당구장에 가고, 화투 치고, 포커 하고, 다방이나 들락거리다가 그렇게 된 것이다.

이제는 돈이 없으니 농사일을 돕겠다며 경운기를 몰고 농약을 치다가도 시내버스가 오면 아무도 모르게 시내로 가서 며칠씩 돌아오지 않았다. 돈이 어디서 나는지 나중에야 알았다. 그는 쌀, 콩, 고추, 깨, 잡곡 등 닥치는 대로 숨겨 두었다가 장사꾼이 오면 팔았다. 장사꾼이 오지 않으면 포대기를 들고 시내버스에 올랐다.

시내에 대형마트가 생긴 지 얼마 되지 않았다. 먼동이가 마트에 점포를 하겠다며 여기저기 줄을 대었으나 세(稅)가 너무 비싸서 땅을 팔지 않으면 엄두도 나지 않았다. 동생은 먼동이의 말을 믿지 않으므로 절대로 돈을 줄 수 없다고 했다. 아버지는 사장을 만나려고 마트에 갔으나 만나지 못하고 실장을 만났다. 일을 잘하는 손자가 있는데 무슨 일이든지 시켜만 주면 잘한다고 매달렸다.

먼동이는 마트의 창고에서 물품을 나르고 청소도 하고 주차관리까지 하는 잡역부로 취직이 되었다. 하루 종일 지하주차장에서 3층 장난감코너까지 돌아다녀야 했다. 정해진 사무실이 없으니 창고 안에서 작업복을 갈아입는 열악한 환경이다. 처음에는 지하주차장에서 3층까지 잘 오르내렸는데 요령이 생기자 창고 구석에 폐지를 깔아놓고 쉬었다. 같이 일을 하는 사람도 함께 쉬게 되었는데 식품코너에 가서 음식도 얻어오고 음료수코너에서 음료수도 얻어왔다. 이제는 창고 구석을 사무실처럼 꾸몄다. 물품 박스에서 나온 스티로폼(styrofoam)을 바닥에 깔고 큰 폐지를 세워 옷도 걸 수 있게 했다. 처음에는 일이 없으면 잠시 쉬었는데 방이 꾸며지자 일이 있어도 누워서 잠을 잤다. 주류코너에서 술이라도 훔쳐오는 날이면 술판이 벌어지기도 했다. 먼동이의 행각이 잡역부들에게 알려지기 시작하자 실장의 귀에까지 들어갔다. 먼동이는 겨우 한 달 봉급을 받고 쫓겨났다.

그 후 염색공장에 들어갔으나 염색약이 옷에 묻어 옷을 태우자 기겁을 하고 아무도 모르게 도망을 쳤다. 어느 곳에 가도 한 달을 버티지 못하고 들락거리다보니 겨울이 왔다. 어머니는 큰 손자가 번듯한 옷이라도 있어야 사람 구실을 한다며 가을걷이를 끝내고 새 양복을 맞추어 주었다.

동생이 오랜만에 집에 왔다.

"먼동이가 밥벌이라도 하게 가게를 얻었소! 계약을 하고 계약금을 주었는데 남에게 잡힌 집이 아닌지 알아봐 주소!"

무슨 가게를 하려는지 묻기도 싫고, 가격이 얼마인지 알고 싶지도 않았다. 그냥 새로 얻었다는 가게의 주소만 적어 달라고 했다.

"내가 알아보고 하자가 있으면 전화를 함세!"

오랜만에 온 동생의 부탁이라 거절할 수가 없었다. 식육점에 가서 소천엽과 간 그리고 찌개고기를 샀다. 술은 집에 담아 놓고 뚜껑도 열지 않는 과일주를 꺼내었다. 동생은 술 중독 수준이라 안주를 든든히 먹으라고 권했다.

동생이 거나하게 취해서 돌아가자 다음날 법원에 가서 그

가게의 대지대장등본과 건물대장등본을 발부 받아보니 다행히 하자는 없었다. 주소를 들고 가게를 찾아 가니 시장 변두리 골목에 숨어 있었다. 운동기구가게를 차린다고 했는데 운동기구가게라면 학교 주변이나 체육관이 밀집한 장소가 좋을 텐데 그런 곳과는 거리가 멀었다.

봄이 되자 먼동이가 운동기구가게를 개업한다며 시골에서 어머니가 왔다. 아내와 나는 성냥, 양초, 화장지 등을 사들고 어머니를 모시고 갔다. 돼지머리와 명태, 시루떡이 차려진 상이 작은 홀 가운데 놓여 있었다. 동생과 제수씨는 수돗가에서 과일, 술, 음료수를 정리하고 먼동이는 신사복을 입고 러닝머신(treadmill)기에 달려 있는 줄을 조정하고 있었다. 운동기구라면 가끔 가는 체육공원에 설치해 놓은 오금 펴기, 노 젓기, 공중 걷기, 달리기, 파도 타기, 허리 돌리기, 윗몸 일으키기, 상체근육 풀기, 평행봉, 2단철봉 등은 본 적이 있다. 먼동이 가게 진열장에는 줄넘기, 아령, 가슴근육운동기, 배드민턴과 테니스 라켓, 축구공, 배구공, 탁구 라켓, 심지어 운동복도 있었다.

진열장을 보고 있는 동안 작은 상에 차려진 돼지머리 입에 돈을 꽂고 먼동이가 먼저 절을 했다. 동생이 절을 하더니 나에게 하라고 했으나 나는 어머니를 모시고 같이 하겠다고 했다. 누군가 옆에서 순서가 아니라고 했다. 순서로 보면 어머니가 먼저하고 내가 하고 동생이 해야 되지만 이미 지나간 일이니

어쩔 수 없었다. 동생도 겸연쩍은지 머리를 끌쩍이더니 수돗
가로 가버렸다.

먼동이가 운동기구가게를 개업하고 일주일 정도 지났을 때
토요일 오전 일과를 마치고 찾아갔다. 큰아버지의 도리를 다
하고자 작은 운동기구라도 사주려는 것이다. 먼동이는 작은
탁자에 친구들과 둘러앉아 점심내기 화투를 치는지 버릇처럼
욕을 하면서 화투장을 내리치다가 나를 보자 일어서지도 않고
고개만 까닥거렸다.

개업 때 보아둔 러닝머신기에 신을 벗고 올라가 걸어보면
서 먼동이를 불렀다.

"이거 얼마 하노?"

먼동이는 겹눈으로 보더니 화투판에 시선을 고정한 채 입가에
미소를 띠며 지나가는 말로

"왜! 사실라고요."

나는 슬며시 화가 나서 퉁명스럽게 말을 했다.

"그래! 살라고 그런다."

먼동이는 조금 전과 다른 웃음을 웃더니

"오십만 원인데요."

한 달 봉급의 반이나 되는 돈으로 가격이 조금 비싼 것 같았으
나 이왕 사는 거 부르는 대로 주고 싶었다.

"배달은 되나?"

"돈을 주고 가시면 점심 먹고 배달해 드릴게요."

러닝머신기가 보름 정도 쓰고 나니 털거덕거리는 것이 어디엔가 부딪치는 느낌이 들었다. 고치려다 미루고 있는데 어머니가 병원에 간다며 왔다. 병원이 먼동이 가게와 멀지 않아 수리를 부탁하려고 들렀다. 먼동이는 내 이야기를 듣더니 '무리한 운동으로 부품이 깨어져 그러니 갈아 넣어야 한다.'고 했다. '지금 별일이 없으면 집에 가서 수리하고 오라'하고 어머니를 모시고 병원에 갔다.

의사는 어머니가 영양부족이라며 링거를 맞고 가라고 했다. 전에도 빈혈이 있어 링거를 몇 번 맞은 적이 있다. 주사기를 꽂아 놓고 링거액이 줄도록 기다리며 이야기를 하다 보니 서너 시간이 훌쩍 지나갔다. 집에 전화를 하니 먼동이가 러닝머신기를 고쳐놓고 갔다고 했다.

어머니를 모시고 집에 가는 길에 또 먼동이 가게에 들렀더니 부품 값과 수리비가 십만 원이라고 했다. 비쌌다. 처음부터 가격을 묻지 않고 수리를 시킨 것이 잘못이었다. 어쩔 수 없이 한 달 생활비를 몽땅 주었다. 가게를 나오면서 흥분하여 큰소리로 중얼거렸다.

"도둑놈의 자식! 살 때도 십만 원은 비싸게 주었다고 하던데 부품 값에다 출장비까지 받아먹어!"
어머니는 화가 났는지
"애비야! 하나 뿐인 조카한테, 도둑놈이 뭐로!"
나는 아차 싶었으나 이미 뱉은 말을 주워 담을 수가 없었다.

그리고 어머니의 화를 이해 할 수 없어 한마디를 더 하고 말았다.

"도둑놈이지 뭐요. 내가 지한테 어떻게 했는데, 바가지를 씌우다니! 나쁜 놈!"

어머니는 화가 나서 시골로 바로 가겠다고 했다. 참 알다가도 모를 일이다. 어머니 뱃속으로 난 자식 편을 들지 않고 남의 뱃속에서 난 자식의 아들 편을 들다니! 그러나 함께 살면서 키운 정이 있어서 그런가 보다 하고 이해를 했다.

먼동이는 손님에게 대하는 퉁명스런 말투와 예의 없는 것이 문제인지 한 번 왔던 손님은 두 번 다시 오지 않았다. 가게는 친구들과 화투를 치느라 담배연기가 자욱했다. 결국 6개월을 못 넘기고 보증금도 못 받고 가게를 그만 두었다. 운동기구도 반값에 처분을 하고보니 논 서너 마지기는 날려버렸다. 가게를 그만 두었다는 말을 듣고 혼잣말을 했다. '백부에게 바가지를 씌우는 놈인데 남에게 오죽 했겠나?' 바가지를 두 번이나 쓴 러닝머신기도 처음에는 허리라도 두들겼으나 이제는 먼지가 뽀얗게 앉아 비좁은 마루에 자리만 차지하고 있었다.

장날도 아닌데 아버지께서 오셨다. 자리에 앉아마자 잘 아는 사법서사에 가자고 했다.

"위토(제위답)를 해야겠다. 니 동생은 반대를 하지만 저러다가 조상 위토도 없이 다 팔아 먹게 생겼다."

먼동이가 장사를 한다며 집에 돈을 가져가는 것이 아버지는 불안했던 것 같다. 그렇지 않아도 아버지의 위토 이야기는 처음이 아니다. 시골에 가면 가끔 위토가 없다며 한숨을 쉬었다. 그러나 동생이 반대한다는 소리를 들었다.

"아부지요. 위토는 동생하고 의논해서 하시더!"

아버지는 부지런히 농사를 지어 자수성가를 했다. 내가 어릴 때부터 논밭과 산을 사면 내 이름과 동생이름으로 이전을 했다. 지금은 아버지 이름으로 논밭이 열다섯 마지기, 동생이름으로 열서 마지기, 내 이름으로 일곱 마지기가 있다. 내가 집을 사면서 동생한테 논 서 마지기를 팔아서 그렇게 된 것이다. 위토는 아버지 이름의 토지를 나와 동생 연명으로 하고 싶은 것이다. 동생이 반대하는 것은 부모를 모시고 농사를 짓고 있으니 아버지 이름의 논밭은 자기 것이라고 여기기 때문이다.

아버지가 잘 안다는 사법서사는 법원 옆으로 즐비하게 늘어서 있는 여러 개의 사무실 중 합동사무소라는 간판이 붙은 곳이다. 2층 다방에 올라가 위토를 해야 되는 사정을 털어 놓았다.

"내 이름의 토지를 아들 둘의 이름으로 하고 싶은데 작은 아들이 반대를 하는데 방법이 없겠는가?"

사법서사는 남의 싸움에 끼어들지 않겠다는 투로

"토지를 이전 받는 사람이 반대를 하면 이전 할 수 없습니다. 왜냐하면 인감증명서와 인감도장이 들어가야 하거든요.

작은아들을 설득하여 오시면 해 드리지요."

아버지는 이 생각 저 생각을 하더니 혼잣말을 했다.

"안된다면 할 수 없지! 나중에 보세나?"

혀를 끌끌 차며 몹시 언짢은 표정을 지었다.

먼동이는 운동기구가게를 말아먹고 6개월 정도 방위병 훈련을 받으며 농사일을 거들더니 누구의 말을 들었는지 제빵가게를 하겠다고 했다.

동생은 어려운 일이 있을 때만 연락을 했다. 사람의 마음이란 한번 변하면 회복되기 어려웠다. 동생이 점점 멀어지니 먼동이는 더 멀어졌다. 이제는 큰애비의 힘으로 안 되는 일이 많다는 것을 알았으니 더 멀어질 수밖에 없다.

먼동이의 제빵가게는 거의 구멍가게 수준으로 운동기구가게보다 더 변두리에 있었다. 아마 돈이 모자라니 좋은 위치에 얻기는 힘들었던 것 같다. 홀은 출입문 옆에 돈 계산을 하는 작은 책상과 빵 판매대, 식탁 두 개를 겨우 놓았다. 부엌은 제빵 반죽기계, 전자레인지, 냉장고를 놓으니 비좁아서 두 사람이 비킬 틈도 없다. 방은 서너 사람이 겨우 앉을 만큼 작다. 제빵가게를 개업하는 날, 아내와 나는 운동기구가게를 개업하던 날처럼 성냥, 양초, 화장지 등을 사들고 갔다. 개업상은 차려져 있으나 사람이 별로 없었다. 조금 늦게 갔더니 다른 사람들이 돼지머리 입에 돈을 꽂고 절을 한 뒤였다.

전화연락도 없던 먼동이가 전화를 했다. 제빵가게를 개업하고 한 달 정도 지났을 때다. 보통 때는 퉁명스런 목소리였는데 무슨 일인지 전화기 너머로 웃음을 가득 머금었다. 물론 앞뒤 인사도 없이 바로 본론으로 들어갔다.

"큰아부지! 혹시 검정관리공단에 아는 사람 없니껴!"

"검정관리공단이라면 자격증 시험을 관리하는 곳인데?"

"그 동네는 큰아부지께서 동장이니 아는 사람이 있을 것 같아서요. 좀 찾았으면 하는데요."

통화를 하다 보니 먼동이의 속셈을 알 것 같았다. 제빵가게를 한다더니 제빵관련 자격증이 필요한 것이다. 그래서 실력으로는 안 되니 다른 방법을 찾아보자는 것이다. 나는 퉁명스럽게 대답을 했다.

"요즘은 옛날과 달라서 아는 사람이 있다 해도 부정으로 자격증을 따려고 하지 마라! 큰일 난다."

그는 전 같으면 삐져서 알았다며 인사도 없이 전화를 끊어 버렸을 텐데 오늘은 달랐다.

"큰아부지! 제가 아니고 우리 집에서 일하는 아가씨가 제빵자격시험을 친다고 하는데요. 전문대학 식품가공학과 2학년이거든요."

가게가 잘되어 아가씨까지 두고 한다고 하니 기분이 좋았다. 다음날 사무실에 가서 검정관리공단에 전화를 했더니 자격증시험 치는 날과 장소를 가르쳐 주었다. 시험 치는 아가씨의 이름과 수험번호를 알아두었다가 합격 여부라도 확인을 하고 싶어서다.

제빵에 대해서 아무것도 모르던 먼동이는 방위병 훈련을 받으면서 면소재지의 식당에 들락거리다가 전문대학에 다니는 식당 집 딸을 알게 되었다.

식당 집 딸은 먼동이보다 두 살이나 적었는데 얼굴도 반반했다. 들리는 말에 의하면 먼동이가 아가씨 집 식당에서 밥을 먹기 시작한지 한 달 정도 되었을 때였다. 식당 집 아가씨와 그의 친구 두 명, 먼동이 친구 세 명이 가까운 산에 등산을 갔다. 산에 올라갈 때부터 먼동이와 아가씨는 남의 눈을 피해 손을 잡거나 오솔길을 같이 다녔다. 점심을 먹을 때도 갈잎을 아가씨 엉덩이 밑에 깔아 주는 등 배려를 했다. 다른 사람들이 앞서서 가면 먼동이와 아가씨는 뒤처져 가고 다른 사람들이 뒤처지면 이들은 앞서서 갔다. 등산을 마치고 산 아래 식당에서 저녁을 먹을 때도 먼동이는 아가씨가 마셔야 하는 술을 대신 마셔주는 흑기사 노릇을 자처했다. 아가씨 집 가까이에서 모두 헤어졌다. 먼동이와 아가씨는 무슨 약속이 있었는지 다시 만나서 그믐밤 뚝방길(둑길)을 거닐었다.

전문대학 졸업반인 아가씨는 먼동이에게 제빵가게를 차리자고 제안을 했다. 제빵가게를 차려놓고 보니 자격증이 없어서 남의 자격증을 한 달에 얼마씩 주고 빌려서 영업을 했다.

먼동이와 장래를 약속 했는지 어떤지는 알 수 없으나 함께 제빵가게를 하는 것으로 봐서 보통 사이는 아닌 것이 분명했다. 아가씨의 수험번호는 알고 있는 터라 검정관리공단에 전화를 했더니 다행히 합격이 되었다.

청첩장이 왔다. 먼동이의 아이디어인지 아가씨의 아이디어인지 알 수 없지만 청첩장과 함께 2천 원짜리 전화카드를 넣어서 왔다. 백부라고 넣은 것이 아니라 모든 청첩장에 넣은 것이다. 청첩장에 웨딩드레스와 연미복을 입은 신랑 신부 사진은 본 일이 있으나 전화카드는 처음 본다. 그냥 청첩장만 오는 것은 세금고지서 같은 기분이 들었는데 전화카드가 들어있으니 나쁘지는 않았다. 요즘 유행하는 청첩장인 것 같으나 한편으로 돈 자랑을 하는 것 같다는 생각이 들었다.

동생은 개혼이라 먼 친척까지 청첩장을 돌렸다. 먼동이도 고등학교 다닐 때 담임선생님은 물론 길에서 인사를 할 정도의 사람까지 청첩장을 돌리더니 손님들이 많았다. 제주도로 신혼여행을 간다며 친구들이 대구비행장까지 따라갔다.

먼동이가 신혼여행을 다녀왔다. 부모님이 계시지 않으면 조카와 질부가 우리 집에 오는 것이 당연하지만 아내와 나는 겸사겸사 시골로 갔다. 먼동이는 먼저 사랑방에 가서 할아버지 할머니께 큰절로 인사를 하고 큰방으로 왔다. 당연히 백부인 나부터 절을 할 줄 알았는데 지 애비인 동생부터 절을 했다. 운동기구가게 개업 때 돼지머리에 절을 할 때도 그러하더니, 나는 섭섭할 것도 없는데 괜히 큰 기침을 몇 번 했다. 동생은 아무것도 모르는 척 내 눈치를 보았으나 더 이상 언짢은 표현을 하지 않았다. 잠시 후 일어서려는데 동생이 어디 가느냐고 지나가는 말로 물었다. 나는 사랑방에 볼일이 있어 간다고 했다.

동생도 똑같은 사람이다. 언제는 형의 아들이라고 하더니 이제는 저의 아들이니 형보다 먼저 절을 받겠다는 속셈이 아닌가? 내 아들이 동생의 아들보다 나이가 많아도 그럴까? 기분이 썩 좋지는 않았다. 저희들도 내가 왜 일어서는지 생각해 보면 알겠지!

불효자의 배신

　먼동이는 제빵가게의 작은 방에 신혼살림을 차리다보니 옷장도 들여놓지 못할 형편이다. 동생이 농사를 짓던 남루한 옷을 입은 채 왔다. 동생은 먼동이가 신혼여행 갔다가 와서 절을 받을 때 보고 처음이다. 아직 절 받는 순서 때문에 화가 났던 기억이 사라지지 않아 별로 반갑지 않았다.

　"자네가 무슨 일로?"
동생은 내 태도가 시무룩해서 그런지 마루에 올라오지 않고 걸터앉더니

　"형은 아직도 삐졌소! 아(童)들도 아니고!"
나는 갑자기 화가 나서 동생에게 큰 소리를 질렀다.

　"그래! 자네가 먼동이에게 무슨 말을 했기에 그놈이 그런 행동을 하노?"
동생은 사람 좋은 얼굴로 싱글싱글 웃기만 했다. 아마도 이놈들이 내 흉을 본 것 같으나 참기로 했다.

　"형! 돈 좀 빌려주소! 먼동이가 전셋집이라도 얻어 달라고

난리를 피웠소!"

"난리를 피우다니! 이놈이 이제는 지 애비한테 대들기라도 한다는 말인가?"
동생은 한참 말이 없다가 고개를 숙였다.

"이놈이 이제는 애비도 없소! 환장을 한 것 같소. 전에는 애비 앞에 말도 제대로 못하던 놈이 장가를 가더니 간이 배밖에 나왔소!"

동생은 돈을 빌리려 왔다면서 형수를 보더니 막걸리라도 한잔 달라며 속이 타는지 가슴을 쳤다. 주사가 심한 동생이 또 술을 마시고 무슨 행패를 부릴지 모르는 일이라 내 눈치를 보던 아내는 술을 사러 간다며 대문 밖으로 나갔다.

동생은 술을 처음 보는 사람처럼 단숨에 잔을 비웠다. 알코올에 중독되면 술을 보자 눈에 광채가 난다더니 동생이 그랬다.

먼동이는 새신부에게 가게를 맡겨놓고 해가 질 무렵 시골에 왔다. 모두 밭에 나가고 할머니 혼자 집을 보고 있었다. 할머니에게 인사도 없이 지 애비를 찾았다.

"할매! 아부지 어디 갔노?"

"왜! 무슨 일이로?"

"할매! 집 한 채 사 다고! 큰아부지는 집 살 때 논도 팔아주고 돈도 주었다면서!"

"나는 모른다. 니 애비한테 사 달라고 해라!"

한참 후에 동생이 밭에 갔다가 지게를 지고 마당에 들어섰다. 제수씨도 뒤따라왔다. 먼동이는 지 애비를 보자 큰소리를 버럭 질렀다.

"나도 큰아부지 같이 집 한 채 사주소!"

"이놈아가! 돈 맡겨 뒀나! 어이!"

먼동이도 지 애비의 큰소리에 지지 않고 더 큰소리로 악을 썼다.

동생은 부엌에 들어가더니 찬장 밑에 둔 됫병 소주를 꺼내 대접에 부어 마시고 입을 손으로 닦았다. 먼동이도 할머니 방에 들어가더니 찬장에 넣어둔 인삼주를 꺼내 나팔을 불었다. 동생이 안방에서 먼동이를 불렀다.

"먼동이 내 좀 보자."

먼동이가 마루에 올라서서 큰방으로 들어가려 하는데 동생이 목침을 던졌다. 다행히 먼동이는 맞지 않고 문에 맞아서 문살이 부러지느라 천둥소리가 났다. 어머니가 큰방으로 달려가고 제수씨가 부엌에서 나왔다.

"먼동이 이놈의 자석! 오늘 너 한번 죽어봐라! 너 놈이 형한테 욕할 때부터 알아봤다. 이놈의 자석! 나는 그래도 니 놈을 믿었다. 오늘 보니 그게 아니다."

먼동이는 큰방에 들어가 아비의 턱밑으로 고개를 들이밀었다.

"어디 죽여주소! 죽는 게 소원이씨더!"

어머니와 제수씨가 먼동이 등을 때리며 마루로 밀어내었다. 동생은 분을 참지 못해 입고 있던 셔츠를 벗어서 갈기갈기 찢어 방바닥에 패대기를 쳤다.

동생은 먼동이 이야기를 하다가 분을 삼키느라 아내가 가지고 온 술을 다 비우고 더 달라고 했다. 아내는 주사가 걱정이 되어 저녁이라도 먹고 술을 마시라며 더 주지 않았다.

다음날 동생의 부탁을 떨치지 못해 5개월만 더 부으면 만기가 되는 적금을 해약했다. 전세를 얻는데 보태어 쓰라며 차용증도 없이 오백만 원을 주었다. 그 후에 전세를 얻었는지? 샀는지? 연락이 없으니 알 수가 없었는데 한 달이 지나자 이상한 소문이 들렸다. 먼동이가 노름을 하여 전세금은 물론 가게도 문을 닫고 내어 놓았다고 했다.

먼동이는 지 애비에게 난동을 부려 얻은 돈으로 7백만 원을 주고 전셋집을 얻었다. 동생은 아들이 못미더워 계약서를 보자고 했는데 먼동이는 차일치일 미루기만 하고 보여 주지 않았다. 한 달이 지나자 동생이 제빵가게를 찾아 갔더니 노름으로 모든 재산을 잃은 뒤였다.

먼동이는 전셋집을 살피던 중 마음에 드는 양옥집을 찾았다. 지 애비에게 전화를 했더니 전세금 보다 많이 모자라는 7백만 원을 주겠다고 했다. 마음이 급하니 돈부터 얻어 놓고 조금 헐한 집을 물색하기로 했다. 새신부에게 가게를 맡기고 시골에 가서 전세금을 얻어 오니 친구들이 술판을 벌려놓고 기다리고 있었다. 배가 고파 몇 잔을 얻어먹고 앉아 있는데 화투판이 벌어졌다. 처음에는 천 원짜리 고스톱을 치다가 판이 커지면서 만 원짜리로 변하더니 십만 원짜리로 커졌다. 모두 저녁 전이라 안주를 시켜서 화투판 옆에 놓고 소주를 마시면서 판을 돌렸다. 먼동이 앞에 만 원짜리가 수북이 쌓이자 먼동이 새신부도 신이 나서 심부름을 열심히 했다. 심부름 값이라며 받고, 안주 값이라며 받은 돈이 주머니가 불룩하자 열두시가 넘었다. 가겟방에 들어가 잠을 청하는데 화투 치는 소리와 간혹 쌍욕 소리가 들렸다.

먼동이가 술에 취하고 잠에 취한 눈을 비비다가 정신을 차려보니 품에 안고 있던 7백만 원은 물론 가게 문서까지 없어졌다. 창밖은 훤하게 밝았는데 친구들이 떠난 자리는 술안주 그릇과 술병, 휴지, 재떨이에 담배꽁초가 어지럽게 흩어져 있었다. 정신을 차리고 주머니를 아무리 뒤져도 만 원짜리 한 장 나오지 않았다.

동생이 먼동이 집에 갔을 때는 전세금은 물론 가게까지 남의 손에 넘어갔다. 돈을 딴 사람들이 기본 양심은 있었는지 한 달 사글세를 주어 그나마 가게를 유지하고 있었다.

먼동이 가게에 가보라는 아버지 전화를 받고 가게에 가니 문이 닫혀 있었다. 잠기지 않아서 손으로 밀어보니 문이 열렸다. 안으로 들어가니 남녀 신발 두 켤레가 나란히 놓여 있었다. 먼동이는 아직 자고 있는지 문을 열어도 기척이 없다. 새신부인 질부 박씨도 함께 누워 있는 것 같아 문을 닫고 문 밖에서 큰 기침을 했다. 방 안에서는 옷을 입는지 한참 동안 부스럭거리는 소리가 들렸다. 라면을 끓여 먹었는지 씻지 않는 냄비가 탁자 위에 놓여 있었다. 방문이 열리고 누군가 급하게 뛰어 나와서 밖으로 나갔다. 뒷모습을 보니 여자인데 박씨는 아니었다. 명색이 큰 시부인데 인사를 하지 않을 리가 없다. 짐작이 가는 데가 있었다.

"먼동이 너 아직도 미숙인가 뭔가 하는 여자 만나지? 질부는 어디 갔노?"

먼동이는 얼굴이 붉어지며 머리를 끌쩍이더니

"친정 갔는데요. 미숙이는 어에 알고!"

"소문이 맞는 모양이네, 어쩌려고 그러노?"

인사도 하지 않고 천장을 보고 있던 먼동이는 욕부터 했다.

"씨팔! 다 필요 없어! 서울 갈 테니 걱정 마소!"

눈에 핏발이 선 먼동이는 제 정신이 아니었다. 무슨 말을 해도 받아들이지 못할 것 같아 문을 닫고 말았다.

동생이 쓰러져서 병원에 갔다며 어머니가 전화를 했다. 급하게 택시를 타고 병원 응급실로 가면서 꾀병이려니 했다. 응급실 침대에 누운 동생을 의사가 진찰을 하느라 살피고 있었다. 동생은 말문이 막혔는지 말을 하지 못했다. 젊은 의사는 쇼크에 의해 뇌혈관이 터졌는데 일찍 와서 다행이라고 했다. 사진을 찍어 봐야 자세한 것은 알겠지만 수술을 할 정도는 아니라고 했다.

동생은 아침부터 소주를 대접으로 마셨다. 아침을 먹는 둥 마는 둥하고 고추밭에 고추를 따러 갔으나 먼동이 생각만하면 일이 손에 잡히지 않았다. 고추밭이 집 뒤에 있어서 또 부엌 찬장을 열어 소주를 마셨다. 매일 있는 일이라 집을 보던 어머니는 안주라도 하라며 아침에 먹던 고등어 구운 것을 주었지만 먹지 않았다. 점심을 먹으려고 식구들이 마루에 앉았다. 제수씨는 아침에 소쿠리에 퍼놓은 보리밥을 밥주걱으로 빚어서 그릇에 담고 찬물 한 그릇과 아침에 먹던 반찬을 밥상 위에 올렸다. 찬물에 보리밥을 말아 풋고추를 찍어 먹으려는데 먼동이가 왔다. 동생은 먼동이를 쳐다보지도 않고 그릇에 부어 놓은 소주를 또 마셨다.

먼동이가 자리에 앉으려는데 동생은 들고 있던 대접을 던졌다. 미쳐 그릇 던지는 것을 보지 못한 먼동이는 피하지 못하고 머리를 맞았다. 손으로 머리를 감싸며 자기도 모르게 버럭 소리를 질렀다.

"뭐! 이런게 다 있노! 씨팔! 애비면 다라!"
동생은 일어서면서 밥상을 먼동이에게 던졌다. 마루에 밥과 물과 반찬이 뒤엉키고 밥상이 박살이 나서 아수라장이 되었다. 먼동이도 지지 않고 지 애비에게 달려들어 당겼다가 밀었다. 술에 취한 동생은 힘이 없어 뒤로 주저앉고 말았다. 아버지는 밥 한 숟가락 뜨지 못하고 일어서면서

"애이 고얀놈들!"

한마디 하고는 사랑방으로 가버렸다. 주저 않았던 동생은 옆에 있던 다리미를 들고 일어서다가 옆으로 쓰러졌다. 순식간에 일어난 일이라 잠시 바라보고 있던 어머니가 달려들었다.

"애비야! 애비야! 야가 와! 이카노!"

동생은 숨을 쉬는지 마는지 팔 다리에 힘이 없었다. 먼동이 놈은 겁이 나서 마당으로 나갔다가 다시 돌아와서 머뭇거리다가 119에 전화를 걸었다.

동생이 응급실에서 혈압을 재고, 피를 뽑고, 소변을 받고, 엑스레이(X-RAY) 사진을 찍고, 컴퓨터단층(CT)촬영과 자기공명영상(MRI)촬영을 하고, 초음파검사를 하는 동안 따라 다니다가 보니 먼동이가 없어졌다. 제수씨에게 물으니 피를 뽑을 때 병원 밖으로 나가는 것 같았다고 했다. 동생은 어두워서야 검사를 마치고 약을 타서 집으로 가게 되었다. 말을 하려고 소리는 내는데 무슨 뜻인지 알 수가 없다. 약만 잘 먹으면 회복이 된다고 하니 약을 잘 먹으라고 신신당부(申申當付)를 했다.

동생은 중풍(中風 뇌졸중)이라 집에서 약을 먹어도 점점 악화 되더니 어지러워 앉아 있지 못한다. 왼쪽 수족을 못 쓰니 앉고 누우려면 옆에서 부축을 해 주어야 한다. 숟가락질도 바르게 못하니 보는 사람이 답답하여 떠먹인다. 화장실에 가는 것은 억지로 걸어가나 쓰러질까 염려되어 제수씨가 꼭 따라다

녔다. 몸을 제대로 가누지 못하니 신경질을 부리는데 발음이
되지 않아 무슨 말을 해도 외마디로 들렸다. 논밭이 많아 일은
많은데 일을 할 사람이 누워 있으니 답답한 것은 아버지다. 아
버지는 먼동이를 구슬려 농사를 짓자고 했다. 처음에는 서울
로 간다며 펄펄 뛰던 놈이 무슨 생각을 했는지 시골로 들어와
서 농사를 짓겠다고 했다. 문간방을 대충 수리하여 들어오라
고 했으나 큰방을 달라고 졸랐다. 급기에 동생이 거처하는 큰
방을 먼동이 부부에게 내어 주고 동생은 가운데 방으로 밀려
났다.

큰방을 차지한 먼동이는 병든 아버지는 돌보지 않고 집주
인 행세를 했다. 농사일은 배우지 않았으니 처음부터 가르치
려는 할아버지에게 대들기가 예사다. 무엇을 가르치려고 하면
옛날 방식이라며 도리어 무시했다.

"할배는 참 답답해! 요즘 세상에 지게 지는 사람이 어디
있어!"

모든 일을 경운기로 해결하려고 했다. 짐을 나르고, 밭을 갈
고, 물을 푸고, 약을 치고, 시장에 갈 때도 경운기를 몰고 갔
다. 동생은 정신이 맑아 저금통장만큼은 먼동이에게 절대로
주지 않았지만 농산물을 사고 파는 것은 그대로 두었다. 외
발 짐실이 똘똘이가 불편하다며 두발 짐실이를 사고, 관리기
로 논밭을 갈아야 한다며 몇 년 할부로 사 들였다. 하루건너
한 번씩 곡식을 경운기에 싣고 시내로 농협으로 다니면서 사

고 싶은 것은 모두 사가지고 왔다. 아버지는 먼동이가 어디 에라도 재미를 붙여 집만 나가지 말라며 모른 척 내버려 두었다.

동생은 밥맛이 없어 밥도 먹지 않고 약도 챙겨 먹을 줄 몰랐다. 아침에 눈을 뜨면 집이 떠나가라 무슨 뜻인지 모르는 소리를 질렀다. 제수씨는 일으켜 앉혀주고 눕혀주고 물을 떠주고 화장실에 데려가고 얼굴을 닦아주지만 동생은 늘 소리를 질렀다. 먼동이 부부는 지 애비가 소리를 질러도 들은 체 만 체 방을 들여다보지도 않았다. 밥상도 제수씨가 들고 다녔다.

먼동이가 경운기 사고로 병원에 입원을 했다. 왼쪽 갈비뼈가 경운기 손잡이에 받혀 금이 가고 얼굴도 땅에 처박혀 깊은 찰과상을 입었다. 고추밭에 농약을 치려고 경운기에 물통을 싣고 냇가언덕을 내려갔다. 물통에 물을 가득 퍼 넣고 농약을 타서 막대기로 저었다. 경운기는 내려온 언덕을 올라가야 하는데 물의 무게를 이기지 못하고 뒤로 미끄러지다가 옆으로 기우뚱했다. 물통에 물이 흔들려 무게 중심을 잃은 경운기는 언덕 밑으로 굴러 떨어졌다.

병원에 가니 허리와 얼굴에 붕대를 감고 누워 있었다. 제수씨는 일이 바빠서 집에 가고 어머니가 뒷바라지를 하고 있었다. 먼동이 친구들이 왔다가 갔다며 음료수를 주었는데 어머니와 이야기를 하는 사이 친구들이 또 왔다. 어머니는 음료수를 한 병씩 나누어 주고 병실 밖으로 나가고 나 혼자 작은 의자에 앉아 있었다. 먼동이 친구 중에 형이라고 부르는 사람이 주로 이야기를 하고 다른 사람들은 듣고 있었다. 그는 복장도 자연염색을 한 개량한복을 입어서 예사롭지 않았다. 이야기 내용 중에 농민운동도 나오고 택견도 나왔다. 말의 강약이나 분위기가 데모꾼으로 시위에 앞장서는 사람이라는 인상을 지울 수가 없었는데 이야기의 내용도 그러했다.

농협의 농약이 농약방보다 비싸고 농기계도 농기계가게보다 비싼 이유를 알아보니 직원들의 수당 때문이라고, 조합원인 농민들의 피를 빨아 먹는 아주 얌체족이 농협직원이라고 입에 거품을 물었다. 농협이 활성화 된 덴마크도 그런 짓은 절대로 하지 않는데 우리나라는 대낮에 도둑질을 하고 있다. 농산물도 헐하게 사서 대도시에 가서 비싸게 팔아 부당이득을 취하고 있다. 그 이득은 농민에게 돌려주어야 하는데 직원들 후생복지에 쓰고 조합장과 상무 입에 들어간다. 가톨릭농민회에서 하는 일 중에 농민들이 생산하는 농산물을 제값 받아 주기 운동도 한다. 우리는 가톨릭농민회를 믿고 따라야 한다. 지난 달 서울여의도 국회의사당 앞에서 벼를 불태운 것도 쌀을 생산하는 농민은 제값을 받지 못하는데 중간 상인들만 폭리를 취하기 때문이다. 다음 달에는 돼지 값이 너무 내려서 양돈농가가 문을 닫게 될 지경에 이르러서 시위를 하는데 우리 모두 동참해야 한다.

먼동이가 경운기를 몰고 시내에 자주 나간다고 하더니 이런 사람들과 어울려 무슨 일을 꾸미고 있는 것이 분명했다. 농산물 제값 받기 운동이니, 농협의 구조가 잘못 되었다느니, 농민운동에 앞장서야 한다느니, 가톨릭농민운동이 어떻다느니 하는 것은 정부의 시책에 반하는 일이다. 또 시위를 하는 사람들은 정부시책에 맞서기 때문에 잡혀 가서 혼이 나는 세상이다. 이놈이 폭력으로 경찰서에 들락거리더니 이제는 데모꾼으로 경찰서에 들락거릴까 걱정이 되었다.

지루한 무더위가 끝나는가 싶더니 벼가 누렇게 익었다. 벼를 추수 하다가 노루를 잡았다는 어머니의 전화를 받고 아내와 함께 시골로 갔다. 노루고기를 먹어 본 일은 없지만 좋은 일에 부르니 반갑기도 하고 부모님을 뵙고 싶어 겸사겸사 시골에 갔다. 사랑방에 들어가 아버지께 인사를 드리고 동생이 있는 중간방으로 가려고 하는데 아버지는 묘제 때 쓸 축문이라며 또 읽어보라고 했다. 축문 뒤에는 홀기도 있었는데 아버지가 직접 쓴 축문만 읽어 보았다. 연월일시를 쓰고 초헌관에 내 이름이 쓰여 있었다.

"초헌관 이름이 잘못 되었니더!"

"나는 이제 묘제 지내려 못가니 니가 초헌관이다."

아버지는 동생도 아파서 묘제에 참석 못하니 모든 것을 나에게 미루어 줄 준비를 하는 것 같아 서글픈 생각이 들었다.

동생이 있는 중간방에 가니 동생은 일어나려고 발버둥을 쳤으나 일어나지 못하게 말렸다. 말은 못하지만 귀는 정상이어서 듣는 데는 지장이 없으므로 먼동이가 다친 일, 고추와 벼 농사가 잘 된 일, 가을에 묘제를 지내는 일 등 그동안 집안 이야기를 아는 대로 해 주었다. 동생은 바로 누워 있다가 돌아눕는데 눈에 눈물이 그렁그렁 고였다.

앞산 밑 논에 벼가 익어 고개를 숙인 지 열흘이 지났는데 추수를 못하고 있다가 품을 몇 사람 사서 일을 하고 있었다. 해가 서쪽으로 기울더니 앞산 그늘이 다섯 마지기 논을 덮었다. 모두 벼를 베느라 정신이 없는데 논 가운데에서 벼가 흔들리더니 노루가 갑자기 튀어나왔다. 먼동이는 본능적으로 들고 있던 낫을 노루를 향해 던졌다. 무슨 일일까? 뛰던 노루가 논 귀퉁이에 쓰러졌다. 먼동이는 다른 사람의 낫을 빼앗아 들고 뛰어가니 노루의 목에 낫이 꽂혀 있었다. 들고 있던 낫으로 또 한 번 노루 머리를 가격하자 피가 벼이삭을 적셨다.

벼를 베던 사람들이 쓰러진 노루 주변에 모이자 먼 논에서 일을 하던 사람들도 달려와서 구경을 했다. 먼동이가 지게에 노루를 지고 집으로 가자 제수씨도 따라갔다. 사랑방 가마솥 앞에서 껍질을 벗기고, 각을 띠고, 물을 끓였다. 해가 지고 어스름이 짙어지자 소문을 들은 마을 사람들이 모였다. 노루고기를 삶는 솥에 김이나자 짚으로 묶어서 별도로 넣어둔 간과 콩팥, 창자 등 내장을 꺼내었다. 도마에 썰어놓고 고기를 장만하던 사람들이 소주 안주로 먹었다. 도마에는 먹다가 남은 생간과 피가 묻은 그릇도 있었다. 다 익은 고기를 꺼내어 사랑방의 부모님, 큰방의 마을 사람들, 중간방의 동생, 마루의 식구들에게 나누어 주고 젊은 사람들은 마당에 앉아서 먹었다. 큰방에 마을 사람들과 이야기를 하다가 마당에 나오니 먼동이는 소주를 대접으로 마시고 있었다. 지 애비를 닮아서 술이 말술이다. 마당에 앉아 술잔을 받는데 먼동이가 내 옆으로 왔다.

"큰아부지는 어째 왔니껴? 바쁠 때는 모른 체 하더니!"

"이놈이 술 취했나? 누구한테 주정이로!"

하고 일어서려는데

"다시는 우리 집에 오지 마소!"

뺨이라도 때리려다 참고 있는데 옆에 있던 몇 살 아래인 집안 동생이 먼동이를 나무랐다.

"야가! 야가! 뭐 이런 소리를 하노! 큰아부지한테 무슨 버릇이고!"

사랑방의 아버지도 들었는지 큰기침을 하더니 열려있던 문을 닫았다. 분위기가 서늘해지자 마당에 있던 사람들이 하나둘 일어섰다. 먼동이는 일어서더니 친척 동생의 멱살을 잡았다.

"아재는 뭔데! 큰소리치니껴! 나한테 뭐 해준 게 있다꼬."

아무리 술 취한 개라지만 더 이상 두고 볼 수가 없었다. 도마 옆에 있던 장작을 들고 먼동이 등짝을 때리려고 하는데 누군가 뒤에서 팔을 잡고 말렸다. 먼동이는 씩씩거리더니 큰방으로 들어가 버렸다. 마을 사람들이 떠나자 나는 사랑방으로 들어갔다.

"저놈이 이제는 나한테까지 막말을 하니더! 앞으로 아부지한테 대들까봐 걱정이씨더, 그저 못 들은 체 하이소!"

어머니는 한숨을 쉬었다.

"애비가 참아라! 철이 없어 그렇다. 노루를 잡았다기에 한 점이라도 먹으라고 불렀더니 괜히 불렀다. 애비가 참아라!"

동생은 하루가 다르게 몸이 쇠약해지더니 이제는 일어나는 것조차 힘이 들었다. 밥을 먹으라고 억지로 앉혀놓으면 왼손은 힘이 없으니 오른손으로 방바닥을 쓸고 또 쓸었다. 제수씨만 보면 소리를 질렀는데 이제는 힘이 없는지 소리도 지르지 못했다. 동생이 옆으로 누워 있는 것을 보면 초등학생이 누워 있는 것처럼 작았다. 살이 빠지고 뼈만 앙상하게 남았다. 이불밖으로 나온 발을 보니 얼마나 씻지 않았는지 검은 때에 푸른 빛이 났다. 발바닥은 굳은살이 갈라져서 피가 고였다. 등창이나서 터졌는지 피고름이 옷에 배여 나왔다. 세수도 하지 않아 파인 볼우물로 땟물이 흘렀던 자욱이 그대로 있다.

가마솥에 따뜻한 물이 있어 얼굴이라도 닦아주려고 세숫대야를 찾았다. 머리도 감겨주고 싶었는데 앉지 못하니 수건에 물을 적셔 얼굴을 닦아주었다. 윗옷을 벗기니 등창이 나고 터져서 옷이 상처에 붙어 떨어지지 않았다. 따뜻한 물로 적셔서 핏물을 닦아 내고 소독을 하는데 어머니가 왔다.

"며칠 전에 내가 소독을 했는데……"

"먼동이는 뭐가 바빠서……"

"말도 마라! 지 애비 방에 들어 온지 오래다. 큰소리 안 지
르면 다행이다."

"이놈이 지 애비한테 소리를 질러요."

"말도 마라 소리 뿐 인줄 아나! 이제는 대놓고 죽으라고 한
다. 저런 놈은 처음 본다."

"저런 나쁜 놈이 있나?"

"지 애미가 바빠서 밥을 차려주고 일하러 나가면 내가 설거
지를 하느라 조금 늦게 방문을 열면 방바닥과 이불에 오줌똥
을 싸놓고 눈만 껌벅껌벅 거린다. 내가 낳은 자식은 아니지만
어쩔 수 없이 코를 쥐고 걸레질을 한다."

"어매 고생이 너무 많니더!"

"애비야! 먼동이 애비가 저러다 죽으면 우리 늙은이들은 어
쩌노!"

어머니의 말에 선뜻 대답을 못하고 머뭇거렸다. 동생이 죽
으면 먼동이가 조부모를 모실지? 모신다고 해도 설움이나 안
줄지? 걱정이 되었다. 그렇다고 내가 모시기에는 방이 두 개
뿐이니 당장은 어렵다.

이불가게에 가서 캐시미론 이불 한 채를 사고 내의가게에
가서 잠옷과 내의를 사서 아내와 같이 동생에게 갔다. 동생은
사람을 알아보는 듯 했으나 표정이 없었다. 아내는 방문을 열

자 코를 쥐더니 앉지도 않고 큰방으로 갔다.

먼동이는 큰어머니가 와도 멀뚱히 보기만 했다. 먼동이 아내인 질부는 작은 눈을 깜작깜작 거리며 '큰어머님 오셨어요. 큰아버님 오셨어요.'하고 인사치레를 했다.

아침을 먹으려는데 동생이 죽었다는 전화가 왔다. 직장에는 전화로 공가를 내고 시골로 가면서 아내는 아이들을 학교에 보내고 뒤에 오라고 했다.

시골에 도착하니 집이 너무 조용했다. 곡을 하는 사람도 없이 동생은 내가 사준 잠옷을 입고 자는 듯이 누워 있었다. 먼동이와 싸우고 쓰러진 지 6개월을 못 채우고 죽은 것이다. 지 애미인 서모도 마흔을 겨우 넘기고 죽었는데 동생도 마흔 초반에 죽은 것이다. 동네에 사는 가까운 친척들이 달려왔다. 3일장을 하기로 하고 부고 인쇄, 음식 재료 구입, 장의사 부르기, 상주 옷, 널 등 장사 품목을 적었다. 집안에 믿을 만한 젊은 사람 두 명을 시장에 보냈다. 한문을 아는 나이 많은 사람들은 부고 보낼 집의 주소를 찾고 적느라 방 안이 어지러웠다. 부녀자들도 하나둘 부엌에 들어가서 음식 준비를 했다. 동생을 염하는데 도와주라고 먼동이를 불렀다. 염하는 사람이 시신을 한지로 덮어놓고 소독을 했다. 솜에 소독약을 묻혀 시신을 닦고 코를 솜으로 막았다. 삼베로 된 수의는 여러 겹인데 얼굴싸게, 손싸게, 행전, 버선, 복건, 오낭, 대님, 턱받침, 천금, 지요, 장매 등을 하고 허리띠를 맨 뒤 마지막으로 도포를 입히고 끈을 매었다. 먼동이는 손톱과 발톱을 깎아서 작은 주머니에 넣고 시신의 입에 숟가락으로 쌀을 퍼넣었다.

먼동이는 염하는 내내 코를 막고 찡그리더니 급기야 문밖을 뛰쳐나가고 말았다. 내가 먼동이를 소리 내어 부르자 언제 부엌으로 갔는지 됫병소주를 대접에 부어 벌컥벌컥 마시고 있었다. 상주 옷을 입는 예가 치러지는데 상주가 보이지 않았다. 모두 맞절을 하고 세숫대야에 손을 씻고 상복을 입는데 하나뿐인 아들이 보이지 않았다. 혼백을 올려놓을 빈소상이 차려지고 상주가 지팡이를 짚고 손님 맞을 준비를 하는데 상주가 없으니 낭패가 아닌가? 한참 후 얼마나 술을 먹었는지 얼굴이 불콰해진 먼동이가 나타났다. 혼을 내고 싶었으나 손님들이 있어 참았다. 상주는 곡을 해야 하는데 그는 곡을 하지 않았다. 그냥 소리 내어 '아이고! 아이고!'를 하라고 시켜도 하지 않고 나를 노려보았다. 참 낭패가 아닌가? 손님은 오는데 상주가 곡을 하지 않으니! 참다못해 내가 상주 맞은편에 서서 곡을 했다.

손님 몇 사람이 왔다가 가자 먼동이를 보고 조용히 타일렀다.

"곡을 하는 것이 처음에는 힘들지만 법이 그러한데 어쩌겠노! 아비를 생각해서 곡을 하그라!"

먼동이는 나를 빤히 쳐다보더니 쥐고 있던 지팡이를 던졌다.

"씨팔! 나는 못해!"

'뭐! 이런 자식이 다 있노?'하고 소리를 지르려다 작은 소리로 했다. 옆에서 보고 있던 집안 어른들은 혀를 차며 밖으로 나갔다.

동생의 장사지만 내가 상주 노릇을 대신 할 때도 있었다. 아버지의 아픈 마음까지 보살펴 주고 동네 친척들과 손님들에게 결례가 되지 않도록 만전을 기했다. 상여가 장지까지 가기 위해서는 상여꾼들에게 음식과 돈을 주는 관습이 있다. 좁은 동네에서 치르는 장사는 동네의 법에 따라야 한다. 상여가 가다가 쉬면 돈봉투를 주어야 움직인다. 돈봉투를 준비하여 식구들에게 나누어 주었다. 상여가 움직일 때나 묘의 봉분을 만들 때 주라고 했다. 그 돈은 마을의 운영자금으로 쓰이기 때문에 얼마 이상의 금액이 정해져 있었다. 잘 사는 사람은 그 금액 이상을 내고 못 사는 사람은 조금 모자라도 어쩔 수 없다.

묘의 봉분이 올라가고 일꾼들이 절구노래를 하며 절구를 찧다가 쉬는 시간이 되면 술과 안주를 주어야 한다. 보통 세 번 정도 절구를 찧는데 다섯 번을 찧으려면 돈이 그 만큼 더 들어간다. 세 번을 찧고 그만 두려고 했다.

"동생의 마지막 길인데 다섯 번을 찧어 주소!"
먼동이는 돈이 아까워 소리를 꽥 질렀다.

"뭐! 이런 일이 다 있노! 세 번이면 되지!"
일꾼들은 어느 장단에 춤을 춰야 할지 일손을 멈추었다.

"여러분! 제 말을 들으소! 동생을 편안하게 보내주려는 형의 원이시더!"

여기저기서 먼동이를 나무랐다.

"참! 보다가 별 놈을 다 보네! 백부가 말려도 자식이 더 찧을 판인데!"

동생의 빈소상이 차려진 방에 제물을 차려놓고 조상제사부터 지냈다. 조상제사는 내가 잔을 드려야 하는데 먼동이가 잔을 드리겠다며 앉았다. 참으로 황당한 일이다.

"큰아부지가 뭔데! 우리 아부지 장산데 내가 첫잔을 드려야지!"

동네 어른들이 조상제사는 백부가 잔을 드려야 된다고 해도 먼동이는 일어나지 않았다. 나는 시끄러운 것이 싫어서 '다 같은 자손인데 누구면 어떻소!'하고 그대로 두었다. 동네 어른들은 또 한 마디씩 했다.

"나중에 조부가 돌아가시면 백부가 있는데 조카가 잔을 드리겠다고 나설 판이네!"

"기제사를 지낼 때도 저러면 안 되지 백부가 있는데, 우리 집안 망신이다."

먼동이는 지 애비가 죽자 모두가 자기 차지 인양 유세를 떨었다. 백부는 물론 조부도 조모도 안중에 없었다. 오직 애비가 남긴 재산과 조부의 재산에만 눈독을 들였다. 농협에 지 애미를 앞세워 통장을 들고 가더니 자기 이름으로 바꾸었다. 지 누나도 동생도 먼동이에게는 안중에 없었다. 먼동이 처인 박씨는 모든 일에 아는 체 하며 덤볐다.

먼동이가 본격적으로 농사를 짓겠다고 나서자 아버지는 좋아했다. 칠십 중반의 연세에 비하여 허리도 굽지 않는 아버지는 논밭에 나가 먼동이가 하는 일을 일일이 가르치려고 했다. 처음에는 할아버지의 말을 듣는 것 같더니 이제는 무시하고 자기 생각대로 할 뿐만 아니라 할아버지와 함께 일을 하는 것조차 싫어했다. 할아버지가 밭일을 하면 먼동이는 논일을 했다. 할아버지가 풀을 뽑으면 먼동이는 밭을 갈았다.

박씨는 시어머니를 무시하기 시작했다. 사랑방에 조부모 밥상을 차려주고 큰방에 둘레상을 펴서 시어머니와 아이들이 함께 밥을 먹게 했다. 고방열쇠 관리도 부엌일도 시어머니는 일체 간섭을 하지 말라고 했다. 집안의 모든 권리를 먼동이와 그의 처가 거머쥔 것이다. 혼자가 된 시어머니인 제수씨는 중늙은이가 되어 중간 방을 차지하고 주는 대로 밥을 먹고 들에 나가 일만 했다.

어머니가 전화를 했다. 먼동이가 큰 한옥을 샀는데 무슨 일이 생긴 것 같다고 했다. 지들끼리 법원에 소송을 하느니 마느니 하는데 늙은이에게는 말을 하지 않으니 답답하다고 했다.

동생이 살았을 때 전세를 얻는다며 드나들던 복덕방이 있었다. 동생이 남긴 통장에 작은 한옥 한 채 정도 살 수 있는 돈이 들어 있었다. 마침 복덕방에 나온 큰 한옥이 있어 먼동이와 그의 처가 가보니 정말 대궐 같았다. 집이 마음에 들어 저 집만 살 수 있다면 무슨 일이라도 할 수 있을 것 같았다. 그 집은 건축업을 하는 사람이 직접 지었는데 일이 잘 못 되어 지은 지 10년이 안되어 팔게 된 것이다. 먼동이는 조부모나 나에게 한마디 상의도 없이 박씨와 계약을 해 버렸다. 모자라는 돈은 농협에 지 애비의 토지를 담보로 돈을 내었다. 그런데 문제가 생긴 것은 대금을 다 치루고 이전을 하려고 하니 이중계약이 되어 있었다. 매도자는 한 명인데 매수자가 두 명인 것이다. 매도자는 이중 계약으로 돈을 챙겨 벌써 도망을 가고 없었다. 부동산 중계인도 어쩔 줄 몰라 쩔쩔 매고 재발 법원에 소송만은 하지 말고 기다리면 해결을 하겠다고 했다. 하루가 가고 이틀이 가도 매도자는 나타나지 않고 이전도 되지 않았다.

시골에 가니 먼동이는 큰방에서 사랑방으로 오지도 않았다. 어머니가 몇 번 부르러가니 억지로 사랑방으로 왔다.

"집을 산 것은 잘 했는데 계약이 잘못 되었다면서?"

"큰아부지가 상관할 일이 아닌데요."

아버지는 화가 났는지 기침만 하고 어머니는 먼동이 등을 치며

"큰아부지한테 무슨 말버릇이로, 해결해 달라고 빌어라! 어서!"

큰방에 있던 박씨가 문을 살며시 열더니 얼굴을 내밀었다.

"큰아버님 오셨어요."

"법원에 그놈을 고소하기로 했어요. 걱정하지 마세요."

덮어 놓고 고소만 한다고 해결이 될 일이 아닌 것 같았다. 고소를 하여 그를 잡아 징역을 살린다고 돈이 나오는 것은 아니다. 문제는 매도자를 붙잡아 얼마의 돈이라도 찾아야 한다. 이중계약을 하여 손해를 보게 된 사람과 부동산 중개인을 만나는 것이 순서이다.

경찰서로 전근을 온 고등학교 때 단짝 친구를 찾아갔다. 전에는 자주 만났으나 요즘에는 조금 뜸 했었다. 조카의 이중계약 사기사건에 대해서 자세히 이야기를 하고 관련자에 대해서 알아봐 달라고 했다. 그는 정식으로 고소를 하면 쉬울 텐데 왜 그러냐고 했지만 나는 사정이 있어서 그런다하고 돈 받을 욕심의 속내를 숨겼다. 한 주일이 지나자 친구인 김형사가 만나자고 했다.

이중계약을 한 또 다른 사람은 먼동이 보다 무척 헐하게 집을 샀으며 건축업을 하는 친구 사이라는 것을 알게 되었다. 복덕방 주인과도 무척 친한 사이라서 매도자가 도망을 가기 전에 자주 만나 술을 먹은 사실도 알게 되었다. 친구끼리 짜고 사기를 친 사건에 먼동이가 말려 든 것이 분명했다. 김형사도 고소가 되어야 본격적인 수사를 할 수 있다고 했다. 그러나 먼동이 본인의 의사를 들어야 하는 형편이라 시골에 전화를 했다. 먼동이는 술에 취하여 자고 있다며 전화를 받지 않았다. 술이 깨면 전화를 하라고 박씨에게 대강 이야기를 했다. 조금 있으니 먼동이가 전화를 했다.

"고소를 하면 돈은 받을 수 있다고요."

"형사 친구는 고소를 해야 본격적으로 수사를 할 수 있다고 하는데 너 생각은 어떠노?"

"재판도 받니껴? 나도 전과가 있는데."

학교에 다닐 때 폭력 사건으로 고소나 재판에 대한 트라우마 (trauma)가 있는 듯 했다.

"그냥 도망간 놈을 찾시더, 제가 찾아봄시더!"

"니가 무슨 수로 찾노?"

"다 방법이 있니더!"

먼동이의 말 속에는 믿는 구석이 있는 듯 했다. 매도자만 찾는 다면 합의도 가능한 것 같아 전화기를 놓았다. 이제는 먼동이의 태도에 달렸다. 고소를 하든지 말든지 내가 판단 할 일은 아닌 듯 했다.

며칠 후 어머니가 전화를 했다.

"애비야! 먼동이가 해결했단다."

"어떻게요."

"지가 아는 친구하고 그 사람들을 만나서 해결을 보았는데 집값으로 돈을 조금 더 주었단다."

병신 같은 놈! 돈을 더 주다니 이해가 되지 않았다. 어머니의 말로 봐서 합의 하는데 든 돈인 듯 했으나 나는 더 이상 묻지 않았다. 그 대신에 친구인 김형사에게 미안하여 술집에서 크게 한턱내었다. 일은 먼동이가 벌리고 돈과 시간은 내가 손해를 보는 것이 어제 오늘 일인가?

먼동이가 산 한옥이 어느 동네에 있다는 것은 알지만 구경을 가자고 하지 않으니 갈 수 없어 궁금했다. 어머니는 억지로 졸라서 한 번 가 보았으나 제수씨도 구경을 하지 못했다고 한다. 또 그 집은 전세를 사는 사람이 만기가 되지 않아 나갈 수 없다며 버틴다고 하니 또 다른 문제가 생긴 것이 분명하나 이전이 되었으니 시간이 해결 할 일이다.

시골에 가니 어머니가 걱정을 했다. 집을 산 지 6개월이 지나도록, 전세도 만기가 지났는데, 집은 어쩐 일인지 처음에 살던 사람이 살고 있다는 것이다.

집을 팔아 놓고 돈을 더 달라고 하다가 안 되니 전세금을 가지고 장난을 친 것은 아닐까? 이런 일은 법에도 없고 주먹 세계에도 없는 일이다. 자세히 알아보니 집을 판 사람이나 산 사람이 전세에 대해서는 아무런 계약이 없었다. 집을 판 사람은 집을 팔고도 전세금을 가지고 도망을 가버렸으니 집을 산 사람이 전세금을 주어야 나간다는 것이다. 복덕방에서도 그런 것은 당사자들끼리 하는 일이라 계약서에는 쓰지 않았다고 발뺌을 했다. 결국 먼동이만 등신이 된 것이다.

집을 판 사람을 또 찾아야 했다. 이번에는 그 사람이 산다는 먼 도시에 직접 가기로 했다. 하다가 안 되면 고소라도 하려고 변호사 사무실에 가서 사무장과 상의도 했다. 집을 사고

파는데 계약서에 전세에 관해 언급이 없다고 집을 산 사람이 전세금을 물어주어야 한다는 법은 없다고 했다. 그러면서 집을 사는 사람이 꼼꼼히 챙기지 않는 것은 잘못이지만 복덕방도 잘못이 있다고 했다. 며칠이 지난 일요일 집을 판 사람을 찾아 가기 전에 시골에 전화를 했더니 전세 세입자가 나갔다고 했다. 힘이 풀려서 무슨 영문인지 알고 싶지도 않았다. 어떻게 된 일인지 먼동이가 말을 하지 않으니 더 이상 묻고 싶지도 않았다.

아버지는 다시 위토(제위답)를 세우겠다며 토지문서를 들고 왔다. 이제는 동생이 없으니 먼동이와 내 맏아들에게 공동이전을 한다는 것이다. 사촌들 간에 공동으로 이전을 해 놓으면 팔아먹지도 못하고 조상을 오래도록 모실 수 있다는 것이다. 먼동이에게 허락을 받았냐고 했더니 반대를 하더라는 말만 했다. 또 사법서사에 가도 안 될 일이다. 먼동이의 인감증명서와 인감도장이 필요하기 때문이다. 먼동이도 지 애비와 똑같은 말을 하더라는 것이다. 조상은 혼자 모실 테니 조부모를 모시는 사람에게 이전을 해 달라고 했다. 동생이 살았을 때 보다 더 복잡하게 되었다. 먼동이는 지 애비가 없으니 바로 되겠지만 나를 빼고 내 아들에게 조부의 재산을 이전할 수는 없다. 먼동이와 내 이름으로 하는 것은 가능한 일이지만 그것도 반대를 하니 쉬운 문제는 아니다. 사법서사에 가도 같은 답을 하며 고개를 흔들었다. 아버지는 토지문서를 들고 '내 토지도 내 마음대로 못한다.'며 탄식을 했다.

먼동이가 전화를 했다. 나를 찾다가 없으니 백모에게 술이 취하여 노발대발 하더라는 것이다. 위토를 하면 집에 불을 지르겠다고, 조부의 이름으로 된 토지는 모두 자기 앞으로 해야 된다고, 큰아버지가 무슨 권리로 공동명의로 하겠다는 것인지 욕을 하더라는 것이다. 당장 시골에 가서 박살을 내고 싶지만 그렇게 되면 늙으신 부모는 누가 모실 것인지? 고민을 하지 않을 수가 없어 울며 겨자 먹는 심정으로 지켜보자며 스스로 다짐을 했다.

서울에 사는 큰누님이 일년 전 장가를 간 아들이 손자를 낳아 돌잔치를 한다며 전화를 했다. 시골에 부모님을 모시고 가려했으나 먼동이가 가기로 했다며 사양을 했다. 집 사람도 먼 길은 마다하니 나 혼자 갈 수밖에 없다. 먼동이도 간다고는 하지만 같이 가자고 하지 않으니 각자 출발 할 수밖에 없는 노릇이다. 기차역에 가서 차표를 사기 전에 혹시 먼동이가 오는가? 기다려 봤지만 오지 않았다. 먼동이는 버스를 타고 갈 수도 있겠다 싶어 혼자 기차에 올랐다. 백부와 조카가 같이 여행을 하는 것도 보기 좋은 일이나 벌어진 사이는 쉽게 봉합이 되기 어려웠다. 사람은 좋은 기억보다 나쁜 기억이 오래 간다고 했다. 열 가지가 좋다가도 한 가지가 나쁘면 나쁜 것만 기억을 한다는 것이다. 먼동이가 그런 것 같다. 잘못 했던 것은 잊어버리고 나쁜 기억만 남아 사사건건 시비를 걸고 대드는 꼴이

증명을 하고도 남는다.

　다섯 시간 동안 지루하게 기차를 타고 지하철을 타고 어렵게 돌잔치를 하는 식당에 도착하니 시간이 조금 이른지 큰누님은 아직 도착하지 않았다. 큰누님 집에 갔다가 다시 오기는 짧은 시간이라 식당에 앉아서 기다리는데 작은누님과 생질조카, 질녀가 왔다. 작은누님은 먼 길을 오느라 입이 마르다며 물을 달라고 하더니 옆에 있는 맥주를 마셨다. 나도 한 잔을 받는데 평소에 먹던 맥주보다 시원하고 달았다. 한참을 기다려 돌상이 차려지는가 싶더니 사람들이 하나둘 모이기 시작했다. 저녁 돌잔치라 저녁식사시간에 맞추어 준비를 했다. 조금 있으니 먼동이가 시집간 누나와 같이 식당으로 들어왔다. 나와 눈이 마주쳤는데도 인사를 하지 않았다. 참으로 괘씸했다. 내가 저들에게 무슨 잘못을 그렇게 많이 했다고, 조카와 질녀가 큰애비를 보고 인사도 하지 않는단 말인가? 옆에 있는 맥주를 두 잔이나 더 마시고 천천히 일어나서 구석 자리에 앉아있는 먼동이에게 다가갔다. 빈속에 맥주를 마셔서 그런지 걸음이 조금 비틀 거렸을 뿐 술에 취하지는 않았다.

　"이놈아! 무슨 원수가 져서 인사도 못하노?"

　먼동이의 멱살을 쥐려다가 놓친 나는 비틀거리며 다시 쥐려고 했다. 먼동이는 식탁 위로 올라가서 눈을 부릅뜨고 나를 내려다 봤다. 그의 누나인 질녀가 내 팔을 잡았다.

　"큰아부지! 말로 하시소!"

"너도 같은 년이다. 똑같은 년이야!"

식탁 위에 올라간 먼동이는 식식거리며

"시팔! 니가 뭔데?"

먼동이가 '니가 뭔데'하자 백모에게 욕설을 하더라는 것이 생각나서 화가 더 치밀어서 주변에 무엇이라도 있으면 들고 던지고 싶었다. 마침 박스에 접시를 씻어서 담아놓은 것이 보였다. 접시 두어 개를 양손에 들고 먼동이에게 던졌다. 먼동이가 피하려고 고개를 숙이자 그놈의 멱살을 잡았다. 멱살을 잡고 놓지 않자 그놈도 내 멱살을 잡았다. 이제는 백부도 조카도 없고 싸움만 있을 뿐이다. 작은누님과 자형이 와서 말렸다. 나는 먼동이의 멱살을 놓으며 사람들을 향해 외쳤다.

"저놈이 조카입니다. 조카가 백부에게 대들어서 생긴 일입니다."

상황 설명을 들은 사람들은 웅성거리기 시작했다. '세상 말세다 말세야! 조카가 백부의 멱살의 잡다니!' 먼동이는 찢어진 옷을 손으로 가리며 식당 밖으로 나갔다. 그의 누나도 따라 가면서 '옷부터 사 입자'며 중얼거렸다.

큰누님은 무슨 영문인지 몰라 내 손목을 잡고 의자에 앉히더니

"여자 같이 고운 동생이 무슨 일로 그러노? 그 먼데서 와서 이게 무슨 일이로!"

큰누님에게 나는 무척 귀한 존재다. 딸만 셋을 낳던 아버

지가 첩을 들이고, 서모(庶母)도 딸을 낳고서야 태어난 동생이 아닌가? 만약에 내가 없었다면 큰누님은 서모의 눈치를 보느라 친정에도 못 올 뻔 했다.

먼동이가 같은 배에서 난 그의 누나와 밖으로 나간 뒤 식당은 조용해졌다. 돌상이 차려지고 음식이 들어왔다. 술과 음식이 차려져도 분한 마음이 가라앉지 않아 멍하게 천장만 쳐다보고 있었다. 아마 큰누님도 음식 맛이 없는지 손자만 어르고 있다가 간혹 나를 곁눈으로 보았다.

돌상이 차려지자 큰누님 아들이 홀 왼쪽 벽에 흰색 화면을 설치하더니 프레젠테이션 영상을 보여 주었다. 화면에는 돌잔치 하는 아이의 태아사진부터 지금까지 기록을 사진과 동영상으로 비추어 주었다. 영상감상이 끝나자 간단한 인사를 하더니 손님들을 일일이 소개했다. 친가, 외가, 친구까지 백 명은 되었다. 소개가 끝나자 큰누님이 일어서서 고맙다며 고개를 깊숙이 숙여 인사를 했다. 이어서 아이의 어머니인 며느리가 인사를 하고 친삼촌도 인사를 했다. 마지막으로 나에게 인사를 하라고 해서 조금 전 행패를 부린 먼동이 이야기를 하려다가 아무 말도 하지 않고 일어서서 목례만 했다. 돌상 위에 있는 물건을 아이가 고르는 순서가 되었다. 돌상에는 떡, 고기, 과일, 색실, 만년필, 책, 돈 등이 놓여 있었는데 아이는 색실을 집어 들었다. 모두 박수를 치며 무병장수 할 것이라며 덕담을 했다. 돌잔치 하는 아이가 돌상의 떡을 쟁반에 들고 여기

저기 다니며 배달을 하더니 지쳤는지 할머니 무릎을 베고 잠이 들었다.

먼동이와 그의 누나는 돌잔치가 끝나갈 무렵 나타났는데 모두 본체만체 했다. 나에게 와서 인사를 할 줄 알았는데 저만치 멀리 앉아서 무엇인가 먹고 있었다. 대부분이 우리 친척들이지만 사돈네와 큰누님 아들의 친구들도 있어서 일시적인 분을 삭이지 못한 내 행동을 후회했다. 돌잔치가 끝나갈 무렵 나는 식탁을 돌아다니며 악수를 청하기도 하고 술을 권하며 사과를 했지만 기분은 풀리지 않았다.

돌아오는 기차에서 가방을 열어보니 부모님께 드리라며 싼 잔치음식과 봉투가 들어 있었다. 봉투에는 안부편지와 여비가 조금 들어 있었다.

먼동이가 아무런 볼일도 없는데 시내에 자주 간다고 어머니가 걱정하는 전화를 했다. 어머니는 서울 돌잔치에서 있었던 일을 모르고 있는 것 같다. 하기야 아내에게도 말을 하지 않았으니, 먼동이나 큰누님 또는 돌잔치에 참석했던 사람들이 말을 하지 않는다면 모를 일이다. 그러나 언젠가는 알 일이다.

어머니는 먼동이가 무슨 일을 꾸미고 다니는 것이 분명하다고 했다. 하루가 다르게 시내에 나가는데 나갈 때마다 콩이며 깨를 경운기에 싣고 가서는 빈손으로 돌아온다. 노름을 하는지 모르니 큰애비가 한 번 알아보면 좋겠다. 어머니의 전화지만 조카의 뒷조사까지 하라는 것 같아 기분이 몹시 나빴다.

서울에서 멱살잡이 한 일을 생각하면 이제는 남이니 어머니 말이라 해도 듣고 싶지 않았다. 그런데 이상한 곳에서 먼동이를 보게 되었다.

도청에서 국장님이 와서 브리핑을 마치고 점심 대접을 하려고 교외로 나갔다. 식당에 도착하여 국장님의 자동차가 주차 하는 동안 기다리고 있는데 식당 출입문으로 먼동이가 들어가는 것이 얼핏 보였다. 여자와 함께 식당으로 들어가는데 교외 식당이라 사람들이 별로 없어서 분명히 볼 수 있었다. 우리는 미리 예약을 하였으므로 예약실로 가면서 먼동이가 어느 방으로 들어가는지 살펴보았으나 잠시 헛눈을 파는 사이 놓치고 말았다. 시간 차이가 얼마 되지 않으므로 카운터에 물어보면 알 수도 있을 듯 하였으나 국장님과 함께 하는 자리라 어떻게 할 수가 없었다. 식사를 마치고 시장님과 국장님이 담소를 나누는 동안 식당의 홀에 나와서 먼동이가 어디 있는지 살펴보았으나 찾지 못했다. 카운터에서는 손님의 프라이버시에 관계 되는 일이라서 모른다고 했다.

잠시 후 국장님과 시장님이 나오고 기사가 자동차에 시동을 거는데 먼동이가 식당에서 나오는 것이 보였다. 분명 우리보다 먼저 들어갔는데 무엇을 했는지 뒤에 나왔다. 시장님과 국장님을 먼저 보내고 다른 일이 있어 사무실에 조금 늦게 들어간다고 같이 온 직원에게 일러두고 먼동이를 지켜보기로 했다.

점심식사를 마친 먼동이는 식당 옆에 있는 무인모텔로 들어갔다.

여러 개의 주차장 중에 열려 있는 두 칸 중 한 칸에 들어가 차를 세웠다. 주차장에 차가 서자 셔터(shutter)가 자동으로 닫혔다. 2층으로 난 계단을 올라가면서 자동차 자동키를 누르니 삑 소리가 조용한 공간을 크게 울렸다. 출입문 옆에 돈을 넣으라는 안내문이 쓰여 있어 한참 읽어 보았다. 넣으라는 금액인 만 원짜리 두 장을 넣으니 출입문이 열렸다. 분홍색 불빛이 실내를 밝혀 주고 화장대 옆에 꼬마전구가 흰빛을 비추었다. 화장대에는 스킨, 로션, 면도기, 칫솔, 그리고 알 수 없는 종이 팩이 여러 개 있었다. 작은 냉장고에는 음료수 두 병, 과일 캔 두 개 등이 있고, 높은 탁자에는 사발면과 나무젓가락, 전기포트 등이 있었는데 무료였다. 장식으로 큰 양주병이 있었으며 침대 옆의 탁자에는 재떨이, 성냥, 수건이 가지런히 놓여 있었다. 샤워실은 흐린 유리벽으로 실루엣(silhouette)이 보였다. 샤워장 안은 유리로 분리된 작은 칸이 있었는데 머리 위에 물이 뿌려지는 쟁반 같은 샤워기와 옆에도 물을 뿌리는 샤워기가 달려 있었다. 화장실은 파란색 소독 향수물이 고여 있었으며 벽에는 큰 수건 두 개와 작은 수건 여러 개가 놓여 있었다. 거울 앞에는 일회용 치약과 유리컵이 종이에 반 정도 싸여 있었다.

먼동이가 먼저 샤워를 하고 침대 시트 속으로 들어가 눕자 미숙이가 샤워하는 실루엣이 보였다. 텔레비전 전원을 켜고 성인영화가 나오지 않아 이러 저리 채널을 돌렸다. 미숙이도 익숙하게 샤워를 하고 큰 수건으로 몸을 가린 채 로션을 발랐다.

"원동 씨! 우리는 서로 결혼했는데, 만나니까 기분이 묘하다 그치?"

"이상하기는 뭐가 이상해! 너 남편보다 내가 먼저 차지했는데 무슨 소리야! 나도 너를 얼마나 찾았는데, 영감들이 손자를 본다며 하도 안달을 해서! 너는 또 뭐가 급해서 그렇게 빨리 결혼을 했노?"

"모든 남자들이 다 떠나고, 원동 씨도 연락이 없고! 괜찮은 공무원이 밀고 들어오는데 어떻게 해! 결혼 해야지!"

"아이도 있다며? 남편은 잘 생겼나?"
미숙이는 대답은 하지 않고 부끄러운 듯 이불속으로 파고들었다.

"우리가 다시 만난 지 한 달이 지났는데 임신이라도 하면 어쩌지! 남편은 쌍둥이를 낳고 정관수술을 했단 말이야!"

"뭐가 걱정이야! 결혼하면 되지!"

"마누라는 어쩌고! 또 내 남편은 어쩌고! 아이들은!"

"까짓거 헤어지면 그만이지 뭐!"

고등학교를 졸업하자 이들은 서로 연락이 되지 않았다. 그러다가 먼동이가 여기 저기 취직했다가 그만 두는 것을 반복하고, 가게를 여러 번 차리고, 식품가공학과를 졸업한 박씨와 결혼을 하는 사이 미숙이도 공무원과 중매로 결혼을 했던 것이다. 이들이 어떻게 다시 만나 서로의 배우자에게 죄를 짓는 불륜의 늪으로 빠졌는지 알 수는 없다. 어머니에게만 먼동이의 행동을 알리고 스스로 자제할 때까지 지켜보기로 했다.

아버지가 식사까지 거르시며 앓아누웠다는 연락이 왔다.

사랑방 문을 열자 사람의 기척이 있는데도 아무런 반응이 없다.

"아부지요! 어디가 아픈데요?"

아버지는 돌아눕더니 눈도 마주치지 않고 천장을 쳐다보다 눈을 감았다. 평소 같으면 누웠다가도 벌떡 일어나며 반갑게 맞아 주셨는데, 머리를 짚어보니 열은 높지 않으나 땀을 많이 흘렸다. 감기 기운이 있어 배와 대추, 생강, 파뿌리, 꿀을 넣어 중탕을 해 주었더니 좋아졌는지 얼굴색이 붉게 보였다. 아버지는 어제 밭에 나갔다가 다른 사람들은 점심을 먹는데 춥다며 이불을 내려서 덮더니 앓기 시작했다. 괜찮겠지 했는데 저녁밥도 먹지 않아서 죽을 쑤었더니 조금 먹고 밤새워 앓았다. 노인의 병은 감기라도 가볍게 보아서는 안 된다. 병원에 가자며 택시를 불렀다. 옷을 챙겨 가방에 넣고 사랑방 문을 나서는데 먼동이가 어디 갔다가 마당에 들어서며 나를 보자 눈을 똑바로 뜨더니 옆 눈으로 훔쳐보았다. 그래도 아버지가 아프니 모른 체했다.

"할아버지 병원 가시는데 너는 어쩔래?"

"가든지 말든지 나는 모르니더!"

당연히 할아버지를 부축하여 병원에 가야 도리인데, 소리라도 지르며 한 대 쥐어박고 싶었으나 참았다. 먼동이는 할아버지가 어떻게 아픈지? 어느 병원에 가는지? 관심도 없다는 듯 그냥 서 있었다.

병원 응급실에 응급 처방으로 진통제 주사를 놓았는지 아프다고 앓던 아버지는 금세 앓는 소리를 멈추었다. 카운터에 가서 엑스레이(X-RAY) 사진을 찍고, 컴퓨터단층(CT)촬영과 자기공명영상(MRI)촬영, 위내시경, 대장내시경, 혈액검사, 소변검사 등에 필요한 돈을 계산하고 침대를 밀며 이 방 저 방 돌아다니다 보니 점심때가 되었다. 아직 검사가 더 남았으나 아침도 먹지 못한 어머니가 걱정이 되어 아내에게 식당으로 모시고 가라고 했다. 링거를 단 아버지는 편안한 표정으로 침대에 누워 눈을 감고 있었다. 밤새워 앓았으니 잠이라도 자는 듯 했다. 먼동이는 물론 제수씨도 택시에 자리가 없어 못 간다는 핑계였지만 오지 않으니 무척 괘씸했다.

해가 질 무렵 담당의사가 보호자를 불렀다.

"췌장암 말기입니다. 대장에 전이 된 것 같으나 확실한 것은 열어 봐야 하니 수술을 하셔야 합니다."

"조금 생각할 여유를 주십시오."

"당장 수술을 하지 않으면 3개월도 버티기 어렵습니다."

"수술을 하면 나을 수 있나요. 연세가 많으셔서."

"연세가 많으셔도 저 같으면 수술을 할 겁니다."

앞이 캄캄하여 걸음을 걸으니 허공에 발을 딛는 것처럼 감각이 없다. 어머니와 상의를 해야 한다. 먼동이에게도 알려야 한다. 수술이라는데 함부로 결정할 일이 아니다. 도저히 믿을 수가 없어 대구나 서울의 큰 병원에 한 번 더 진찰을 해 보는 것이 좋을 듯 했다. 세계적으로 유명한 의사도 오진을 한다고 하지 않던가? 아버지는 아무것도 모르고 우선 진통이 없으니 이제 괜찮다며 집에 가자고 했다. 아내를 보고

"애미야! 짬뽕이 먹고 싶다. 중국식당에 가자."

중화요리 식당에 가서 먼동이에게 빨리 병원으로 오라고 전화를 했다.

아버지는 대구의 큰 병원에 가서 다시 진찰을 해 보기로 했다. 나는 사무실에 급한 일이 생겨서 어머니와 아내 그리고 먼동이가 아버지를 모시고 먼저 가라고 했다.

사전에 병원끼리 약속을 하도록 조치를 하지 못하고 급하게 오다가 보니 응급실로 들어갈 수밖에 없다. 응급실에는 급한 환자들이 대부분이라 환자의 고함소리와 가족들이 우왕좌왕하는 모습, 급하게 구급차를 타고 오는 환자를 받는 간호사와 의사, 위급한 환자의 응급처지 모습, 침대 옆으로 커튼을 치는 도르래 소리, 발자국 소리, 끄는 침대의 바퀴소리, 잘못된 환자 가족들의 울음소리가 뒤범벅이 되어 아비규환이다. 아버지도 그 중에 한 사람으로 순서를 앞당기느라, 침대의 위치를 옮겨 주느라 땀을 흘렸다. 지방 도시의 작은 병원과 달리

응급실도 처음 들어가면 출입문 가까이 침대에 누워서 진찰을 받고 사진을 찍었다. 그러다가 새로 응급환자가 오면 안으로 계속 밀려들어간다. 그러는 사이 시간은 가고 밤이 오고 날이 밝아 하루가 가는 것이 대도시 종합병원의 응급실이다. 이틀이 지났는데 결과도 나오지 않고 입원도 할 수 없으니 환자의 보호자는 응급실 귀퉁이에 서 있거나 밖으로 나가 바람을 쏘이다가 들어온다.

응급실 카운터 옆에 서 있는 의사에게 정중히 인사를 하고 아버지의 이름을 말했다. 그는 간호사에게 진료카드를 넘겨받더니 지나가는 소리로 한마디 했다.

"췌장암입니다. 수술준비 하세요."

이런 황당한 일이 있나! 내가 여쭈어 보지 않았다면 의미 없는 하루가 또 지나갈 뻔 하지 않았는가? 자리를 뜨려는 의사의 팔을 잡아 당겼다.

"이런 경우가 어디 있소! 벌써 이틀이 지났는데 이제 결과를 말하다니요."

그는 지친 표정으로

"3번 내과에 가서 자세히 알아보세요."

하고는 긴 복도를 힘없이 걸어갔다.

3번 내과의 복도에는 진료를 받으려는 환자와 보호자로 붐볐다. 순서가 있으니 급하다고 먼저 들어갈 수가 없다. 마음은 급하고 순서는 멀고 기다리다 지쳐 갈 즈음 간호사가 환자 카드를 들고 외쳤다.

"오늘은 진료가 끝났으니 내일 오세요."

'이런, 또 내일이야.'하고 하는 수 없이 응급실로 침대를 밀고 가니 처음 들어오는 환자처럼 출입문 앞자리에서 기다리라고 했다. 아무리 이틀 전에 왔다고 사정을 해도 들은 체 만 체했다. 진통효과가 떨어진 아버지는 이를 갈며 앓기 시작했다. 의사를 찾고 간호사를 찾아 진통제를 또 맞았으나 아무것도 먹지 못 하고 링거만 맞은 지 3일이 지났으니 안타까울 뿐이다. 이러다가 치료도 받아보지 못하고 무슨 일을 당하지 않을까? 걱정이 되었다. 처방을 받고 약을 받든지? 수술을 하든지? 해야 하는데 속수무책으로 기다리고만 있으니 무능한 내가 한스러워 견딜 수가 없다. 어머니와 먼동이는 시골로 가고 나와 아내만 의자에 앉아 졸다가 서 있다가를 거듭했다.

다음날 오전 진료가 끝나갈 무렵 순서가 되어 진료실로 들어가서 의사 옆에 앉았다. 환자의 상태는 보지도 않고 차트 기록과 사진 등을 살펴보더니

"늦었습니다. 집에 가셔서 먹고 싶은 것이나 많이 해 드리세요."

"수술을 하라던데요."

의사는 고개를 흔들었다.

"수술을 해봐야 성공률이 거의 없습니다. 차라리 수술하지 말고 연세도 있으시니 편안하게 가시도록 하세요."

"고쳐야지요. 병을 고치라고 병원이 있는 게 아닌가요?"
간호사가 다음 환자를 소리 내어 부르자 의사는 손짓으로 귀찮다는 듯 나가라고 했다.

　아버지가 약봉지를 들고 집에 온 지 며칠이 지났다. 그동안 전화로 상태를 전해 들었지만 직접 뵙지 못해 마음을 끓이다가 퇴근을 하여 바로 시골로 갔다. 아버지는 자리에 누웠다가 일어나 앉았다. 식사도 조금씩 하고 일은 하지 못하지만 논밭도 둘러본다고 했다. 가끔 배가 아프기는 해도 약을 먹으면 괜찮아진다고 했다. 집에서 조금 떨어진 야산 밑 밭에 감이 익었다고 해서 감을 따러 간다고 하니 아버지도 따라 나섰다.

　감나무가 있는 밭은 양지 바른 비탈 밭으로 밭 옆에 할머니 산소가 있고 향나무방풍목이 있다. 큰길에서 백 미터도 되지 않는 거리에 있어 드나들기가 좋은 밭이다. 아버지는 허리가 조금 굽었지만 지팡이를 짚을 정도는 아니어서 언덕길을 따라 올라갔다. 홍시를 몇 개 따서 바구니에 담은데 아버지가 한 개를 집더니 손으로 대강 닦아서 입에 넣었다. 입가에 홍시가 묻는 줄도 모르고 또 한 개를 집어 들었다. 잠시 후 변이 마려운지 밭 옆 풀밭으로 가서 바지를 내렸다. 걱정이 되었다. 췌장암이라고 했는데, 대장으로 전이 되었다고 하더니 대변을 참지 못하는구나! 아버지의 일거수일투족을 살피며 혹시 넘어지지는 않을까? 염려가 되었다. 그래도 홍시를 맛있게 드시는 모습은 너무 좋았다. 해가 지자 아이들은 감 바구니를 들고 나는 아버지를 모시고 집으로 왔다.

　아버지가 마당도 쓸고 밭에 나가 마늘밭에 풀도 뽑는다는 소식을 듣고 조금은 안심이 되었으나 언제 어떻게 될지 몰라 항상 불안했다. 보름 정도 지났을까 시골에 가니 아버지는 자리에 누워서 일어나지도 않고 말도 없었다. 병이 짙어지는 것을 알 수 있었으나 방법이 없으니 안타까울 뿐이다. 아버지는 한참 후 돌아눕더니 들릴락 말락 작은 소리로 용한 점쟁이에게 가고 싶다고 했다. 어머니도 고개를 끄덕이기에 오늘은 늦었으니 내일 가자고 했다.

　여기 저기 대나무 깃대에 이름 모를 깃발이 펄럭이는 동네의 골목에 들어섰다. 어머니가 소문을 듣고 알아 둔 점쟁이 집을 찾아 가는 중이다. 좁은 골목에 비슷비슷한 작은 집들이 다닥다닥 붙어 있어 이집도 그 집 같고 그 집도 이집 같아서 찾기가 힘들었다. 페인트가 퇴색이 되어 색깔을 알아 볼 수 없는 낡은 대문 앞에 섰다. 열려있는 대문으로 안을 들여다보니 사람이 살지 않는 집 같이 훈기가 없다. 마당에서 기침을 하고 조금 기다리니 방문이 열리고 아주머니 한 사람이 나왔다. 대문에 서 있는 아버지를 보더니 손으로 내치며

　"나가요. 영장덩어리가 왔구만! 휘! 나가거라!"
이런 문전박대가 있나! 말도 한마디 붙여 보지 못하고 쫓겨나다니! 어머니는 한숨을 쉬었다.

　다른 점쟁이도 한두 집 찾아 갔지만 역시 문전박대를 했다.

아버지의 마음이라도 위로 하려고, 소원이라도 들어드리려고 왔는데 이런 낭패가 있는가?

"저 점쟁이들은 아무것도 모르니더! 아부지 힘없는 거 보고 저러니더!"

아버지도 체념을 한 듯 집에 가자고 했다. 좋아하던 짬뽕을 사주어도 한두 젓가락을 뜨더니 그만 먹는다고 했다.

시골에 다녀오고 한 주일이 지나고 토요일 오후가 되자 아버지를 찾아갔다. 방문을 열자 알 수 없는 냄새가 코를 찔렀다. 먼동이는 큰방에 앉아서 내가 왔는데도 사랑방에 오지 않았다. 냄새가 싫어서 오지 않는다고 하지만 나를 대하기 싫어서 오지 않는 것 같다. 아버지 방은 가족이 아니면 들어가기 힘들 정도로 냄새가 났다. 소독을 하고 방향제를 뿌려도 어디서 나는지 냄새가 난다고 했다. 겨울이라 방문을 열어 놓을 수가 없으니 환기가 안 되어 냄새가 더 났다. 어머니 말에 의하면 먼동이는 할아버지가 바깥출입을 못하고부터 방에 들어오지 않는다고 했으니 보름은 지났다고 한다. 아버지는 나를 보더니 숨을 가쁘게 몰아쉬며 아주 작은 소리로

"하안약 한처업만 머거엇으면, 기우늘 차아릴 거 가트은데."

진통제 힘으로 아픈 것은 참을 만하니 기운을 차리려고 한약을 찾는 모양이다.

"아부지요. 한약방에 갔다옵시더! 조금만 기다리시소!"

평소 아버지가 잘 아는 한약방에 갔다. 아버지 연세와 비슷

한 한의사는 병 증세와 전후 사정을 듣더니 고개를 끄덕였다.

"보약은 병을 더 악화시키지만 환자가 원하니 두 봉지 만 지어 줌세!"

아버지는 한약을 다려주자 기운을 차리고 싶어 억지로 마셨다. 어머니는 물도 못 넘기던 사람이 약을 마시니 신기 한지 한약을 더 지어 오라고 했다. 한의사의 말을 전하자 어머니는 슬픈 얼굴을 하더니 말을 맺지 못했다.

겨울이 깊어가니 아버지의 병세도 깊어갔다. 병원에서도 한의사도 심지어 점쟁이도 고개를 흔드니 무엇을 어떻게 해야 할지 막막했다. 마치 죽을 날만 기다리는 것 같아 미안하고 송구스러웠다.

먼동이는 할아버지의 병환이 깊어지자 주소를 옮겼다. 주소를 옮기자면 본인이 있어야 되는 줄 알고 택시를 불러서 할아버지와 할머니를 면사무소로 데리고 갔다. 부모님은 의료보험 혜택 때문에 우리 집으로 주소가 되어 있다. 아버지 소유의 논밭과 임야의 세금이 주소지인 우리 집으로 나오는 것이 먼동이는 불안했던 모양이다. 재산 상속에 불리할까봐 할아버지의 주소를 옮긴 것이다. 벌써 할아버지의 재산을 혼자 차지하려는 욕심이 겉으로 드러나자 손이 떨리도록 분했다. 아파서 바깥출입도 못하는 환자를 억지로 차에 태워 면사무소로 가는 행동은 환자의 안전은 안중에도 없다는 것이다.

서울에서 큰누님이 내려왔다. 아버지를 마지막으로 뵈려고 우리 집부터 온 것이다. 그동안 아프다고 해도 전화만 하고 못 오더니 어려운 친정나들이를 했다.

큰누님을 모시고 시골에 갔다. 사랑방 문을 여니 마침 어머니 혼자 아버지를 목욕 시키려던 참이었다. 그동안 어머니가 목욕을 시킬 때 나는 옆에서 몇 번 거들었다. 오늘은 큰누님도 함께 하기로 했다. 제수씨는 얼굴만 보이고 목욕을 시킨다니까 문을 닫고 나가버렸다. 먼동이와 조카며느리는 큰방에 있는지? 어디를 갔는지? 보이지 않았다. 고무통에 따뜻한 물과 찬물을 섞어 미적지근하게 온도를 맞추어 수건을 빨아서 아버지의 몸을 닦았다. 배가 나왔던 아버지는 얼마나 야위었는지 갈비뼈가 드러났다. 농사일을 많이 하여 굳은살이 박히고 손톱이 닳아서 갈퀴 같던 손은 어린아이같이 고왔다. 대소변이 묻은 속옷을 갈아입히고 가슴과 얼굴을 물수건으로 닦았다. 큰누님은 발을 씻기면서 '내 평생 아부지 발은 처음 씻긴다.' 면서 눈물을 흘렸다. 어머니 혼자 아버지의 대소변을 받아내고 몸을 씻겨 드리고 옷을 갈아입히느라 얼마나 힘들었을까? 나도 모르게 눈물이 났다.

섣달도 막바지에 다다랐다. 엿세 후면 설인데 산불예방을 하느라 주말도 없이 출장을 다니다보니 잠시 잊었던 아버지가 생각났다. 저녁밥을 먹는 둥 마는 둥하고 아이들도 고등학생과 중학교생으로 다 컸으니 집을 지키라하고 아내와 함께 아버지를 뵈려갔다.

사랑방에 들어서니 역한 냄새가 코에 확 들어왔다. 어머니는 저녁을 먹었는지 안 먹었는지 입술이 말라서 말도 제대로 하지 못했다. 이러다가 어머니가 먼저 일을 당하겠다는 생각이 들었다. 아버지는 사람이 와도 못 알아봤다. 물을 떠 넣으니 넘기지 못하는지 간혹 입 밖으로 흘러나왔다. 조금 전에 물을 몇 숟가락 떠 넣었다는데 입술은 바짝 말라 있었다.

면서기가 되기 위해 동장의 추천을 받아 면사무소와 시청을 오고가던 아버지는 면접을 보는 전날 저녁, 목욕재계(沐浴齋戒)를 하고 마당에 정화수를 떠놓고 손바닥이 닳도록 빌었다. 면서기가 되자 우리 집에도 공무원이 생겼다고 눈물을 글썽이며 얼마나 기뻐했던가?

"우리 집에도 공무원이 났어! 족보에 길이 남을 일이네! 참으로 장하다."

아버지의 서글픈 눈망울이 떠올라 나도 모르게 눈물이 앞을 가렸다. 방바닥에 눈물이 떨어지자 어머니는

"애비가 오늘 따라 왜 이러노! 생게내 안 그랬는데, 영감이 죽나! 어디!"

어머니는 피곤하다며 아버지의 윗방에 자리를 깔았다. 시계를 보니 열두 시가 넘었다. 어머니는 우리들을 보며 그만 가라고 했다.

집에 돌아오니 아이들은 첫잠이 들어 사람이 와도 세상모르고 잤다. 손만 씻고 잠을 청했으나 아버지 생각에 눈이 쉽게

감겨지지 않았다.

　묘제를 지내는 늦가을이다. 집안 묘제를 먼저 지내고 문중 묘제를 지낸다. 외동으로 내려온 아버지는 고조부 아래로 왕고모와 고모들이 있을 뿐 친척이 없다. 아버지의 고조부이자 나의 5대 조부 산소는 먼 산에 있다. 가까운 양지바른 산등성이에 고조부모, 증조부모가 함께 모셔져 있는데 묘제를 지내려고 올라갔다. 동생이 떡을 지고 나는 술 주전자를 들었다. 산이 가팔라 아버지는 지팡이를 짚고 숨을 몰아쉬었다. 증조모 산소를 지나, 증조부 산소를 지나, 고조모 산소를 지나, 고조부 산소에 짐을 내려놓고 묘제 준비를 했다. 북쪽의 구부러진 방풍 소나무 옆에 쌓인 갈비를 끌어 향을 피우기 위해 모닥불을 피웠다.

　"이 구부러진 소나무 방풍목이 자라 아름드리가 되면 자손이 번창하여 저 산 밑 큰길에 자가용이 즐비하게 선다. 6대에 집안을 빛낼 후손이 태어난다고 지관이 그랬다."

　아버지는 고조부 산소에 오면 늘 하는 말이지만 들을 때마다 주먹이 불끈 쥐어 졌다. 6대를 손꼽아 봤다. 아버지에게 증조부면 나에게 고조부고 아들에게 5대조부면 손자에게 6대조부가 아닌가? 빨리 훌륭한 손자를 보고 싶다. 그것도 동생 손자가 아니라 맏아들인 내 손자가 훌륭하게 되었으면 얼마나 좋을까?

　먼저 껍질 깎은 배를 제기에 담고, 손질한 사과, 감, 대추,

밤도 담았다. 향불을 피우기 위해 피우던 모닥불을 끄고 굽은 소나무 방풍목에 오르내리며 놀았다. 고조부모 산소에 절을 하고 증조부모 산소에 제물을 차리면서 고조부모 산소를 올려다보았다. 음식을 나누어 먹으면서 아버지는 '금년 한해는 농사도 잘 되고 아이들도 무탈하게 잘 크니 모든 게 조상님 덕이다.'며 혼잣말을 했다. 아버지의 입버릇처럼 풍수의 예언이 적중하기를 빌며 산을 내려왔다.

출근을 하려는데 전화벨이 울렸다. 아침에 오는 전화는 항상 불안하다. 수화기를 잡으려다 불길한 예감이 들어 멈칫하다가 무슨 일이야 있겠나 하고 받았다.

"할배가 돌아가셨니더! 언제 돌아가셨는지? 아침에 일어나보니 죽었니더!"

정신없이 시골집에 가니 아버지는 어제 저녁에 누우신 그대로 자고 있는 듯했다. 분명 어제 저녁에 헤어질 때는 숨을 쉬고 있었는데, 아마도 새벽에 운명을 하신 것 같은데, 아무도 임종을 지켜보지 못했다니 이런 불효가 있다는 말인가? 참으로 참담했다. 임종을 지키지 못한 자식은 자식도 아니라는데, 그래도 어제 저녁 늦게까지 함께 했다는 것으로 위안을 받고 싶었다.

동생이 죽어 장례를 치를 때는 어떻게 했는지 아무런 생각도 나지 않았다. 단지 동생의 장례보다 아버지의 장례는 내 책임이라는 절실함만 있었다. 누나들과 조카 질녀들이 함께 상복을 입고 빈소상 앞에 섰다. 빈소상 바로 옆자리에 내가 섰는데 먼동이가 오더니 내 위에 섰다. 잠시 밀려난 나는 먼동이를 바라보니 눈에 핏발이 서 있었다.

"이거 뭐 하는 짓이로!"

"큰아부지가 뭐 했다고 위에 서요. 그동안 모신 내가 아부지도 없는데 위에 서야지요."

"그래! 모신 것은 맞다. 그러나 나는 아들이고 너는 손자가 아니냐?"

먼동이는 손자라는 말에 멈칫하더니 욕부터 했다.

"씨팔! 모시면 다지! 모시지도 않는 아들이 무슨 유세야!"

모인 사람들은 먼동이와 내가 자리다툼 하는 것을 보고 혀를 차기도 하고 고개를 끄덕이기도 했다. 그러나 누구 한 사람 바로 잡아 주지 않고 강 건너 불구경 하듯 했다. 돼먹지 않는 조카와 자리다툼을 하다가 아버지 장사도 치르지 못할까봐 겁이 났다. 만약 나에게 형이 있어 형의 아들인 맏조카가 형 대신에 앞자리에 선다면 아무 말 없이 양보를 했을 것이다. 그러나 제사 때의 초헌은 맏손자라도 아들이 먼저이므로 특수한 경우가 아니면 양보할 마음은 없다.

"그래! 누가 먼저 서면 어떻노? 아부지 가시는 길에 편히 모시면 되지?"

쉽게 생각한 내 말이 두고두고 잘못 했다는 것을 깨달은 데는 오래 걸리지 않았다.

먼동이는 술잔을 올릴 때도 나보다 먼저 올렸다. 아니다. 술잔은 혼자 올리고 절은 모두 같이 했다. 그러다 보니 나는 아버지 영전에 술 한 잔 올리지 못했다. 먼동이는 큰아버지인 나보다 할아버지의 유산을 많이 받는데 유리하다는 생각이 들면 무엇이나 한다는 것을 알았다.

산에서 광중이 끝나 널을 넣고 처음 흙을 삽으로 퍼 넣는 취토(取土)도 먼동이가 먼저 했다. 옆에 서 있던 풍수는 '맏아들을 두고 조카가 먼저 취토를 하는 법은 처음 본다.'며 혀를 찼다. 나는 경황이 없어 두 번째면 어떻고 세 번째면 어떠냐며 덤덤했다. 집에 돌아와 아버지 빈소상 앞에 조상님들 제사상을 차려놓고 제를 올리는 순서다. 조상신에게 아버지의 신을 신고하는 제사이다. 여기서도 먼동이가 술잔을 먼저 올리려고 앉는데 나이 많은 집안 조카가 손을 휘저으며 말렸다.

"조상 제사인데 큰아버지가 먼저다. 너는 일어서거라."

먼동이가 '시팔!'하며 일어서더니 상복 고름을 풀며 큰방으로 가버렸다. 이런 낭패가 있나! 조카지만 먼 촌수이고 나이가 많으니 존대를 해야 한다.

"조카님! 먼동이가 하고 싶은 대로 둡시다. 누가 잔을 올리면 어떻소."

사실 이 조상제사는 형의 아들인 맏조카라 해도 아들이 잔을 올린다. 또 초헌이니 아헌이니 하여 여러 번 잔을 올리지도 않는다.

초헌관은 사직(社稷)과 종묘(宗廟)의 제례(祭禮)에서 삼헌(三獻)을 할 때 처음으로 술잔을 신위(神位)에 올리는 사람이다. 초헌관은 정1품, 아헌관은 정2품, 종헌관은 종2품이 올렸다. 가정에서 초헌관은 제주로 제사를 주도한다. 큰문중의 종가에 종손도 초헌을 할 때는 나이 많은 어른들에게 양해를 구한다. 몇 대의 맏집은 맏이이지 종손이 아니므로 사자(死者)와 가장 가까운 후손이 초헌관이다.

조상제사까지 마치고 산역꾼들마저 가고 나니 집 안이 너무 조용했다. 아버지 빈소 앞에 혼자 앉아 있는데 먼동이가 문을 벌꺽 열더니 들어왔다.

"빈소판인동 먼동 패대기 첫뿔라! 씨팔!"

지금까지 잘 참아 왔는데 나도 모르게 울컥하여 일어서며 먼동이의 뺨을 후려쳤다.

"이 나쁜 놈에 자석! 나보다 윗자리에 서고, 술잔도 혼자 올리고, 취토도 먼저 하면 됐지 뭐가 또 부족하노?"

먼동이는 머리를 내 가슴에 들이밀며 더 때리라고 소리를 질렀다. 나도 큰 소리로 나무랐다. 그러다 보니 큰방과 중간방에 있던 사람들이 몰려왔다. 내가 먼동이를 또 때리려고 하자 질녀들이 먼동이를 데리고 큰방으로 갔다.

밖에 나와서 작은 마루 밑을 보니 언제나 놓여 있던 고무신, 장화, 운동화, 구두 등 아버지의 신발이 하나도 없다. 뒤뜰로 가는 제수씨를 불렀다.

"여기 있던 아부지 신발, 어쨌니꺼?"

"벌써 불에 싸질렀니더!"

아버지를 묻은 지 몇 시간이 되었다고! 벽에 있던 사진도 불에 태웠는지 없다. 그러면 옷도 책도 모두 불에 태웠다는 말인가? 급하게 사랑방에 가니 아버지의 옷도 가방도 갓도 없었다. 다행히 책은 그대로 남아 있었다. 아버지는 언젠가 그랬다. '내가 죽거든 족보와 책은 애비가 가져가거라.'

저녁밥상이 들어왔지만 몇 숟가락 뜨다가 물렸다. 큰방에서 식사가 끝나기를 기다려 식구들을 사랑방으로 불렀다. 누나들과 제수씨, 질부, 질서, 조카, 질녀들이 모였다. 어머니는 어디 갔는지 보이지 않으나 곧 오시겠지 하고 주머니에 종이를 꺼내어 방바닥에 놓았다. 종이는 아버지가 정신이 있을 때 말하는 것을 받아 적어 놓은 것이다. 그 종이는 아버지에게 온 편지 형식의 청첩장 뒷면을 이용하여 써 놓은 것이다.

"이 내용은 아부지 앞으로 된 전답과 임야에 관한 것이다. 먼저 뒤뜰에 논 서 마지기는 아버지 위토로 하고, 두 마지기는 조부 위토로 하고, 앞들의 밭 닷 마지기는 증조부 위토로 하고, 서 마지기는 고조부 위토로 하고, 두 마지기는 5대조부 위토로 하고, 뒷산과 앞산은 선산으로 한다."

아직 읽기가 끝나지 않았는데 먼동이가 소리를 버럭 질렀다.

"할매! 할매 어디갔노? 할매 불러라!"

누군가 화장실에 갔다고 하자 더 큰 소리로 할매를 불렀다. 잠시 후 어머니가 숨을 몰아쉬며 왔다.

"무슨 일이로! 무슨 일인데 야가 이카노!"

나는 조용히 전후 사정을 이야기 하려고 하는데 먼동이가 일어서면서

"이거는 가짜다 이럴 수는 없어!"

문을 발로 차더니 큰방으로 가버렸다.

"아버지의 말씀을 적으려고 종이를 찾다가 없어서 청첩장 뒷면에 적은 것이다."

종이를 뒤집어 뒷면을 보라며 흔들었다. 어머니도 적는 것을 보았고 제수씨도 적는 것을 보았으므로 아무런 말도 못하고 앉아 있었다. 먼동이가 없어도 아버지가 부르고 내가 쓴 유산에 대한 글을 접어서 주머니에 넣으면서 '위토는 먼동이와 내 맏아들 공동명의로 한다.'고 했다. 부조금 들어 온 것을 모두 보이고 결산을 했다. 장사에 필요한 경비를 제하고 남는 금액을 어머니에게 주니 받지 않아서 제수씨에게 주려고 했다. 옆에 있던 먼동이 처인 박씨가 손에 쥐었던 종이를 펴 보였다. 먼동이가 쓴 경비 내용이었다. 그 경비를 계산하여 주면서 다른 사람들은 쓴 것이 없는지 물었더니 없다고 했다. 나도 직장에 답례할 돈을 계산하지 않았으므로 다시 계산에 넣어 빼고 제수씨에게 나머지 돈을 주었다. 어머니와 상의하여 아버지 빈소는 3일 만에 탈상을 하기로 하고 일어섰다.

3일 만에 아버지의 빈소상을 탈상하는 날이다. 옛날 같으

면 사랑방 문 앞에 짚으로 여막 형태를 만들고 3년 동안 아침 저녁으로 상복을 입고 상식이라 하여 음식을 올리고 곡을 해야 하지만 이제는 1년 탈상을 하는 사람도 드물다. 탈상은 말 그대로 빈소상을 철수하고 위패를 태우는 일이다. 3일 탈상은 참 부끄러운 일이라 고개를 들 수 없다. 동네 어른들과 가까운 친척들이 모였다. 그 중에는 아버지의 친구도 있었다.

아버지 빈소상에 제사 음식을 차려 놓고 여러 사람들이 빙 둘러섰다. 먼동이가 잔을 드리려고 앉았다. 뒤에서 누군가 '백부가 있는데 조카가 잔을 드리다니 맏조카라 할지라도 그러면 안 되지!' 먼동이가 일어서서 밖으로 또 나가면 어쩌나 싶어서 '누가 잔을 드리면 어때요. 그냥 두세요.' 내 목소리가 너무 컸던지 모두 움찔 놀라는 눈치다. 술이 취해서 처음부터 먼동이에게 초헌을 하라며 부추긴 사람이 밖으로 나가자 내가 아헌을 했다. 제사가 끝나자 모두 음식을 나누어 먹으려고 방에 앉았다. 종이로 만든 위패인 혼백을 사르기 위해 먼동이가 위패를 안고 앞에 서고 내가 뒤따라 냇가로 갔다. 돌을 모아 바람을 막고 위패에 불을 붙여 태운 뒤 모래로 덮을 때까지 말 한 마디 하지 않았다.

사랑방에 친척 어른들이 음식을 나누어 먹는데 어머니가 나를 보더니 눈짓을 했다. 밖으로 나가니 사랑방 앞으로 불렀다.

"마을 어른들이 있을 때 위토를 해결해라! 그냥 두면 언제 해결 될지 모른다."

어른들이 음식을 다 먹고 상을 물리자 먼동이와 제수씨 그리고 박씨를 불렀다.

"어른들께 드릴 말씀이 있습니다. 우리 아버지 이름으로 된 토지가 있는데 위토를 세우려고 합니다."

아버지 위토부터 시작하여 5대 조부까지 말을 하는데 먼동이가 문을 박차고 나가버렸다.

"시팔! 나는 위토 그런거 못해!"

제수씨도 박씨도 먼동이를 따라 큰방으로 가버렸다. 어른들은 혀를 끌끌 찼다.

"허! 허! 이럴 수는 없지! 조모와 백부가 있고 어른들이 있는데, 앞으로 이집이 걱정이네!"

먼동이는 사랑방에서 마주 보이는 부엌에 앉아서 술을 마시더니 담배를 보란 듯이 피웠다. 동네 어른들은 앞다투어 대문을 나서기 시작했다. 어머니는 '어떻게 하든지 위토를 해결해 주고 가'라고 어른들을 붙잡아도 누구 한 사람 나서지 않았다. 모두 어머니와 나를 측은한 눈으로 바라보았다. 누군가 큰 소리로 외쳤다.

"상종 못할 사람이 생겼네! 상종 못할 사람이!"

제수씨는 좀처럼 어머니가 있는 사랑방에 오지 않았는데 아버지가 세상을 뜨자 가끔 온다고 했다. 혼자 중간방을 차지하고 있으니 적적해서 시어머니가 있는 사랑방을 찾는 것 같았다.

먼동이 아내인 박씨는 시집오고 시댁은 물론 친정까지 우환이 이어졌다. 시집오던 해 친정어머니가 죽고, 다음해 시아버지인 동생이 죽고, 그해 말에 시고모부가 죽고, 다음해 친정아버지가 죽고, 시조부가 죽었다. 3년 사이에 다섯 명이 죽은 것이다. 어머니는 며느리인 제수씨에게 지나가는 말을 했다. '혼자 있어 잠은 오지 않고 별 생각이 다 든다. 남 듣는데 절대로 그런 소리 하지 마라!' 겉으로는 그렇게 말을 해도 어머니 역시 손부가 들어오고 집안에 우환이 이어지니 조상제사라도 잘 지내라며 신신당부를 했다.

　　제수씨는 시아버지 탈상을 하고 다음날 먼동이를 부추겨서 대형 냉장고를 들였다. 아마 장사 지내고 남은 돈을 주었더니 냉장고를 산 것 같았으나 남의 이목도 있는데 마음 내키는 대로 행동하는 것이 무척 아쉬웠다. 어머니는 못마땅했으나 손부가 있어 되도록이면 며느리를 나무라지 않으려고 애를 쓴다. 그러나 이번 냉장고 구입은 제수씨가 아무런 생각 없이 한 행동으로 어머니는 두고두고 입버릇처럼 이야기 했다. '시애비 죽고 얼마 되었다고!'

　　아버지가 돌아가시자 집안에 어른이 없으니 먼동이가 살판이 났다. 의료보험관계로 할머니 주소가 아들인 우리 집으로 되어 있는 것이 마음에 걸리는지 또 할머니를 데리고 면사무소에 가서 주소를 옮겼다. 그런데 문제가 생긴 것이다. 연말정산을 하려고 세금계산을 하다 보니 어머니가 주소에 없으니 의료비 혜택을 받을 수가 없게 되었다. 물론 어머니도 의료보험 혜택을 받지 못하게 되었다. 아무리 부모지만 주소가 다르면 의료비 혜택을 받을 수 없는 것이 세금법이다. 나는 세금혜택을 받을 수 없고 어머니는 병원에 가면 의료보험이 안 되니 돈을 많이 내어야 하는 것이다. 먼동이에게 전화를 했다.

"어머니 주소가 시골로 되어 있어서 세금을 많이 내어야 하니 주소를 다시 내게로 옮겨야겠다."

먼동이는 퉁명스럽게 욕부터 했다.

"시팔! 세금을 내든지 말든지 내가 알게 뭐야! 할매 주소 옮기기만 해봐라! 시팔!"

당장 시골로 달려가서 뺨이라도 때리고 싶었으나 조용히 타일렀다.

"어매 주소가 어디 있던 너에게는 아무 상관이 없다. 아버지 유산 때문이라면 더욱 그렇다. 그러나 어매가 병원에 가면 의료보험이 안 되니 돈을 배로 내어야 한다."

먼동이는 내 말을 믿지 않았다. 조상 유산을 물려받는데 조금이라도 불리할까봐 신경을 곤두세웠다. 1월까지 연말정산을 해야 하는데 당장에 손해를 보니 그냥 앉아 있을 수 없었다. 말로는 도저히 안 되는 일이다. 그렇다고 먼동이 허락 없이 어머니 주소를 다시 가져 온다면 또 무슨 분란이 일지 모른다.

겨울이라 모두 집에 있는 데 먼동이는 산에 나무를 하러 갔는지 보이지 않았다. 어머니는 주소 때문에 내가 온 것을 눈치

체고 걱정스런 표정을 지었다. 그러면서

"웬만하면 애비가 참아라! 먼동이 하자는 대로 해라!"

나는 한마디로 끊어서 대답을 했다.

"어매에게 의료보험 혜택을 주면 지는 돈이 덜 드는데, 왜 그것도 모르고 함부로 날뛰는지 알 수가 없어, 도대체 무슨 생각을 하는지!"

혀를 차고 있는데 마침 먼동이가 방문을 벌컥 열었다.

"뭘 할라꼬 왔노? 이제는 그만 봤으면 좋겠다."

앞뒤 가릴 것이 없었다. 일어서면서 먼동이 뺨을 후려쳤다. 갑자기 뺨을 맞자 당황하더니 내게로 왈칵 대들었다. 이제는 막보자는 것이다. 백부와 조카가 주먹다짐이 되어도 할 수 없다. 어머니도 자리에서 일어나 내 앞을 가로 막았다. 먼동이의 미는 힘에 의하여 어머니가 비틀거리더니 넘어졌다. 나는 온몸으로 넘어지는 어머니를 잡았다. 다행히 다치지는 않았으나 무척 놀란 표정이다. 어머니는 자리에 앉더니 방바닥을 쳤다.

"내가 이 꼴을 볼라꼬 영감을 앞세운 모양이다. 영감 곁으로 빨리 갈란다."

내가 먼동이 옷을 잡고 뺨을 더 치려는데 제수씨가 내 소매를 잡았다.

"제발 그만 하소. 애비 없는 자식인데 불쌍하지도 안니껴!"

제수씨의 하소연에 힘이 풀려서 멈칫하는 순간 먼동이는 방문을 열고 나가버렸다.

"이놈이 할아버지한테 못할 짓을 하더니 이제는 할머니도 모자라 나한테까지 대들어! 이놈을 그냥 두는가 봐라! 오늘은 끝장을 볼란다."

제수씨에게 의료보험에 대한 설명을 해도 무슨 뜻인지 모르는지? 알면서 모른척 하는지? 표정이 없다. 아들인 먼동이 행동이 옳다는 생각이 차지하고 있으니 내 말이 바로 들리지 않는 것이다. 어머니는 '돈이 들어도 먼동이 돈이 들지! 그대로 둬라!'고 했지만 그럴 수는 없었다. 분명히 어머니 병원비와 약값은 나에게 내라고 청구 할 것이 뻔하기 때문이다. 먼동이를 찾았더니 큰방에서 나오지 않았다. 박씨를 불러서 주소를 옮겨야 하는 이유를 설명하고 집을 나오는데 어머니는 저녁밥이라도 먹고 가라며 팔을 잡았다.

먼동이는 지 애비인 동생이 죽자 할아버지를 도와주는 척 농사일을 하다가 곡물을 빼돌려 돈을 만들어 술을 먹고 계집질을 한다. 이제는 할아버지가 없으니 마음 놓고 농산물을 빼돌렸다. 직장을 구해 주어도 몇 달을 배기지 못하고 장사를 시켜도 몇 번을 말아 먹었는데 농사는 곡물 팔아먹는 재미가 있는지 오래 버티는 듯 했다. 어머니도 먼동이가 떠돌지 않고 집에 있으니 기특한지 그저 '잘한다. 잘한다.'하고 두둔했다. 먼동이로 봐서는 곡물을 팔다가 모자라면 땅도 팔고 싶으나 큰 아버지가 걸리적거리는 것이다. 꼭 무엇을 하려고 하면 할머니가 백부에게 전화질을 하는 것도 참을 수 없는 일이었다.

동사무소에 아버지 사망신고를 하려고 갔다. 사망신고를 접수하여 호적을 정리하던 직원이 나에게 물었다.

　"동생이 있었네요. 가족도 있고요."

　"무슨 문제가 생겼습니까?"

　동사무소 직원은 친절하게 설명을 해 주었다.

　"지금까지는 아버지가 호주여서 동생과 형이 할아버지 아들로 되어 있었는데 할아버지가 돌아가셔서 형이 호주가 되었습니다."

　형인 내가 호주가 된다는 것은 알고 있었지만 동생 가족이 나의 호적에 올라오는 것을 직접 당하고 보니 정신이 수습되지 않았다. 그래서

　"만약에 제가 호주를 포기하면 어떻게 되는데요."

　"호주를 포기하면 나이 많은 조카가 호주가 됩니다."

내가 호주가 되는 것도 이상하지만 조카인 먼동이가 호주라니 더 이상했다. 그래서 조금 더 생각해 보고 올게요. 하고 동사무소를 나와 버렸다. 집에 와서 생각을 해 봐도 차라리 내가 호주가 되는 것이 우리 집의 순서이지 그렇다고 조카가 호주가 되어 우리 가족이 조카 호적에 올라가는 것은 있을 없는 일이 아닌가? 생각을 정리하고 있는데 동사무소에서 전화가 왔다.

　"호주! 결정하셨습니까? 형제뿐인 경우 동생이 아버지보다 먼저 죽고 뒤에 아버지가 죽으면 말할 것도 없이 형이 호주가 됩니다. 형이 아버지보다 먼저 죽고 뒤에 아버지가 죽어도 남

은 동생이 호주가 된다는 것은 잘 아시잖아요. 적어도 지금 호주법은 그렇습니다. 앞으로 어떻게 호주법이 바뀔지 모르지만 그렇다고 조카를 호주로 하시려고요."

동사무소로 달려갔다. 호주법이 그러한데 어떻게 하겠는가?

동사무소 직원이 정리된 호적을 보여 주면서 내 얼굴을 알아보고 과장님께 결례를 했다며 다시 인사를 했다. 나는 호적등본을 떼어 달라고 했다. 집에 가서 자세히 읽어 볼 작정이다.

새로운 호적등본에는 내 호적에 모, 제수, 조카, 질녀, 질부, 종손자 등 동생의 가족이 나를 위주로 정리되어 있었다. 먼동이나 제수씨가 본다면 기겁을 할 만 했으나 호주법에 의한 것이니 어쩔 수 없는 일이다.

먼동이가 이사를 했다. 아내인 박씨와 어린 아이를 데리고 시내에 사둔 큰 한옥으로 이사를 한 것이다. 시골에는 제수씨와 어머니가 집을 지키고 있었다. 그 덕에 제수씨가 큰방으로 옮겼는가 하면 그것은 아니다. 먼동이 내외는 출퇴근 농부가 된 것이다. 아침에 출근하여 큰방을 차지하고 농사를 짓다가 저녁을 먹고 시내로 간다. 먼동이가 시내에 큰 한옥을 살 때 이야기가 이제야 불거졌다. 지 애비가 남겨준 돈에다가 누나들에게 돈을 빌리고, 고모에게 빌리고, 농협에 대부를 받고 그래도 모자라자 할아버지의 통장까지 빼앗았던 것이다. 나는 아직도 먼동이의 한옥이 어디 있는지 모른다. 알려고 한다면 알 수도 있고 가볼 수도 있지만 내가 아는 것을 싫어하니 알려고 하지도 않는다.

　먼동이는 지 애비보다 술을 더 마신다. 그래도 지 애비는 폭음은 하지 않는 편인데 그는 한 번 마셨다 하면 날이 새도록 마셔서 인사불성이 된다. 지 애비는 술을 많이 먹어 간이 좋지 않았는지 얼굴색이 검고 눈동자가 흐려서 항상 취한 사람처럼 보였다. 또 고기를 좋아하여 푸줏간에 가서 소 내장을 사다가 새끼 밴 암소에서 나온 작은 송아지도 통째로 먹었다. 먼동이도 지 애비를 닮았는지 고기를 엄청 좋아한다.

　어릴 때는 잘 생긴 얼굴인데 결혼을 하고부터 변하기 시작하더니 이제는 얼굴에 욕심이 덕지덕지 묻어있다. 키는 작은데 식탐이 많아 배가 뽈록 나와 살찐 돼지 같다. 아직 20대 중반인데 얼굴이 검어서 40대 아저씨 같다. 뿌린 대로 거둔다더니 자식은 애비를 닮는 모양이다. 공짜를 좋아하여 화투, 카드, 마작까지 내기를 하는 것도 닮았다.

　먼동이는 시내로 짐을 옮기고 나서 미숙이와 편하게 만나 희희낙락했다. 제수씨도 아들 내외가 없자 살판이 났는지 저녁 숟가락을 놓기 무섭게 이웃을 나간다. 주로 구판장을 하는 과부 집에서 화투놀이를 하고 남자들과 어울려 술을 마시고 놀다가 밤이 늦어야 집으로 온다. 어머니는 텔레비전을 보려고 큰방에 가는데, 손부도 없고 며느리도 없으니 혼자 연속극을 보다가 사랑방에 와서 뜬눈으로 밤을 새울 때도 있다.

　먼동이가 아이들 학교 때문에 주소를 시내로 옮기다가 새 호적등본을 봤다.

"시팔! 뭐 이런 일이 다 있노! 큰아부지 지가 호주가 되다니! 우리 가족이 큰아부지 밑으로 들어가다니! 말이 되나? 이 것은 재산 때문이다. 큰아부지가 재산을 빼 돌리기 위해 수작을 부리는 것이 분명하다."

먼동이는 우선 큰아버지에게 전화를 했다. 전화를 받자마자 욕부터 했다.

"시팔! 호적 바로 해놔라! 우리 가족이 왜! 니 밑에 들어가 있노, 우리 집을 없애고 재산을 차지하려고 작정을 한 거지? 호적을 바로 해 놓지 않으면 집안을 작살 낼 테이깨네 그리 알아라!"

"이놈아! 호주법이 그러하다. 형제가 살다가 형이나 동생이 먼저 죽고 아버지가 뒤에 죽으면 남은 동생이나 형이 호주가 되는 것이 지금의 호주법이다. 그렇게 잘 알거든 니가 동사무소나 면사무소에 가서 알아봐라! 나쁜 놈의 자식!"

먼동이는 아무리 설명을 해도 알아듣지 못했다. 큰아버지가 재산을 차지하려고 호주가 되었다는 생각에는 변함이 없었다.

토요일이 다가왔다. 아버지 산소도 돌아볼 겸 시골에 갔다. 먼동이는 보이지 않고 제수씨와 박씨가 마당에서 장을 담고 어머니는 구경을 하고 있었다. 장 담그기가 끝나자 제수씨와 박씨를 사랑방으로 불렀다.

'사망신고를 하라고 해도 하지 않아서 내가 아버지 사망신고를 하러 갔더니 호적을 정리하라고 했다. 현행 호주법에는 형제가 결혼하여 가정을 이루고 살아도 아버지가 호주이다.' 로 시작하여 그동안의 일을 몇 번 설명했다. 먼동이는 내가 할아버지 재산이 탐이 나서 법에도 없는 호주가 된 줄을 알고 있다. 어쩌면 좋으냐?고 했다.

제수씨와 박씨는 아무 말도 하지 않고 듣더니 제수씨가 퉁명하게 한마디 던졌다.

"법이고 뭐고 호주를 그대로 놔두소! 먼동이 애비가 없으면 먼동이가 호주지 왜 큰아부지가 호주가 되니껴? 법도 이상하이더!"

박씨도 시어머니의 말에 찬동을 하는 것으로 봐서 먼동이 이야기를 믿고 있는 것이 분명했다. 법이 그러하다고, 호주법이 그러하다고, 아무리 설명을 해도 입만 아플 뿐 듣는 사람이 믿으려 하지 않으니 가슴만 답답했다. 그래서 박씨에게 동사무소에 가서 알아보라고 하면서

"아버지 산소에 잔디가 산역꾼들이 흙을 잘 덮지 않아 거의 죽었네, 다가오는 한식에 잔디를 심을 테니 먼동이도 어디 가지 말고 참석하라고 하게!"

대문을 나오면서 뒤를 돌아다보니 어머니 혼자서 지팡이를 짚고 손을 흔들고 있었다.

우리 집은 증조부까지 일꾼을 둘씩이나 둘 정도로 남부럽지 않게 살았다. 증조부가 친척 빚보증을 서다가 모든 재산을

탕진하고 친척이 사는 동네 등으로 훈장을 하기 위해 이사를 다녔다. 비록 가난하지만 부자로 살던 집이라 자식들은 공부를 시켰다. 고생하던 증조부가 돌아가시자 할아버지는 고향에 돌아와서 서당을 차리고 훈장노릇을 했다. 어릴 때부터 농사를 짓지 않던 조부님은 훈장으로 생계를 이었는데 아버지는 주경야독을 하며 재산을 모았다. 겨울에는 선산에 나무를 베어 나무장사를 했다. 시내까지 삼십 리 길을 지게에 나무를 지고 가서 팔았다. 그것도 지게 두 개를 번갈아 지고 가서 하루에 두 지게를 팔았다. 그 방법은 처음 지게에 나무를 지고 십 리 정도 가서 세워놓고, 다시 오던 길로 와서 다음 지게를 지고 갔다. 하루에 두 지게의 나무를 팔기 위해 두 번 시장에 가면서 돈을 아끼느라 점심도 굶었다. 그렇게 모은 돈으로 소달구지를 사고 논밭도 해마다 샀다.

출퇴근하는 농부 먼동이는 돈도 없으면서 욕심은 많아서 농협에 할부로 트랙터(tractor)를 사고 콤바인(combine)도 샀다. 처음 살 때 얼마를 주고 가을에 추수하여 5년 혹은 10년 동안 할부금을 주는 방법으로 샀다. 농기계는 할부가 끝나면 수명을 다하는 경우도 있다고 한다. 또 농약살포기도 샀는데 1년 농사를 지어 농기계 할부 값도 못 줄 형편이다. 농기계에 비해 농토가 적으니 문중 위토(제위답)와 다른 사람의 전답을 한 마지기에 쌀 두 가마니 값을 주고 대여 농사를 짓는다. 1년 농사를 지어 임대료를 주고 나면 남는 것이 별로 없다는 것은 삼

척동자도 다 아는데 계산이 어두운 먼동이는 1년 농사를 지어 보고서야 알 수 있었다. 그러나 내년에는 수입이 더 나오겠지 하고 또 임대 재계약을 하는 어리석은 욕심쟁이 농부다.

한식날이다. 조경을 하는 집에 가서 잔디 다섯 포대기와 향나무 묘목을 사서 조경 집 트럭을 타고 시골로 갔다. 조경 집은 메뚜기도 한 철이라 한식날은 바빠서 트럭으로 배달은 안 된다는 것을 억지로 사정을 하였다.

아버지 산소까지 흙을 턴 잔디지만 매고 올라가려니 혼자서는 도저히 힘이 들었다. 먼동이를 부르러 집에 가니 시내에 일이 있어서 오지 않았다고 했다. 계획적으로 오지 않는 것이 분명했으나 화를 낼 수가 없어 제수씨와 박씨 그리고 어머니를 모시고 아버지 산소에 잔디를 심었다. 잔디를 심기 전에 아내가 가지고 온 제물을 차려놓고 귀신에게 고하는 제사를 올렸다. 모두 엎드려서 절을 하는데 먼동이가 없으니 허전했다. 분명히 한식날 잔디를 심는다고 사전에 연락을 했는데 새 호적 때문에 참석하지 않는 것이 더욱 괘씸했다.

지게로 모자라는 흙을 담아 나르고 괭이로 구덩이를 파서 잔디를 심었다. 묘를 쓸 때 산역꾼들이 잔디를 심기 싫어서 한 구덩이에 묻어 말라 죽은 것은 파내어 버렸다. 묘봉오리와 묘벌에 잔디를 심느라 땀을 흘리고 나니 배가 고팠다. 가지고 온 제물을 나누어 먹으면서 박씨를 보고 한마디 했다.

"먼동이는 뭐가 그리 바빠서, 왔으면 얼마나 좋아!"

내 말이 떨어지기가 무섭게 제수씨가 버럭 소리를 질렀다.

"호주나 바로 해 노소! 바로하지 않으면 이제는 남남이씨더!"

참 가슴이 답답했다. 그렇게 설명을 했는데도 또 호주 이야기로 분란을 일으키는 것이다. 나는 화가 나서 더 크게 소리를 질렀다.

"호주법이 그렇다는데 무슨 말이 그렇게 많아요. 영 억울하면 법을 고치든지?"

아내도 제수씨를 향해 큰 소리를 질렀다.

"법이 그렇다는데 손아래 사람이 어디서 큰 소리를 치노! 치기를!"

아버지 묘별은 갑자기 집안싸움이 벌어져서 여기저기 고함소리가 들렸다. 한식이라 산소에 왔던 사람들이 무슨 구경이나 난 것처럼 가던 걸음을 멈추었다. 내가 어머니를 부축하여 산을 내려가자 모두 산을 내려갔다.

날씨가 따뜻하여 사랑방 앞에 제수씨와 박씨를 불렀다. 아내도 어머니도 옆에 서 있고 다른 가족들도 모였다. 나는 또 호주법에 대해서 설명을 하고 재산과는 아무 상관이 없다는 것을 강조했다. 내 말뜻을 알아듣는 사람은 아내와 어머니뿐이다.

먼동이가 사는 시내 동네에 통장을 뽑는다고 한다. 통장은 하는 일도 많지만 국가에서 봉급을 주니 서로 하겠다고 나섰다. 먼동이가 사는 동네에는 다섯 명이 입후보를 했다. 먼동이도 봉급이 탐나서 선거관리위원회에 등록을 했다. 농협에 빚을 낸 금액도 만만치 않은데 또 빚을 낸 것이다. 서른다섯 개의 반이 있으니 반장들만 서른다섯 명이다. 선거를 하려면 반장을 아는 것도 중요하지만 이름을 알리고 동네 유지들과 소통이 잘 되어 인정을 받는 일이 먼저다. 먼동이는 검은 얼굴에 미소를 가득 띠고 골목마다 집집마다 찾아가서 명함을 돌렸다. 상대후보들은 어떻게 알았는지 먼동이가 학교에 다닐 때 폭력사건 등 소문을 퍼뜨렸다. 나에게는 상의 한마디 없이, 지나가다가 만나면 고개만 까딱거릴 뿐 말 한마디 하지 않았다. 나도 조카지만 내세울 것이 없으니 무어라 선전을 해야 할지 막막했다. 학력, 인맥, 재력, 인물, 직업, 가족관계 등 어느 것 하나 좋은 것이 없다. 그러나 억지로 만들자면 인물이 빠지지 않는다는 것과 나의 조카라는 것을 내세울 수 있다. 비록 나에게 상의는 하지 않았지만 조카는 조카인지라 다른 사람 앞에서는 집안에 있었던 나쁜 일은 숨겼다. 백부에게, 지 애비에게, 조부에게, 조모에게, 고모에게 그리고 누나들에게 한 행동은 일체 발설을 하지 말라고 아내에게도 일러두었다. 그러나 사람들은 좋은 점 보다 나쁜 점을 먼저 알았다. 특히 백부가 시골 초등학교 6학년 때 시내로 전학을 시켜서 고등학교 1학년까지 학교를 시킨 이야기와 사고를 쳐서 뒷수습을 하느라 고생한 사실을 어떻게 알고 떠들고 다녔다. 아마도 상대후보 중에 먼동이 사정을 잘 아는 사람이 소문을 낸 듯 했다. 농사철인데 농작물은 돌보지 않고 선거를 한다며 아내인 박씨와 함께 밤늦도록 여기저기 돌아다녔다. 어머니와 제수씨는 그 많은 전답에 품을 사서 농사를 짓느라 체중이 줄고 얼굴이 반쪽이 되었다. 공휴일이면 나도 시골로 가서 심부름이라도 해주고 싶지만 혹시 농산물을 얻으러 다닌다는 소문이라도 날까봐 이러지도 저러지도 못한다. 그렇다고 선거운동을 돕자 해도 공직에 있는 몸이니 아무리 가족이지만 드러내놓고 나설수도 없다. 선거사무실에 가니 아르바이트 청년이 있었는데 음료수 한 병도 대접 할 줄 몰랐다. 그저 의자에 앉아 강아지가 집을 지키듯 그렇게 있었다.

사람들이 많이 다니는 마트 앞이나 시장에서 박씨는 운동원 몇 명과 명함을 나누어 주기도 하고 손을 들어 율동도 하고 기호 몇 번을 손가락으로 가리키며 외치기도 했다. 사람들은 항상 보는 풍경이라 관심 없이 지나다녔다. 멀리서 우연히 보게 되었는데 민망하여 당장 때려치우라고 하고 싶지만 워낙 대책 없는 놈이라 모르는 척 지나갔다. 특히 박씨가 불쌍했다. 그것도 남편이라고 바람피우는 것도 모르고 기호를 손가락으로 가리키며 율동을 하고 있는 것이 가관이다.

큰 마트에 들어갔다가 나오는데 누군가 명함을 들이밀었다. 무심결에 받다가 고개를 들어보니 먼동이 아내 박씨다. 무엇인가 말을 해야 하는데 아무 말도 떠오르지 않았다. 통장에 입후보 할 때 전화라도 한 통 했다면 그렇게 섭섭하지는 않았을 텐데, 그 섭섭함이 말을 못하게 했다. 박씨도 그냥 바라보기만 했다. 집에 와서 아내에게 이야기 했더니 '그래도 조카며느리인데 너무 했다.'고 했으나 나는 조카가 너무 했는지? 내가 너무 했는지? 그녀가 너무 했는지? 모를 일이라고 했다.

선거운동이 막바지로 치닫고 있었다. 먼동이 선거사무실에 두어 번 갔지만 먼동이는 만나지 못했다. 전화를 했지만 고의로 안 받는지 '삐- 삐-' 통화 중 음만 울렸다. 집에서는 가족끼리 싫은 소리를 해도 남과 다투면 가족 편을 드는 것이 핏줄 아닌가? 미워도 조카인 것을, 세월이 지나면 누가 잘못 했는지 밝혀지는 것이 세상이치이니 지금 따질 일은 아닌 것이다. 선거운동기간이 끝나는 날 저녁이다. 또 전화를 했더니 다행히 받았다. 내 번호를 입력 해놨는지 금방 알아봤다. 주위에 많은 사람들이 떠드는 소리가 들렸다.

"큰아부지!"
한마디를 하고는 전화기에 귀를 대고 있는데 먼동이가 주위 사람들에게 하는 소리가 들렸다. '큰아부지 전화다. 쉿! 조용히 해라!'

"그래! 힘들지? 열심히 하다보면 되겠지! 걱정하지 마라! 내가 만난 사람들은 모두 원동이! 원동이! 하더라! 모두 너 표가 될 것 같다."

통장선거도 선거라고 입후보자가 많으니 편이 갈리었다. 솔직히 말하면 먼동이는 다섯 명의 입후보자 중에 꼴찌만 하지 않으면 체면치레는 한다는 것이 내 생각이다. 입후보자 중에는 일류대학을 나온 가정주부도 있고, 초등학교 교사를 하던 사람도 있고, 국어국문과를 졸업한 시인도 있다. 고등학교를 졸업하고 직업이 농업경영인(농부)인 사람은 먼동(원동)이 뿐이다.

먼동이가 내게 대들지만 않았어도, 아내라도 나서서 선거운동을 했을 텐데 참으로 안타까운 일이다. 가화만사성(家和萬事成)이라고 했던가? 집안도 건사하지 못하는 사람이 동네를 책임지겠다니 누가 봐도 웃을 일이다. 거기다가 빚이 있다는 소문까지 보태지고 보면 결과는 불을 보듯 뻔한 일이나 투표는 알 수 없으니 투표함을 열기 전에는 아무도 모르는 일이다. 또 후보자 중에 무슨 일이 일어날지 모르는 것이 선거이니 요행을 바라는 마음도 있다.

동네 유치원에서 투표를 했다. 주민들 모두가 투표를 하는 것이 아니라 한 집에 한 표씩 투표권을 주어서 몇 시간 만에 백 퍼센트 투표를 했다. 우리 집은 통이 달라서 투표권은 없지만 만약에 투표권을 준다면 객관적으로 누구를 찍을지 난감한 일이다.

다섯 명의 입후보자와 참관인이 지켜보는 가운데 개표가 시작되었다. 투표용지가 다섯 무더기로 나누어지면서 한쪽이 유독 많이 쌓였다. 모두가 인정을 하는 국어국문과 출신 시인일 것이라고 예측을 했다. 그는 공직에서 퇴직 한 사람으로 평소에 동네 주민들의 신임을 받는 사람이다. 특히 지난 설날 윷놀이 행사에서 많은 상품을 찬조하였으며 주민들의 화합을 위해 체육대회 때도 통장보다 더 열심히 행사 준비를 했다.

투표 결과가 발표 되었다. 초등학교 교사 출신이 1등, 공무원 출신 시인이 2등, 일류대학 출신 가정주부가 3등, 후보자를 사퇴한 공인중개소 사장이 4등이고 원동이는 예상 했던 대로 꼴찌다. 비록 우리 통은 아니지만 화가 나다가 부끄러워서 고개를 들 수가 없다.

개표가 끝나자 힘없이 큰길가에 섰는데 가로수 옆에서 빈 택시를 보고 손짓으로 세우는 여자가 있었다. 분명히 면동이의 옛 여인, 지금은 불륜 관계인 미숙이었다. 면동이 투표결과가 궁금했던 것일까?

점심시간이 가까워 책상을 정리하고 있는데 전화가 왔다. 면동이 목소리다.

"큰아부지! 어매가 교통사고 났니더!"

"어매가 왜? 어쩌다가! 어느 병원이로?"

택시를 잡아타고 병원에 가면서 생각하니 참으로 불효막심한 일이 아닌가? 마음 편하게 모시지도 못했는데, 교통사고를 당하다니, 동생이 죽고, 아버지가 돌아가시고 그리고 얼마나 지났다고 또 어머니가 사고를 당한다는 말인가?

열려있는 응급실로 들어가니 면동이가 서 있었다. 의사가 응급처치를 하느라고 가슴을 누르며 인공호흡을 하는데 어머니가 아니라 제수씨였다. 순간 나도 모르게 안도의 한숨이 나왔다.

제수씨는 개울가에 있는 채소밭으로 나물을 뜯으러 바구니를 들고 대문을 나섰다. 대문을 나와 몇 발자국 가면 돌담이 나오는데 돌담을 돌아가면 바로 큰길이다.아무 생각 없이 길을 건너는데 어디서 왔는지 검은 승용차가 제수씨를 들이받았다. 승용차는 속도를 못 이겨 돌담을 들이받은 뒤에야 멈추어섰다. 제수씨는 몇 미터 날아서 길옆 숲에 처박혔다. 승용차를 운전하던 사람이 머리에 피를 흘리며 제수씨 쪽으로 가고 있는데, 밭에서 일을 하다가 술 생각이 나서 집에 들어오던 먼동이가 본 것이다. 의식이 없는 제수씨를 바로 눕히고 119에 전화를 했다. 시골이라 시간을 끌다 병원에 도착할 때는 몇 시간이 흐른 뒤였다. 다행히 제수씨는 숨을 쉬더니 알 수 없는 외마디 소리를 질렀다.

응급조치가 끝났는지 엑스레이 촬영을 한다며 간호사와 먼동이가 침대를 끌고 응급실로 이어진 긴 복도로 나갔다. 늦게 소식을 들은 아내가 병원에 왔다. 아내 역시 어머니가 다친 것으로 알고 왔다.

제수씨는 먼동이가 통장선거를 한다며 농사를 돌보지 않아 하루 종일 일꾼들과 논밭에 있었다. 그래도 어머니가 집에서 밥을 하고 청소를 해 주어서 집안일은 하지 않아도 되었다. 다치던 날은 먼동이가 오랜만에 와서 밭일이 안 되었나 어머니의 만류로 참았다.

저녁을 먹는데 어머니와 겸상을 차렸다. 이제는 겸상까지 하라니 말이 나오지 않았다. 밥숟가락을 들려고 하는데 박씨가 먼동이 보고 볼멘소리를 했다.

"오늘 향나무 판 돈 술 다 먹었지? 어제 저녁에는 구판장에서 노름 했다며?"

먼동이는 아무 소리 하지 않고 밥만 먹었다. 향나무라고 하니 집히는 데가 있었다. 이놈이 분명 할머니 산소의 방풍목을 판 것이다.

"먼동이 너! 이제는 할매 산소에 방풍목까지 팔아먹었구나!"

먼동이는 숟가락을 소리 나게 놓더니 일어섰다.

"팔았다 왜! 어쩔래!"

"이놈이 빌어도 시원찮는데, 어쩔래라니!"

나도 모르게 일어섰는데 밥상이 발에 걸려서 엎어졌다. 엎어진 밥상을 보자 먼동이는 흥분을 했는지 나에게 달려들었다. 나는 손을 휘저어 먼동이 멱살을 잡으려고 했으나 이놈이 빨라서 잡히지 않고 비틀거리다가 방바닥에 넘어졌다.

"이놈이 이제는 사람 잡네! 사람을 잡아!"

질부가 일어서서 먼동이를 문밖으로 떠밀었다. 방바닥은 음식이 흩어져 범벅이 되었다. 나는 씩씩거리며 푸념을 했다.

"아버지께서 애지중지 하던 방풍 향나문데, 이놈이 팔아먹다니! 이런 놈도 손자라고! 집안 말아먹을 놈! 저런 망나니가 태어나서! 그래도 어매는 정승판서가 났다고 좋아 했는데!"

어머니는 울면서 힘없이 내 팔을 잡고 매달렸다.

"내가 너무 오래 살았어! 너무 오래 살아! 영감 따라 가야 하는데! 가야 하는데!"

먼동이는 또 마을 부녀회에서 운영하는 구판장(구멍가게)에 갔는지 보이지 않았다.

아버지는 입버릇처럼 고조부 산소에 방풍목 이야기를 하며 훌륭한 자손이 먼동이가 아닌가? 은근히 기대도 했건만, 그는 기대를 저버리고 삐뚤어지기 시작하더니 이제는 조상 산소에 방풍목까지 팔아먹는 망나니가 되었다.

먼동이는 할아버지가 애지중지하며 정성들여 키워놓은 오래된 방풍목 향나무를 조경업자에게 팔아 넘겼다. 돈을 두둑이 챙겨 주머니에 넣고 막차를 타고 시내로 갔다.

시내버스 종점에서 만나기로 한 미숙이가 보이지 않았다. 담배를 연거푸 달아 물고 지나가는 사람들이 볼까봐 건물 사이의 작은 공간에 숨어서 시내버스에서 내리는 사람들을 주시했다. 아주 오랜 시간이 지났다고 생각하며 시계를 보니 30분 정도 지난 시각에 미숙이가 버스에서 내렸다. 미숙이는 언제 먼동이를 보았는지 옆도 뒤도 돌아보지 않고 먼동이가 서 있는 건물 사이로 달려왔다.

"많이 기다렸지! 나오려고 준비를 하는데 아바이가 무슨 일인지 일찍 퇴근을 하여 저녁밥 차려주고 모임에 간다며 나왔어!"

먼동이는 씩 웃으며 택시를 잡았다. 사람들이 없는 교외로 나가려는 것이다. 미숙이는 어디로 가는지 눈치를 챘는지 아무소리 없이 택시에 올랐다. 택시는 곧장 시내를 벗어나더니 작은 산책로가 있는 공원 앞에서 멈추었다. 저녁 시간이지만 공원 앞의 식당은 사람들이 거의 없었다. 먼동이는 미숙이를 보고 씩 웃더니 앞장서서 매운탕 식당 옆으로 난 골목을 따라 모텔로 향했다. 먼동이가 1층 카운터에 방값을 주고 열쇠를 받는 동안 미숙이는 2층 계단에 서서 기다렸다.

"303호 침대방이다."

이번에는 먼동이가 앞장을 서서 복도를 걸어가더니 익숙하게 303호 앞에서 키를 꽂았다.

미숙이는 침대 위에 벌러덩 누우며

"아! 편하다. 날이 새지 말았으면 좋겠다."

먼동이는 텔레비전 리모컨을 찾아 미숙이에게 주고 옷을 벗더니 욕실로 들어갔다. 미숙이는 속옷만 걸치고 화장대 위에 있는 칫솔에 치약을 짜서 욕실 문을 열고 먼동이에게 주었다. 먼동이는 실오라기 한 장 걸치지 않고 칫솔을 잡다가 미숙이 손목을 잡아 당겼다.

모텔에 들어갈 때는 전깃불이 들어오지 않았는데 언제 켜졌는지 식당과 슈퍼마켓은 네온간판이 물안개에 가려 뿌옇게 졸고 있다. 한산한 공원 앞은 술 취한 한두 사람이 비틀거리며 걸어가다가 소리를 질렀다. 벌써 문을 닫으려는 식당도 있다. 모텔 앞 매운탕 집에 들어가려다 모텔과 조금 떨어진 삼겹살과 오리고기라고 메뉴가 붙어있는 식당으로 들어갔다. 미숙이는 여러 번 들어온 집인지 거침없이 구석방을 찾아갔다. 손님이 없어 보는 사람은 없지만 죄지은 사람이 제 발 저린지 구석방을 찾아갔다. 구석방은 몇 번 들어갔던 방이라 습관처럼 들어가는 듯 했다. 먼동이는 목이 타는지 삼겹살이 굽히기도 전에 소주와 맥주를 컵에 섞어서 쭉 들이켰다. 미숙이는 얌전히 앉아서 고기를 구우면서

"사과 농사는 잘 되나?"

먼동이는 또 맥주잔에 소주를 섞어 부으면서 호기를 부렸다.

"내가 농사 짓나 뭐! 일꾼들이 알아서 하는데, 나는 그저 일꾼들만 데려다 주면 돼!"

"과수원이 큰 모양이지!"

먼동이는 술기가 오르는지 눈가가 벌게지면서 씩 웃었다.

"오천 평짜리가 서너 개 돼!"

"아니 2만 평이면 무척 크네!"

미숙이 남편은 우체국 공무원이다. 집배원 보조로 들어가서 정식 직원이 되었다. 우체국 일이 바빠서 야근을 할 때도 많지만 친구들과 어울리느라 12시 전에 들어오는 날은 일주일에 한 번 정도다. 집에 들어오면 술 냄새가 분명히 날 정도로 취했는데 아침이면 아무 일 없었다는 듯 밥 먹고 출근을 한다.

미숙이는 남편이 저녁에 늦게 들어오는 것이 정상퇴근으로 여겨져서 이제는 잔소리도 하지 않는다. 남편이 늦으면 기다리지 않고 아이들과 불을 끄고 잠을 잔다. 자다가 일어나면 남편이 언제 들어왔는지 옆에서 자고 있다. 미숙이 남편은 술을 좋아하지만 바둑도 좋아한다. 화투나 카드는 별로 하지 않는다. 가끔 여자 목소리의 전화가 오지만 미숙이는 모른 체한다. 특히 먼동이를 다시 만나기 전에는 누구냐고 따졌지만 이제는 죄지은 사람이 되어서 내버려둔다.

먼동이는 애비가 죽고 재산을 이전하려고 하니 할아버지의 재산도 탐이 났다. 그런데 백부가 있으니 어찌 할 도리가 없다. 법으로 해도 아내와 아들이 먼저이고 손자는 그 다음 순서다. 애비가 없으니 애미의 지분을 그대로 물려받는다 해도 얼마 되지 않으니 법으로 할 수도 없는 노릇이다. 그렇다고 이제 와서 백부의 말을 듣고 할아버지의 유언장대로 하려니 '그렇게는 못한다고 큰소리 친 것'이 앞을 가렸다. 박씨도 친정의 먼 친척이 하는 사법서사 사무실에 가서 여러 모로 알아보았으나 조부의 재산은 조모와 백부가 있어 어찌 할 도리가 없다는 것을 알았다. 나는 위토만 하면 되니 바쁠 것이 없다. 위토를 하려다가 먼동이 애비에게 부딪히고 먼동이에게 부딪혀 뜻을 이루지 못하고 돌아가신 아버지의 유지를 받들면 되는 것이다.

위토를 하는 이유는 조상의 산소를 관리하고 제사를 지내고 후손들이 조상의 재산을 중심으로 화목하게 지내게 하기 위함이다. 5대조부터 아버지까지 위토가 없으니 행동이 바르지 못한 먼동이가 재산을 다 팔아먹어도 할 말이 없을 뿐 더러 조상 제사도 못 지낼 형편이 올 수도 있는 것이다. 더구나 동생이 살았다면 모를까? 한 대가 물러난 조카인데 조상 재산을 다 판다 해도 법으로 하여 징역을 살릴 수도 없는 노릇이 아닌가? 그래서 위토가 더욱 필요한 것이다.

오랫동안 버티던 먼동이가 전화를 했다.

"큰아부지가 하라는 대로 위토를 할 터이니 할배 재산 이전하시더!"

위토를 하지 않고 법대로 했다가는 얼마 되지 않는 지분뿐이라는 것을 알기 때문이다. 할아버지 이름의 논밭과 산 등을 반 정도 위토를 하고 반은 그동안 조부모를 봉양한 몫으로 준다는 것을 알고 허리를 굽힌 것이다.

"일요일 점심 때 우리 집에 모두 모이라고 해라!"
먼동이는 만족 한 듯 그렇게 하겠다고 했다.

아내는 일요일에 모이는 식구들 음식을 준비 하느라 시장에도 다녀오고 반찬도 만들었다. 아이들도 며칠 전부터 어머니 심부름을 하지만 불평 한 마디 없다. 그동안 뜸했던 4촌들이 모이는 것이 가슴 벅차기 때문이니라. 진작 3촌, 4촌, 5촌이 모여 함께 밥을 먹으며 친목을 다져야 했는데, 그렇지 못하여 어머니께 항상 죄송했다. 이번에 먼동이가 위토를 하지 않겠다고 했다면 영원히 만날 수 없게 되었을 지도 모른다. 법적으로 아버지 재산을 지분에 따라 분할했다면 4촌이 함께 모이지는 못했을 것이다. 법적으로 하면 덕을 보는 것은 누나, 여동생, 질녀들이다. 하기야 그동안 누나나 여동생들은 은근히 법적으로 하기를 원했다. 질녀들도 면동이 애비의 재산을 법적으로 하고 싶었으나 면동이가 욕심을 내어 혼자 차지하니 말을 하고 싶어도 하지 못했다. 나는 내 재산이 아니고 동생 재산이니 면동이가 이전한다는 소문만 들었다. 아버지 재산으로 위토를 세우지도 못하는 처지인데 동생 재산까지 가타부타할 여유가 없었을 뿐더러 관심도 없었다. 서울의 큰누나는 아버지가 살아 계실 때 묘터를 준다고 했는데 돌아가시면서 유언장에 그런 말이 없으니 동생인 나와 면동이 눈치를 보느라 이편도 저편도 들지 못했다. 다른 누나들도 마찬가지로 친정의 재산이니 지분이 있다 해도 겉으로 넘보는 것은 좋은 일이 아니므로 모른 척 했다.

일요일이다. 면동이, 박씨와 그의 아들, 누나들, 동생들, 자형들, 질녀들 질서들이 마루, 큰방, 아이들 방까지 차지했다. 아내가 부엌에서 음식을 하는 동안 손아래 여자들은 아내를 도왔으나 누나들은 그냥 앉아서 이야기만 했다. 점심을 먹기 전에 재산 분배를 깨끗이 하고 싶어 서류를 꺼내면서 아버지 유언장을 찾았으나 어디로 갔는지 없었다. 그러나 그 내용은 알고 있으니 다행이다.

아버지 유언은 '아버지 위토로 뒤뜰 논 서 마지기, 조부모 위토로 뒤뜰 논 두 마지기, 증조부모 위토로 앞들 밭 서 마지기와 논 두 마지기, 고조부모 위토로 앞들 논 서 마지기, 5대조부모 위토로 앞들 논 두 마지기를 하며 뒷산과 앞산은 선산으로 하라'고 했지만 나는 5대조부모 고조부모 증조부모는 합해서 앞들 논 닷 마지기를 위토로 했다. 조부모는 뒤뜰 논 서 마지기, 아버지는 앞들 논 서 마지기를 위토로 했다. 먼동이를 비롯한 누구도 의의가 없어 서류에 적었다. 남은 논 두 마지기는 아버지와 어머니를 봉양한 제수씨에게 주기로 하고 남은 밭 두 마지기는 먼동이에게 주기로 했다. 뒷산과 앞산은 선산으로 한다고 하자 누나와 여동생 질녀들이 웅성거렸다. 나는 한마디로 입을 다물게 했다.

"상속법이 있다지만 논밭 열다섯 마지기를 법적으로 나누면 우리 집은 모두 원수가 되어 풍비박산(風飛雹散)이 난다. 나도 땅 한 평 욕심내지 않는다. 선산은 먼동이와 내 맏아들의 공동명의로 이전한다. 누나들이나 여동생들이 친정에 오거든 논밭에서 나는 알곡이나 가져가셨으면 좋겠다. 또 조부모와 아버지 산소가 있는 산이 동생이름으로 되어 있어 먼동이가 상속을 하겠지만 선산이니 함부로 팔아서는 안 된다. 위토에서 나오는 농산물 등 수입으로 묘에 풀을 내리고 묘제를 지내고 기제사, 추석제사, 설제사를 지낸다. 해마다 날을 정하여 위토에서 나오는 수익과 조상 일에 든 금액을 후손들이 모여서 문서로 정리하는 문회를 해야 한다.”

제수씨는 교통사고로 병원에서 왼쪽 무릎관절을 수술 했으나 다리를 절며 억지로 걸었다. 뇌수술은 받지 않아 그런지 정신이 맑지 못할 때는 아들도 잘 알아보지 못했다. 교통사고는 상대방의 일방적인 잘못인데 얼마의 보험금을 타내고 얼마에 합의를 보았는지 먼동이만 알고 다른 사람들은 아무도 모른다. 분명한 것은 승용차 주인은 시내를 활보하지만 제수씨는 후유증에 시달리고 있다는 것이다. 먼동이는 교통사고 보상으로 받은 돈을 쓰는지 하루가 멀다고 술집을 드나들며 친구들과 어울려 포커 놀이를 하거나 화투를 쳤다.

제수씨는 하루가 다르게 병세가 악화되어 화장실 가는 일도 힘이 없어서 누가 부축을 해야 한다. 먼동이는 지 애미 방에 좀처럼 들어가지 않는다. 가끔 박씨가 수발을 든다고는 하지만 밥만 겨우 방 안으로 들이미는 정도다. 그러다보니 집안에 제수씨를 수발 할 사람은 나이 많은 어머니다. 어머니는 며느리에게 밥과 물을 주는 것은 물론 방청소와 속옷까지 빨래를 한다. 어머니가 몸이 불편하여 며느리 방에 들어가지 못하면 제수씨는 하루 종일 굶는다.

요양병원 앰브란스(구급차)가 제수씨를 싣고 갔다고 전화기 너머로 어머니의 숨 가쁜 소리가 들렸다.

“애비야! 먼동이 애미가 차에 실려 갔다. 병원차는 아닌 것 같은데 어쩌면 좋으노?”

제수씨는 억지로 차에 태워져 어디로 가고 집에는 어머니 혼자 떨고 있었다. 먼동이는 전화를 해도 받지 않았다. 어머니는 엉거주춤 앉아서 말을 겨우 했다.

"아침을 먹고 모두 밭에 가고 아무도 없는데 이상한 차가 마당에 들어왔다. 밭에 갔던 먼동이와 손부가 와서 지 애미 방에 들어갔다. 애미가 외마디 소리를 지르며 가지 않으려고 발버둥을 치는데 오줌을 쌌는지 치마가 젖고 이불도 젖었다. 나는 병원에 가는 줄 알고 옷을 챙기는데 차에 타고 있던 청년 두 명이 방에 들어와서 애미를 안고 나갔다. 병원이 아니라 다른 곳에 가는 것 같아 먼동이 팔을 잡고 말렸으나 뿌리치고 억지로 차에 태웠다. 차에 태워진 애미는 눈물을 흘리며 손짓으로 말을 하는데 무슨 말인지 알아들을 수가 없었다. 가지 않으려고 눈물을 흘리는 애미의 모습이 아직도 눈에 선하다. 애비야 니는 어디 갔는지 알지?"

어머니는 좀처럼 진정이 되지 않는지 말이 헛 나오고 몸을 움츠리다가 오줌 누고 난 뒤처럼 몸서리를 쳤다. 짐작이 가는 데가 있었다.

승합차에는 표정 없는 청년 두 명과 먼동이 내외가 지 애미 옆에 앉아 있었다. 긴 산골짜기의 굽은 길을 나와 잘 포장된 국도를 달렸다. 한참을 달리던 승합차는 조금 큰 시골 동네로 들어가는가 싶더니 굽은 산골짜기로 들어갔다. 과수원이 보이고 모내기를 한 논이 보였다. 동쪽을 향한 소나무 숲속으로 들어가니 절간 같은 큰 건물이 여러 채 있었다. 식당도 있고 방이 여러 개 있는 요사체도 있고 부처를 모셔놓은 법당도 있었다. 승합차가 멈춘 건물은 방이 여러 개 있는 건물 옆에 딸린 사무실 앞마당이다.

잘 꾸며진 정원에는 모란과 장미가 피어있었다. 청년들은 먼동이 애미를 부축하여 사무실로 들어가고 먼동이는 원장실로 들어갔다.

먼동이 애미가 들어간 방에는 중풍, 치매, 겉은 멀쩡한 늙은이 등 여섯 명이 있었다. 먼동이 애미는 뇌를 다쳤으니 정신병자와 비슷했다. 치매 환자는 침대에 끈으로 묶여 있었으나 다른 환자들은 누워있거나 앉아서 이야기를 했다. 겉은 멀쩡한 늙은이는 정신이 오락가락 하는지 자식 자랑을 하는데 했던 말을 또 하고 또 했다. 아마 우울증 환자 같았다. 복도에는 뚱뚱한 여자가 이 방 저 방 다니며 환자를 돌보았다. 옆 건물은 남자 환자들이 여자들처럼 갇혀있었는데 숫자는 더 많았다. 어디선가 외마디 소리에 이어서 둔탁한 소리가 들리더니 이내 조용해졌다. 아마 환자가 소리를 지르니 매질을 한 것이 분명했다.

먼동이 애미가 입원한 곳은 병원이라기보다 환자를 가두어 놓고 관리하는 곳이다. 요양원 허가를 받아 환자를 관리해 주는 대가로 국가의 보조금을 챙기고 가족에게도 돈을 받는 곳이다. 날이 갈수록 환자는 늘어나고 건물은 하루가 다르게 늘어났다. 환자가 돌아다니거나 떠들면 묶거나 매질을 했다. 그러다 환자가 죽으면 가족에게 넘겨주기도 하고 장례를 치러주고 돈을 받기도 한다. 먼동이 애미가 동물의 예감으로 오줌을 싸면서 가지 않으려고 했던 것은 마지막 길이라 여겼기 때문일 것이다. 정신병원에 입원시키려면 조금 까다로운 절차가 필요하지만 요양원은 아주 간단하게 입원을 시켰다. 요양원도 본래의 목적에 따라 환자들을 치료하고 요양하여 가족의 품으로 돌려보내는 편안한 곳도 많다.

통장선거가 끝나고 몇 개월이 지났다. 통장에 당선 된 초등학교 교사 출신인 여자가 아들집에 가게 되었다. 그녀의 아들은 부부의사인데 손자가 태어나 산후조리를 하게 되었다. 처음에는 며칠정도 다니러 간다고 했는데 한 달이 지나도 오지 않아 통장업무가 마비되니 주민들이 난리를 피웠다. 그녀는 아들과 며느리의 성화에 못 이겨 아들집에서 손자를 키우기로 했다. 다음 통장은 선거에서 차점자인 공무원 출신 시인이 되어야 하는데 그는 어디가 아픈지 서울의 큰 병원에 입원을 하여 치료를 받고 있다. 3등을 한 일류대학 출신 가정주부는 남편이 큰 도시로 전근이 되어 이사를 갔다. 공인중개사는 사퇴를 했으니 마지막 남은 사람은 먼동이다. 주민들은 통장선거를 다시 하자며 동사무소에 갔다. 동장은 통장 공백 기간과 선거를 하면 또 공백이 생기니 주민 통합 문제를 들어 차점자로 하자고 만류를 했다. 며칠이 지나자 선거를 다시 하자며 앞장을 선 사람이 교통사고로 병원에 입원을 하게 되어 동장의 권유대로 차점자의 차점자지만 먼동이가 통장이 되었다.

먼동이는 검은 정장에 빨간색 넥타이를 매고 통장 신고를 하러 동사무소로 갔다. 마침 동장이 출타 중이라 동장실 내빈 의자에 앉아 허리를 뒤로 젖혔다. 동장과 함께 6급 주사도 출타를 하여 7급 주사보가 동장실로 들어왔다. 누구의 허락도 받지 않고 동장실에서 목에 힘을 주고 앉아 있으니 분명 큰 불만이 있는 주민으로 짐작을 했다.

"무슨 일로 오셨어요."

"동장 어디 갔소?"

"동네에 나가셔서 조금 있으면 들어오시는데 무슨 일이지요."

"이번에 통장에 당선된 원동이라고 합니다."

주사보는 하도 어이가 없어 입가에 작은 미소를 띠었다.

"조금만 앉아서 기다리시지요."

조금 후에 동장이 주사와 함께 들어왔다. 주사는 자기 자리로 가고 동장은 동장실로 들어갔다. 주사보가 달려와 동장에게 귓속말을 했다. 동장은 웃으면서 원동이에게 악수를 청했다. 그러면서 옆에 있는 주사보에게 지시를 했다.

"새 통장! 행정적인 교육을 잘 시켜서 보내세요."

주사보는 목에 힘을 주고 있는 원동이를 휴게실로 데리고 갔다. 그러면서 창구에 있는 9급 서기보에게 지시를 했다.

"새 통장인데 업무에 대해서 좀 가르쳐 줘라!"

먼동이는 스물일곱 살 서기보인 여직원에게 통장업무에 대하여 고된 교육을 받고 한자를 모른다며 심한 꾸중까지 들었다.

아침에 일어나 아침밥을 먹는 둥 마는 둥하고 박씨가 아이들을 학교에 보낼 동안 먼동이는 시골에 먼저 갔다. 동사무소에 일이 있으면 박씨가 시골에 먼저 가고 나중에 먼동이가 간다. 그러다가 동사무소 일이 늦어지거나 사람들을 만나 술이라도 한잔 하는 날은 공치는 날이다.

제수씨가 요양원으로 끌려가고 난 뒤에 시골집에 혼자 있겠다는 어머니를 달래어 집으로 모셨다. 시내에서 별로 하는 일이 없으니 생병이 난다며 혼자 버스를 타고 시골로 가기도 하지만 혹시 낙상사고라도 날까봐 아내에게 새로 생긴 마트 구경도 시키고 노인정에도 모시고 가라고 했다. 어머니는 시골에서 살던 습관이라 시간과 공간에 매여 살기 싫다며 보내달라고 했다. 농사철은 안 된다고 하니 농사철에 가야 일을 거든다며 더 가고 싶어 했다. 먼동이가 통장 일로 집을 자주 비우니 더 걱정이라며 시골에 가기를 원했다.

박씨도 혼자 시골에 있는 것보다 시할머니라도 있으면 좋겠다고 하여 어쩔 수 없이 시골에 가서 며칠 묵어 오도록 했다. 어떨 때는 박씨가 어머니를 모시고 가기도 하지만 혼자는 절대로 못 가게 했다.

사과밭에 약을 치다가도 동사무소에서 부르면 하던 일을 멈추고 가야 하는 것이 통장이다. 또 쓰레기봉투, 도시가스공사, 적십자회비, 인구조사, 체육대회 등으로 며칠씩 농사일을 못하는 때도 있다. 농사도 제대로 짓지 못하고 통장 일도 열심히 하지 못하니 박씨가 불평을 하고 주민들이 불만을 털어 놓았다.

제수씨가 요양원에 간지 한 달이 지나도록 누구도 문병을 갔다는 소리를 듣지 못했다. 그래도 아내는 손아래 동서라 마음이 쓰이는지 일요일에 함께 가보자고 했다.

제수씨가 요양원에 들어올 때는 찬바람이 가시지 않은 늦은 봄이었는데 산과 들에는 녹음이 짙어 여름이 완연했다. 먼 산에서 뻐꾸기 울음소리가 들리고 누구네 집에서 밭갈이를 하는지 경운기 소리가 산골짜기를 울렸다.

요양원 사무실에 들어가니 험악하게 생긴 청년이 책상위에 장난감을 올려놓고 굴리고 있었다. 원장은 출타 중이고, 직원들은 일요일이라 출근을 하지 않고, 식당에 일하는 사람과 급한 일을 처리하는 당직만 있었다. 제수씨가 어디 있는지 청년에게 물었더니 처음에 입원한 병실보다 더 깊숙한 골짜기에 페인트칠이 벗겨진 건물을 가리켰다.

제수씨가 있는 병실에 들어서니 이상한 냄새가 코를 막게 했다. 먼지가 쌓인 창고 냄새와 세탁을 하지 않아 옷에 밴 땀 냄새, 음식물 쉰 냄새, 쓰레기 썩는 냄새가 섞여서 났다. 제수씨는 우리 내외를 보고도 무표정 할 뿐 반기지 않았다. 환자복을 입고 침대에 앉아 있다가 돌아누웠다. 한 사람이 겨우 다닐 수 있는 간격으로 붙어 있는 낡은 침대에는 할머니들이 누워 있거나 앉아 있거나 묶여 있었다. 바로 옆 침대에 앉아있는 할머니가 의미 없이 웃었다.

"보기 싫은 갑다. 전번에도 젊은 여자가 왔는데 베개를 던지더마는 오늘은 돌아눕네!"

아내는 침대 시트와 이불을 살펴 본 뒤 가지고 온 빵과 과일을 꺼내놓고 제수씨를 흔들었다. 한참을 흔드니 제수씨는 돌아누웠는데 눈에는 눈물이 고였다. 아내 눈에도 눈물이 고이는 것을 보고 나는 복도로 나왔다. 복도에는 흰색 페인트가 벗겨져 얼룩이 지고 청소를 하지 않아 쓰레기가 굴러 다녔다. 환자를 돌보는 사람도 일요일이라 쉬는지 보이지 않았다.

제수씨는 일어나 앉았으나 빵과 과일은 보기만 하고 말도 하지 않았다. 그저 아내를 물끄러미 보다가 또 누웠다. 집에 있을 때 보다 음식을 먹지 못하는지 아니면 없어서 못 먹는지 무척 야위었다. 죽은 동생이 생각났다. 술만 먹으면 제수씨를 보고 '많이 처먹어 돼지 같이 살만 쪘다.'며 빈정거렸다. 그러면 부엌에서 밥을 짓던 제수씨도 뒤질세라 혼자 중얼거렸다. '저 원수! 술 처먹고 뒤지지! 귀신은 뭐하는지 몰라! 저 인간 안 잡아가고!'

제수씨의 상태를 알고 싶었으나 직원들이 없으니 물어 볼 사람이 없다. 치료는 하는지? 약은 먹는지? 그냥 세월만 가라 하고 가두어 두는 것인지? 분간이 가지 않았다. 먼동이는 지 애미가 이렇게 방치되어 있는 것을 알기나 하는지? 정말 답답했다. 보호자가 있는데 내가 나서서 어떻게 할 수도 없는 일이라 요양원을 나서며 한숨만 쉬었다. 아내는 '저대로 두면 얼마 살지 못할 텐데, 어떻게 조치를 취해 보라'며 얼굴을 붉혔으나 먼동이가 나서지 않는 한 방법이 없다. 그렇다고 내가 나서서 집에 데리고 올 형편도 못되고, 다른 병원에 입원 시켜서는 더욱 안 되는 노릇이다.

먼동이는 동사무소에 일이 있다는 핑계로 사과나무에 적과를 하다가 시내로 나갔다. 어제 저녁에 미숙이와 전화로 약속을 했다. 미숙이는 '내일은 월요일이라 남편도 출근을 하니 바람이나 쏘이자'고 했다. 먼동이가 더블캡에 시동을 걸자 박씨는 사과나무에 적과 하는 여자들과 새참을 먹으며 빨리 다녀오라고 소리를 질렀다.

미숙이는 짧은 청색 치마에 흰 블라우스를 입고 청색 재킷을 걸쳤다. 멀리서 먼동이 차를 보자 손을 흔들었다.

보는 사람이 없는가? 주위를 살피던 미숙이는 먼동이 차에 올랐다. 차가 시내를 벗어나자 미숙이는 준비해 온 박카스 병마개를 따서 먼동이에게 내밀었다. 핸들을 잡고 앞만 보던 먼동이는 박카스를 받아 마시며 한손으로 미숙이 어깨를 쓰다듬었다. 고속도로 톨케이트(Tollgate)를 벗어나자 자동차는 서울을 향해 제 속도를 내었다. 지나가는 건너편 차로의 자동차들이 순식간에 사라지자 미숙이는 처음 만나던 고등학교 때를 떠올렸다.

"처음 보고 너무 미남이어서 놀랐다. 그때는 중학교 동창과 사귀려던 중이라 어쩔 수 없었어!"

먼동이는 욕부터 했다.

"시팔! 그때 정말 죽는 줄 알았다. 그 자식 지 애인이라며 다짜고짜 주먹을 날리는데, 무방비 상태였던 나는 보기 좋게 한 대 맞았지! 너를 옆으로 슬쩍 보니 웃고 있더라. 나는 니가 웃는 것을 보자 화가 치밀어 그놈을 죽어라고 팼지!"

"그때 니가 졌더라면 지금 이렇게 되지는 않았을 텐데, 그래! 그 동창도 좋은 사람이야! 지금 서울 어디에 산다고 하던데, 동창들은 만나는 눈치던데, 나도 지난 구정 때 슬쩍 보기는 했어!"

"이것들이 만나서 뭐했는데?"

"하기는 뭐해! 애기 아빠도 있었는데!"

먼동이의 더블캡은 희방사 푯말을 지나고 있었다. 긴 터널을 지나 작은 터널로 이어지는 동안 미숙이는 남편이야기로 조잘 거리느라 입이 쉴 새가 없었다. 먼동이가 이야기를 들으며 웃다가 욕을 하다가 보니 북단양에서 내려야 하는데 그만 지나가고 말았다.

"시팔! 어쩌노! 이제는 제천까지 가야 된다."

"제천에 내리면 어떤데, 돌아오면 되지!"

미숙이는 천하태평이다. 어차피 오늘은 놀러 온 날인데 어디를 가면 어떤가? 단양의 금수산을 구경해도 좋고 제천에 내려서 의림지에 가도 좋은 것이다.

제천 톨게이트에서 요금을 주고 바로 돌아서서 북단양으로 내려가려다가 요금을 계산하는 아가씨에게 금수산 가는 길을 물으니 국도를 타는 것이 빠르다고 했다. 북단양으로 가는 길은 제천 시내로 들어가지 않고 바로 단양으로 향한다. 고속도로와 달라서 신호등이 많아 투덜거리다가 작은 산으로 올라가게 되었다. 모퉁이를 돌자 이상한 것이 보였다. 분명히 산으로 올라왔는데 바다에서 볼 수 있는 큰 갯바위가 온통 산위를 차지하고 있었다. 바위를 옮겼나? 관광지처럼 가게도 보이고 주차장도 있었다. 많은 사람들이 카메라를 들고 사진을 열심히 찍었다.

사람의 힘으로 옮길 수 있는 바위가 아니다. 그렇다고 인조암도 아니다. 안내판이 서 있었다. 도로를 개설하면서 작은 바위가 보여 캐내려다가 파내려가니 큰 바위가 나왔다. 한 개의 바위가 나오자 이번에는 큰 장비를 가지고 와서 바위를 찾았는데 지금과 같이 갯바위가 산을 이루었다는 것이다. 바위 저쪽에는 석문도 있었는데 큰 소나무가 석문을 지키고 있는 풍경은 한 폭의 동양화 같았다. 무슨 영화도 촬영을 했다는데 영화를 본적은 없다. 아니 갯바위 산도 처음 보는데 영화를 보면 어디 풍경인지 알 턱이 없지!

　먼동이는 자동차에 사진기를 꺼내어 미숙이를 바위 앞에 세워놓고 찍어 주었다. 지나가는 사람에게 부탁하여 두 사람이 나란히 포즈를 취하기도 했다. 단양댐과 금수산을 보려고 왔는데 뜻밖에 진기한 갯바위를 산꼭대기에서 본 것이다.

　산길을 돌아내려가니 단양댐의 푸른 물이 반겼다. 금수산 쪽으로 길을 잡아 가는데 푸른 물 건너 북쪽에 바위산 절경이 펼쳐졌다. 가을에 오면 단풍이 들어 지금보다 더 아름다울 것 같았다.

　단양시내를 굽어보면서 금수산에 오르니 단양시에서 시인과 소설가 등의 문인들을 위해 택지를 조성하여 분양하고 있었다. 조성된 택지와 조금 떨어진 곳에는 별장같이 아름다운 집들이 여러 채 보였다. 남근석 전시공원을 지나 등산로가 나오자 미숙이의 짧은 치마와 뾰족구두를 보고 더 이상을 오르지 못한다는 것을 알고 식당으로 들어갔다.

　금수산에서 단양시내로 내려가는 길은 여러 갈래로 갈라져 있었다. 어디로 가든 서울만 가면 된다는 생각으로 핸들을 돌렸는데 이상한 길을 택한 것이 분명하다. 눈앞에 다가온 길은 기차터널인데 철로는 없고 포장이 된 좁은 길이다. 아무 생각 없이 들어선 길이 자동차 한 대가 겨우 지나가는 터널이라니! 금방 끝날 것 같은 터널이 한참을 가도 끝이 나지 않았다. 대항차라도 오면 비킬 곳도 없는 일방통행 외길이다. 기차터널을 자동차도로로 개조한 것이 분명했다. 미숙이는 무엇이 재미있는지 걱정 없이 재잘거렸으나 먼동이는 대항차가 올까봐 속도도 내지 못하고 터널이 끝나기만 초조하게 기다렸다. 얼마를 달렸을까? 저 멀리 출구가 보였다. 터널을 빠져나와서 보니 정말 큰일 날 뻔 했다. 터널에 들어갈 때는 대항차가 오는지 안 오는지 신호를 보아야 하는데 신호등은 물론 안내판도 보지 못했던 것이다. 다행히 대항차가 없었던 것은 하늘의 도움이다.

단양시내에 들어서니 호텔은 있는데 모텔이나 여관은 좀처럼 보이지 않았다.

"모텔이 없는가봐! 여기 사람들은 양반만 사나?"

"양반들은 잠도 안자나! 뭐!"

시내를 관통하여 외곽지로 접어들다가 다시 시내로 되돌아왔다. 아무래도 외곽지에는 모텔이 없을 것 같았기 때문이다. 다행히 골목 안에 모텔이라는 낡은 간판을 보고 미숙이가 신기한 것을 처음 보는 어린아이 마냥 소리를 질렀다. 정말 쉬고 싶었다.

오래된 모텔이지만 시설이 낡았을 뿐이지 있을 것은 다 있었다. 방에 들어가자마자 누가 먼저랄 것도 없이 샤워실로 들어가 따뜻한 물을 틀었다. 찬물이 확 끼쳤다. 찬물을 한참 내보낸 뒤에야 따뜻한 물이 나왔다. 두 사람은 10일 만에 만났지만 100일 만에 만난 것 같았다. 오랜만에 단 둘이 뜻하지 않게 갯바위 산과 단양댐, 금수산을 드라이브 했으니 기분이 들떠 있었다. 미숙이는 만날 때마다 새로운 분위기를 연출할 줄 아는 요부이다. 남자의 마음을 녹이는 마력을 가지고 태어난 여자다.

한참동안 소식이 없던 먼동이가 저녁을 먹으려고 하는데 전화를 했다. 그 당당함은 어디로 가고 힘없이 기어들어가는 다 죽어가는 목소리다.

"큰아부지, 요양원인데요. 어매가 죽었니더!"

"언제?"

"저도 전화 받고 요양원에 왔니더!"

"저는 아무것도 모르는데, 큰아부지 빨리 좀 오소!"

이놈이 혼자 아는 척은 다 하더니 급하니까? 모른다고 하는구나! 어찌 되었든지 제수씨가 죽었다는데 시간을 지체 할 수 없었다. 옷을 간단하게 입고 요양원으로 향했다.

요양원에 도착하니 산골짜기라 앞뒤를 분간 할 수 없이 캄캄하다. 타고 온 택시를 세워두고 병실에 들어가니 벌써 영구차가 출발을 하려는지 시동이 걸려 있었다.

먼동이가 얼굴을 하얗게 하고 서서 내가 오기만 기다렸다.

"다른 장례식장으로 갈라나?"

"내가 아는 장례식장에 갈라카는데요."

"화장을 하면 좋다고 하여 화장터 가까운 장례식장에 갈라<u>꼬요.</u>"

자식이 화장을 하려는데 굳이 반대할 일이 없어서 고개만 끄덕였다. 그러나 마음 한 곳에는 조상 대대로 화장 한 일이 없으니 조금은 의외다. 화장을 하여 재 봉지를 묻는다니 시대가 많이 바뀐 것인지? 아니면 불효의 극치인지? 분간이 가지 않았다.

세워둔 택시를 타고 제수씨의 영구차 뒤를 따랐다. 작은 면 소재지에 장례식장이 있고 화장장은 조그만 야산의 골짜기에 있다고 했다.

장례식장은 북향으로 큰 간판기둥이 동쪽에 있고 대문은 없었다. 마당은 버스 몇 대가 들어갈 정도로 넓었으며 서쪽으로 별채가 있는데 시신을 안치하는 곳이다. 별채 옆 동쪽으로 본관이 있는데 북향이라 어두컴컴했다. 본관은 사무실과 장례 용품을 전시한 작은 방이 낮은 미닫이 출입문 안에 있다. 사무실 뒤로 화장실과 세면실이 있고 동쪽으로 짧은 복도가 있다. 복도에는 신장이 놓여있고 창문너머로 교실 반 칸 정도의 큰 방이 있다. 이 방은 빈소상이 차려지고 손님을 맞이하고 상주들이 잠을 자는 곳으로 다양하게 쓰인다. 동쪽에 식당이 있었는데 식당에는 별도의 출입문이 있었다. 식당 옆으로 안마의자도 놓여 있고 침대도 놓여 있었다. 잠시 휴식을 취하는 공간이다.

질녀와 질서, 일가친척, 먼동이 친구 등에게 문자를 보내고 전화를 했다. 제수씨가 죽었으니 내 친구는 아주 가까운 사람들만 연락을 했다. 아버지는 집에서 장례를 치렀는데 부음을 써서 사람이 직접 가지고 갔다. 제수씨는 시대가 변하여 장례식장에서 문자와 전화로 연락을 하니 간단했다.

먼동이와 질녀 질서들에게 상복을 입히는 절차를 시행 하는 동안 나는 앉아서 지시만 했다. 술 생각이 불현듯 났으나 참았다.

시신을 안치하고 필요한 물품을 적어 시장에 보내는 등 장례절차를 의논하다보니 자정이 넘었다. 앉았던 자리에 손으로 방바닥을 쓸고 베게와 이불을 찾아 덮었다. 잠이 오지 않았다.

잠이 들었는가 싶었는데 옆 사람이 부스럭거리는 소리에 깨었다. 그러다가 언제 날이 밝았는지 창문이 훤해졌다. 잠을 자는 둥 마는 둥 일어나 세수도 하는 둥 마는 둥 했다. 좁은 화장실에 소변기와 세면기가 붙어 있고 대변을 보는 곳이 두 개 뿐으로 남녀 구분이 없었다. 그런 화장실도 한 곳 뿐이니 여러 사람들이 이용하기에는 무척 불편했다.

빈소상에 아침상식을 차리는 동안 먼동이는 화장실에 있는지 오래도록 나타나지 않았다. 상주가 없으니 아침상식을 하는 절차가 늦어질 수밖에 없다. 질녀들이 구슬프게 곡을 하고 난 뒤 시신을 입관 한다고 했다. 상주와 가까운 사람들만 마지막 모습을 보도록 했다. 제수씨는 수의를 곱게 차려입고 철판에 반듯이 누워 있었다. 창백한 얼굴은 살아 있는 듯 편안해 보였다. 상주들이 시신 옆으로 한 바퀴 돌며 마지막 인사를 하고 나오자 먼동이와 장례지도사가 삼베끈을 시신 밑으로 넣어 가지런히 들어서 관 속으로 옮겼다. 관 뚜껑을 닫기 전에 보공으로 제수씨가 입던 옷을 넣었다.

가까운 친척들과 가족들이 아침을 먹는 동안 손님들에게 줄 여비를 봉투에 넣었다. 가까이에서 온 사람은 조금 넣고 멀리서 온 사람은 가까이에서 온 사람의 배를 넣었다.

손님은 주로 가까운 친척들과 동네 사람들이다. 가까운 내 친구들이 꽃을 보내 왔는데 조화는 내 앞으로 몇 개 온 것이 전부이다. 나중에 먼동이 앞으로 온 조화는 고향 친구 모임에서 보낸 것이다. 내 앞으로 온 조화 중에는 현역 국회의원의 조화도 있었는데 빈소상 앞에 비서가 가지고 와서 설치했다. 조문객(弔問客)들은 그 꽃을 눈여겨봤다.

밤 아홉 시가 되자 문상객(問喪客)의 발걸음이 끊어졌다. 자리를 펴고 누워서 이야기 하는 사람도 있고 술을 마시고 음식을 먹는 사람도 있었다. 넓지 않는 홀이지만 식탁을 정리하고 누울 자리를 보느라 가까운 사람끼리 모였다. 부조함은 먼동이가 어디에 감추었는지 보이지 않았다. 질녀와 조카 등을 불러 내일 화장장에서 할 일 등을 이야기 하고 자리에 누웠다. 내 옆에는 아내와 아들이 이야기를 하며 과일을 나누어 먹고 있었다. 누워서 잠을 청했으나 잠은 오지 않고 지나간 일들이 주마등처럼 떠올랐다. 죽은 동생, 제수씨, 먼동이, 아버지가 떠오르자 잠시 잊고 있었던 시골에 혼자 있는 어머니가 궁금했다. 사무실에 가서 시골로 전화를 했더니 어머니는 다행히 잘 있다고 했다.

날이 밝았다. 3일장은 이틀 밤이 지나면 매장이나 화장을 해야 한다. 날이 새기도 전에 일어나서 화장실을 들락거리거나 세수를 하는 사람들로 늦잠을 잘 수가 없다. 장례지도사는 언제 왔는지 식당에서 아침상식을 준비하고 있었다. 화장장에 예약된 시각이 8시니 서둘러야 한다. 아침밥이 모자라는지 먼저 밥그릇을 차지한 사람들은 밥을 먹는데 늦게 식탁에 앉은 사람들은 밥이 없었다. 먼저 밥을 차지한 사람들은 다행이라며 웃고 있는데 먼동이가 소리를 질렀다.

"밥이 입에 들어가나? 어이! 나는 한잠도 못 잤는데."

모두 숟가락을 들고 서 있는 먼동이를 쳐다보았다.

"부조금 정리하느라 한잠 못 잤는데, 먼저 밥을 먹겠다고 무슨 난리로?"

옆에서 밥을 먹던 질녀가 '누가 부조금 정리하라고 했나?' 하고 작은 소리로 중얼거렸다. 참으로 민망했다. 그렇지 않아도 내 밥은 아내가 챙겨 주어서 마침 숟가락으로 뜨려던 참이었다. 어미를 화장하려 가니 그 심정이 오죽할까 싶어 아무 말도 하지 않고 있는데 먼동이의 큰소리가 또 들려왔다.

"아침인동! 뭔동! 모두 일라그라!"

먼동이는 분명히 나를 보고 소리를 지른 것이다. 내 얼굴이 창백해지자 아내는 내 넓적다리를 꼬집었다. 그러나 지금 참으면 이놈의 안하무인이 극에 달할 것이라 판단이 되었다. 먼동이 보다 큰소리로, 홀이 떠나가라고 소리를 질렀다.

"이 쌍놈의 새끼가 눈에 뵈는 게 없나? 어디서 큰소리로! 니놈의 잘못으로 니 애미가 힘들게 살다가 갔는데, 조용히 보내지는 못할망정 도리어 큰소리를 쳐! 이놈의 자식 죽어 봐라!"
옆에 있던 상주 지팡이를 들고 먼동이에게 달려갔다. 아무도 말리는 사람이 없었다. 단지 박씨가 내 앞을 가로 막았다. 나는 박씨를 밀치고 먼동이를 보니 이놈은 급한 나머지 창문을 뛰어 넘어 마당으로 나갔다. 따라 가는 것 또한 이상하여 가쁜 숨을 몰아쉬자 박씨가 지팡이를 빼앗았다.

"이놈의 자식이 상을 무사히 치르려고 오냐? 오냐? 했더니! 위아래도 모르고 함부로 나대기는 왜 나대노!"
제수씨의 시신이 운구차에 옮기기 전에 발인이라 하여 간단히 음식을 차려놓고 축을 읽는 절차가 있는데 먼동이가 보이지 않았다. 내가 소리를 지르자 어디에 숨었다가 잔뜩 몸을 움츠리고 나타났다. 아마 언제 날아올지 모르는 내 매를 의식하는 눈치였으나 나는 모르는 척 했다.

운구차 앞에는 장례지도사가 차를 몰고 화장장 길을 안내했다. 운구차에는 먼동이와 박씨 등이 탔다. 아스팔트길을 따라 한참을 가다가 비포장도로에 들어서니 길은 좁고 고불고불하여 운구버스가 겨우 지나갔다. 길옆에 있는 큰 나무의 나뭇잎이 운구차창을 때렸다. 저 멀리 쓰레기를 모아놓은 쓰레기장이 보이고 산모롱이를 돌자 창고 같은 건물이 산기슭에 숨어 있었다. 운구차가 출입문을 향하여 오르막을 올라가서 멈추자 따라가던 몇 대의 자동차는 오르막 위에 주차 공간이 없어 오르지 못하고 멈추었다.

장례지도사가 화장장 사무실로 들어갔다가 남자 두 명과 함께 나왔다. 운구차 뒤에 트렁크를 열어 제수씨의 시신을 꺼내더니 가볍게 들고 건물 안으로 들어갔다. 우는 사람도 소리를 내는 사람도 없이 침묵만 흘렀다. 잠시 후 장례지도사가 나오더니 제사를 지낸다며 가지고 온 음식을 차리라고 했다.

제사를 지내고 나자 방 깊숙이 좁은 공간으로 들어갔다. 어두운 방에 들어가니 불가마가 보이는데 직원 중 한 사람이 상주를 불렀다. '엄마 불 들어가요.'하고 외치라고 했다. 먼동이가 외치자 가마 속에는 불이 타기 시작했다. 질녀들은 소리 내어 울기 시작했다. 불가마를 조금 비켜서 상을 차려놓고 절을 하라고 했다. 돈을 놓으라는 뜻인 듯 했다. 조금의 돈을 놓고 나오자 처음에 차려놓은 제사상 앞이었다. 불가마를 한 바퀴 돌아서 제자리로 온 것이다. 모두 불가마가 있는 건물 아래 사무실로 가고 나는 갈 곳이 마땅치 않아 제사상을 지켰다.

제사상 앞에 서성이며 다른 사람들이 화장을 하려고 순서를 기다리는 것을 지켜보았다. 그러다가 먼 산을 바라보며 시간을 보내고 있는데 사무실 안에서 장난을 치는 질녀들이 보였다. 질녀들은 어머니를 화장하고 있다는 것을 잊고 있었다.

인간의 망각은 참으로 편리한 것이다. 조금 전 일을 잊고 장난을 치다니, 장례지도사가 상주를 불렀다. 제사상이 차려진 방에서 조금 깊이 들어가니 철판 침대에 작은 뼈가 놓여 있었다. 제수씨의 뼈인데 살펴보라고 했다. 가족들은 동물 뼈를 구경하듯이 아무런 표정 없이 살펴보았다. 뼈를 잘게 부수라고 하자 다시 기계 안으로 철판 침대를 밀어 넣었다. 한참 후 나무 상자에 뼛가루가 담겨져 나왔다. 또 한 번 질녀들이 '엄마야! 엄마야!'하며 소리 내어 울었다.

재가 된 뼛가루 상자를 영구차에 실어놓고, 화장장 사용료 등의 뒷수습을 하라고 일러두고 나와 아내는 뼛가루를 묻을 고향 선산으로 먼저 출발을 했다. 고향 선산에는 동네 사람들과 산소 만드는 사전 작업을 하는 사람들이 일을 하고 있다.

차를 타고 가면서 아내의 얼굴을 보니 맨 얼굴이어서인지 이틀 동안 폭삭 늙었다. 룸밀러를 쳐다보니 내 얼굴도 아내와 같았다. 길옆 주유소에 차를 세우고 화장실에 다녀오기로 했다. 주유소 주인이 나오더니 상복을 입은 나와 아내를 보며 무척 반겼다. 아마 아침에 상복을 입는 사람이 집에 오면 재수가 좋다는 속설을 믿는 탓이라 여겨졌다.

제수씨가 묻힐 선산의 장지에 가기 전에 평소에 알고 지내던 풍수를 찾아갔다. 큰길에서 벗어나 시골 동네로 한참 들어가 차를 세우니 마침 먼 친척인 풍수가 집에 있었다. 사전에 전화로 알려 주어서 내가 오기를 기다리고 있는 듯 했다. 풍수를 태우고 다시 아스팔트길을 달리기 시작했다. 산소의 방향을 패철(나침반)로 보고 묘를 쓰는 일은 아버지도 풍수보다 더 잘 했다. 아버지가 하는 것을 간혹 보았지만 직접 일을 한 경험이 없어 풍수를 모시는 것이다. 이번 한 번만 보면 나도 어느 정도는 알 수 있을 것 같았다.

선산에 올라가기 전에 어머니를 먼저 뵙기로 했다. 마당에 들어서니 집이 너무 조용했다. 사랑방 문을 열기 전에 기침을 해도 기척이 없다. 문을 열어보니 어머니는 풋잠이 들었는지 가는귀가 먹어 문을 벌꺽 소리 나게 다시 열자 돌아누웠다. 아무 탈 없으니 다행이다. 산에 올라간다는 것만 알리고 문을 닫으려 하니 어머니는 일어나서 윗옷을 입었다. 대문으로 나가며 뒤돌아보니 눈물을 글썽이며 내 뒤를 바라보고 있었다.

선산에는 동네 남자들이 몇 사람 나와서 포클레인으로 광중하는 것을 구경하고 있었다. 풍수와 내가 패철로 인좌(寅坐) 방향을 다시 잡아 주자 포클레인 기사는 정남향으로 묘역을 정리했다. 묘역 작업이 거의 끝나갈 무렵 산 아래에 영구차와 자동차들의 모습이 보였다. 사람들이 하나둘 묘역에 도착하자 조용하던 산은 웅성거리기 시작했다. 잠시 후 산신제를 지내느라 축 읽는 소리가 났다. 시신을 묻는 것이 아니라 뼛가루 상자를 묻으니 아주 간단했다. 평토재사도 생략하고 방향만 잡아 주던 풍수도 할 일이 없어 산을 먼저 내려갔다. 시신이 없어도 산소의 모양은 갖추어야 하므로 포클레인 기사만 꿍음을 내며 열심히 일을 했다. 얼마 전만 해도 사람들이 하던 일을 포클레인이 대신했다.

며느리를 잃고 혼자 있을 어머니가 도시는 싫다 해도 정신을 수습할 동안 집으로 모시고 왔다. 삼우제를 지내고 탈상을 한다고 해도 나는 참석하지 않았다.

참 슬픈 일이다. 나와 가까웠던 동생이 초등학교 2학년 어린 나이에 죽고, 먼동이 할미인 서모가 죽고, 먼동이 애비인 동생이 죽고, 아버지가 돌아가시고, 먼동이 애미인 제수씨가 요양원에서 죽는 것을 직접 보는 내 팔자가 오늘따라 참으로 원망스러웠다.

부모 부양 의무화법이 발의 된다고 하지만 능력 없이 늙고 병들은 부모는 자식이 요양원에 억지로 맡겨도 제재할 방법이 없다. 재산 문제로 아들이 아버지를 고소하고, 아버지가 아들을 고소하는 물질만능의 세상이 된 것이다. 고려장이 된 요양병원이나 요양원이 하루가 다르게 우후죽순처럼 생겨나고 조상의 산소는 후손이 찾지를 않아 잡초가 우거지고 제사도 지내지 않는 집이 늘어나고 있다.

먼동이는 애미를 화장하고 3일 탈상을 하자마자 남은 부조금으로 미숙이와 만나 식당으로 모텔로 싸돌아다녔다. 아내 박씨에게는 동사무소 일로 바쁘다는 핑계를 대지만 만나는 사람은 미숙이 아니면 술친구들이다. 술을 먹고 포커(Poker) 아니면 화투에 빠져 지냈다. 술만 취하면 지방의원에 출마 할 것

이라며 허세를 부렸다. 애비도 없고 애미도 땅에 묻고 할미마
저 백부집에 갔으니 제 세상을 만난 것이다. 저녁 늦게 집에
들어오면 이웃이 떠나가라 아내를 두들겨 팼다. 무슨 욕심이
그리 많아 남의 논밭까지 도지(賭地)를 얻어 놓고 일은 박씨에
게 하라며 새벽부터 시골로 쫓아 보냈다. 박씨는 얼굴에 멍이
들어도 죽지 못해서 시골로 가는 아침 버스를 탄다.

선거판의 부나비

　처음 출마한 통장선거에 꼴찌를 하고도 부끄러운 줄 모르고 낯 두껍게 돌아다니던 먼동이는 운 좋게 통장이 되어 거들먹거리는 기간이 지나갔다. 전임 통장의 잔여기간이 만료되자 동사무소는 통장선거 공고를 내었는데 마감을 하고 보니 이번에는 입후보자가 먼동이 혼자다. 모두 이상하다며 고개를 흔들었는데 먼동이만 너털웃음을 웃으며 식당으로 술집으로 밤 늦도록 쏘다녔다.

　통장에 입후자가 처음부터 없었던 것은 아니다. 입후보 물망에 오른 사람은 남편이 사업을 하다가 실패하여 일을 못하게 된 아주머니도 있었고, 철도 역장 출신도 있었다. 또 젊은 사람도 나오려고 했는데 어떻게 입후보를 하지 않게 되었는지는 먼동이만 아는 일이다.

　먼동이는 남편이 사업에 실패한 아주머니 집을 찾아갔다. 전부터 알고 지내던 그녀의 남편은 먼동이가 사과상자를 앞세워 대문에 들어서며 90도 절을 하자 거실로 들어오라고 했다.

먼동이는 거실에 들어서자마자 큰절을 하는 바람에 그녀의 남편은 안절부절못했다.

"형님! 형수님 좀 말려 주이소! 제가 이번 한 번만 통장을 하고 지방의회로 갈랍니다. 처음부터 시의원에 출마하면 표심 잡기도 그렇고 통장을 하여 경험을 쌓으려고 그럽니다."

아무리 사업에 실패해도 가정 살림만 하던 부인을 밖으로 내놓기 싫었던 참이라 좋은 구실이 생겼다 싶어 사업가답게 못이기는 척 먼동이에게 동조를 했다.

"젊은 사람이 큰일을 하겠다는데 내가 도와주어야지! 암! 도와주어야 하고말고!"

사업가는 아내를 부르더니

"지금은 사업을 쉬는 중이니 내가 사업을 다시 시작하면 바쁠 테니 통장 입후보는 하지 말고 쉬는 게 좋겠소!"

그의 아내도 확실한 자신이 생기지 않아 망설였는데 남편이 쉬라고 하니 뜻에 따르겠다고 했다.

철도에 다니다가 퇴임을 한 사람은 쉽게 포기를 시켰다. 그의 아들이 먼동이와 초등학교 동기라 아들을 구워삶았다. 술집에 데리고 가서 기생파티를 하고 돈을 주어 아버지의 출마를 포기 하도록 했다. 그리고 그의 집에 찾아가서 코가 땅에 닿도록 '아버님! 아버님!'하면서 '젊은 사람 한번 살려 달라!'고 했다. 마지막으로 출마하겠다는 젊은 사람이 문제여서 방법을 모색하던 중 마침 생수 공장에 취직이 되어 쉽게 해결이 되었다.

먼동이는 상대후보를 권모술수로 사퇴시키는 몰염치한 인간으로 선거에서 있어서는 안 되는 짓을 한 것이다.

처음 통장에 입후보 할 때는 비록 꼴찌는 했지만 당당했는데 이번에는 선거판 망나니 행동으로 불명예스러운 무투표 당선이 되었다. 그것도 당선이라고 동네잔치까지 벌렸다.

먼동이는 술이 취하여 큰 소리로 또 허세를 부렸다.

"다음에는 시의원에 입후보 하겠습니다. 많이 도와주십시오."

모두 입을 삐쭉거리며 뒤로 물러났다.

어머니는 손자가 또 통장이 되었다며 점심도 먹지 않고 자랑하고 싶어서 시골로 떠났다. 시골에 가봐야 밥해줄 사람도 없는데 왜 가느냐며 말려도 좋은 구실이 생겼다 싶었는지 끝까지 고집을 부렸다.

시골에 가니 마침 먼동이와 박씨가 있었다. 박씨는 그렇지 않아도 혼자 있어서 적적했는데 잘 되었다며 도리어 반기는 눈치였다.

박씨는 한옥을 전세 주려다가 아이들이 학교에 다니므로 그대로 두었다며 자랑을 했다. 농작물은 주인의 발걸음소리를 듣고 자란다는데 먼동이의 농작물은 주인의 발걸음소리를 듣지 못하는지 잡초만 우거졌다. 다른 사람들은 작은 평수에도 많은 수확을 내는데 먼동이는 넓은 평수에도 불구하고 소득이

나지 않아 밭은 밭대로 논은 논대로 잡초만 우거졌다. 과수원의 사과나무도 거름이 부족하여 가지가 뻗어나가지 못하여 키도 자라지 않고 잎이 마르는 병에 걸렸는지 누렇게 탈색되었다. 오다가다 열린 사과는 굵지도 않고 색도 나지 않았다.

땅이 넓으면 많은 소득이 날 것이라 생각하고 땅 욕심만 부리고 관리를 하지 않으니 농사 밑천도 건지지 못했다. 품값도 되지 않은 농사를 짓고 통장업무도 잘 보지 못했다. 사람들은 '가짜 농부에 가짜 통장!'이라며 '농부도 아니고 정치꾼도 아니라'며 수근거렸다. 먼동이는 농민운동에 열을 올리느라 여기저기 돌아다니며 사람을 만났다. 통장이라는 사람이 시청에 가서 농민들과 데모를 하고 버스를 대절하여 도청에 가서 붉은 스프레이로 여기저기 구호를 쓰며 시위를 했다. 농민운동을 하는 사람들은 택견을 기본으로 하는지? 아침저녁으로 개량한복을 입고 다리를 뻗고 주먹을 내지르는 춤을 추었다. 어머니는 먼동이가 춤을 출 때면 무슨 흥이 나는지 어깨를 들썩거렸다.

먼동이가 시내로 주소를 옮긴 것은 아이들 학교 때문이라고 하지만 통장을 하기 위해서다. 거기다가 초등학교도 시내에서 졸업을 했으니 누가 봐도 시내에 사는 시민이다.

대학교에 다니는 맏아들의 여자 친구가 왔다. 아들은 서울에 있는 대학교에 가고 싶어 했지만 지방에 있는 국립사범대학 영어교육과에 가서 교원이 되라는 내 바람을 들어주었다.

아들의 여자 친구는 한 사람이 아니고 두 사람이 왔다. 아들은 군대에 갔다 오느라 다른 동급생보다 2살이나 많다. 마침 겨울방학을 하고 열흘 정도 지났을 때 여학생 두 사람이 여행용 가방을 매고 찾아 왔다. 딸이 없던 나는 아들의 여자 친구가 무척 귀여워 무엇이고 해 주고 싶었다. 이야기를 들어보니 아들과 두 여학생은 같은 학년으로 전공은 달랐다. 아들은 영어교육과인데 여학생들은 수학교육과와 국어교육과였다. 수학교육과 여학생은 충청도 충주가 고향이고 국어교육과 여학생은 강원도 원주가 고향으로 수학교육과 여학생이 맏아들의 여자 친구다. 아마도 남자 친구의 가정이 궁금하여 여행을 핑계로 온 것이 분명했다.

아들들이 쓰던 방을 청소하여 두 여학생이 자는데 불편이 없도록 했다. 다음날은 명승지 이곳저곳을 얼마 전에 구입한 중고 자동차로 구경을 시켜 주었다. 맏아들의 여자 친구는 해맑게 웃는 모습이 너무 귀여워서 꼭 며느리가 되었으면 좋겠다고 생각을 하며 한우 불고기로 점심을 사주었다. 두 여학생에게 부모님께 드리라며 미리 준비한 특산품과 기차표를 끊어서 주자 옆에 있던 아들도 좋아서 싱글벙글 했다.

중매 말을 하던 먼동이 여동생이 결혼식을 하는 전날이다. 결혼식 준비도 궁금하고 어머니의 안부도 물을 겸 시골로 갔다. 박씨와 먼동이가 어머니 곁에서 내일 결혼식에 무엇을 해야 하는지 의논을 하고 있었다. 누님들과 동생들의 결혼식을 여러 번 본 경험이 있어 예식장 이용, 식권 발부, 부조금 받기, 손님 접대 등을 점검했다. 또 결혼식 올리고 신랑 부모님께 절을 올리는 폐백음식 준비도 차질이 없도록 의논 하느라 저녁 늦게 집으로 왔다.

동생의 딸인 질녀가 결혼식을 올리는 날이다. 아내는 한복을 입어야 한다며 새벽부터 미장원에 다녀왔다. 결혼식에 늦지 않기 위하여 맏아들과 아내를 차에 태우고 식장으로 갔다. 식이 시작되려면 아직 한 시간이나 남아서 천천히 계단을 올라갔다. 그런데 예상하지 못한 일이 벌어졌다. 먼동이와 박씨가 한복을 입고 신부의 부모노릇을 하고 있었다. 나는 의아해서 먼동이에게 물었다.

"질녀는 부모가 없는데 누가 혼주 자리에 앉노?"
먼동이와 박씨는 뭐 그런 것을 묻느냐는 식으로 입을 삐죽 거리더니

"당연히 나와 아내가 앉아야지요."
"백부와 백모가 있는데 오빠와 언니가 혼주란 말이냐?"
먼동이와 박씨는 한복을 입고 혼주 자리에 서서 얼굴에 미소를 띠며 손님을 맞이했다. 아내는 한복을 입고 어디에 서야 할지 몰라 이리저리 기웃거리고 있었다. 맏아들은 상황을 판단했는지

"우리 먼저 식당에 가요."
"그래도 그렇지 부모 없는 질녀 결혼식인데 백부와 백모가

자리를 비울 수가 있나!"

그러다 보니 먼동이와 박씨가 예식장 안으로 들어가서 혼주석에 앉았다. 박씨는 신랑 어머니와 촛대에 불을 켜고 내려왔다. 나와 아내를 바라보던 동네 사람들도 이상했는지 중얼거렸다.

"무슨 사정이 있는지는 모르겠다만 백부와 백모가 있는데 오빠와 언니가 혼주석에 앉다니! 얄궂다 얄궂어!"

아내와 나는 부끄러워서 맏아들이 이끄는 대로 지하식당으로 내려갔다. 아내가 음식을 챙겨 주었으나 너무 분하여 아무것도 먹지 못하고 일어섰다.

"이놈의 자석! 개망나니 같은 자석! 엿을 먹여도 유분수지! 아주 상종을 못할 놈이네!"

내 분함이 얼굴에도 나타났는지 아내는 연신 집에 가자며 졸랐다. 누나들이 나를 찾으러 왔다가 내 얼굴을 보고 짐작했는지 아무 소리도 못하고 되돌아갔다. 집에 오면서 결혼식은 무사히 마쳤는지? 걱정을 하다가도 또 분하여 앞니가 마주치도록 덜덜 떨었다.

질녀가 신혼여행을 다녀와서 시골에 왔다는 소문을 듣고 어른이 되어 간다는 것도 이상하여 가지 않았다. 저희들이 사람이라면 백부와 백모를 찾아오겠지 하고 기다렸다. 저녁때가 지나고 밤이 되어도 질녀와 질서는 나타나지 않았다.

먼동이가 시의원에 진짜로 출마를 했다. 질녀 결혼식 혼주 문제와 신혼여행을 다녀와서 오지 않아 틀어진 나는 좀처럼 마음이 풀리지 않았다. 먼동이도 그 후 아무런 사과의 말도 없었다. 나에게 한마디 상의도 없이 출마를 했으니 나도 출마를 하든지 말든지 관심 밖으로 두기로 했다. 선거운동이 막바지에 이르자 조금은 마음이 풀리어 그래도 조카인데 하고 선거사무실에 갔다. 선거사무실은 시골의 면사무소 앞에 있었는데 현수막이 여기저기 붙어있었다. 먼동이는 작은 키지만 얼굴이 잘 생긴 편이라 벽보 속에서 웃고 있으니 그것도 조카라고 다른 입후보자들보다 좋게 보였다.

선거사무실은 2층 집인데 1층은 구멍가게다. 작은 홀에 책상이 하나 놓여 있고 손님용 소파가 있었다. 뒤로는 작은 방이 있고 화장실도 있는데 원래 무엇을 하던 곳인지는 짐작 할 수가 없다.

젊은 남자가 소파에 앉아 있다가 내가 들어가니 고개를 조금 숙여 인사를 했다.

"누구시지요."

어떻게 왔느냐가 아니라 누구냐고 묻는 것은 유권자를 파악하기 위한 것임을 알 수 있었다. 그는 또

"원동후보님과 어떤 사이신지요."

"큰아버지요만."

그는 공손해지더니 다시 고개를 숙이며

"예! 저는 직원입니다."

선거기간 중에 사무실을 지키고 홍보도 하는 임시직원 같

았다. 원동이가 없으니 그냥 서 있기도 민망하고 그렇다고 달리 할 말이 있는 것도 아니어서 돌아서 나오면서

"어디 간다고 했는가?"

"아마 마을에 나간 것 같습니다."

"오거든 내가 왔다 갔다고 하게!"

사무실을 나와 선거인심을 들어보려고 초등학교 동창생을 찾아갔다. 큰길을 벗어나 마을길로 접어들려는데 선거홍보현수막을 펄럭이며 저 멀리서 달려오는 포터가 보였다. 가까이 오는 것을 보니 현수막에는 면동이 사진이 크게 박혀 있었다. 그러나 차에는 운전기사만 있고 면동이는 없었다. 아마 현수막을 싣고 선거구를 돌아다니며 홍보를 하는 홍보차량으로 짐작이 되었다.

초등학교 동창생의 마음을 떠보니 표의 행방은 현재 시의원을 하고 있는 사람이 80%는 차지하고 있는 듯 했다. 원동이는 사람들의 관심 밖에 있었다. 먼 친척들을 만나보아도 관심이 없어 보였다. 그들이 하는 말을 종합해 보면 '젊은 사람이 조상 잘 만나서 헛돈 쓰고 다닌다. 조부가 물려준 재산을 말아먹으려고 선거판에 뛰어들었다. 대학졸업장도 없고 키도 작고 말도 잘 못하는 것이 무슨 시의원을 하겠느냐?' 등이다.

면동이가 내건 정책구호 또한 시의원으로 적절하지 못한 것은 사실이다. '남북통일의 주역', '모두가 잘사는 나라', '농기계 무상공급' 등으로 아무것도 모르는 사람이라도 웃을 수밖

에 없다. 시의원이 무슨 남북통일을 시키고 모두가 잘 사는 나라를 만든다는 말인가? 국회의원 후보를 넘어서 대통령 후보가 내걸 만한 정책구호가 아닌가?

투표일이 가까워 오는 일요일! 먼동이는 어떻게 선거운동을 하는가 싶어 면소재지를 들렀다. 사무실에는 문이 굳게 잠겨 있어 들어 갈수 없어서 친척들이 사는 동네에 가려고 큰길을 달렸다. 삼거리가 생긴 길가에 여성 운동원 세 명이 흰 바탕에 청색 글씨를 쓴 띠를 어깨에 두르고 절을 하다가 율동을 하며 손을 흔들었다. 가까이 가니 먼동이 처 박씨와 운동원들이다. 그들을 보자 머리에 이런 생각이 스쳐갔다. '농사는 어떻게 하고, 조모는 밥이나 주고 저러나?' 차를 세우려다 그들이 부끄러워할까봐 차문을 닫고 모른 척 지나쳤다. 그러면서 '이제 먼동이 뿐 아니라 질부도 미쳐 가는 구나! 집안의 마가 끼여도 단단히 끼인 것 같아 한숨이 나왔다.

박씨와 운동원들은 먼동이 기호인 4번을 상징하는 손가락 네 개를 펴들고 율동을 하며 구호를 외쳤다. '남북통일을 시킬 일꾼을 뽑아주세요. 모두가 잘 사는 나라를 만들 사람을 뽑아주세요.' 그러다 엉덩이를 흔들며 팔을 흔드는 율동으로 노래를 불렀다. 지나가는 사람들은 식상하여 쳐다보지도 않았다. 혹시 팔이라도 흔들어 줄까봐! 가벼운 경적이라도 울려 줄까봐! 지켜봤지만 그런 사람은 없었다.

먼동이가 기호 4번인 것은 여당 후보도 아니고 야당 후보도 아닌 무소속으로 출마했기 때문이다 유권자들이 수군거리는 소리가 내 귀에까지 들려왔다.

"저놈이 조부, 조모, 애비, 애미에게 불손한 행동도 서슴지 않았다며, 말도 함부로 내뱉는 막되 먹은 인간이라며, 백부가 한 명 있는데 은혜를 원수로 갚는다며, 욕심이 많아 조부 재산을 독차지하고 심심풀이로 시의원에 출마했다며."

어떤 유권자는 술좌석에서 먼동이를 주인도 몰라보고 덤빌 때가 있고, 먹을 것을 주면 아무나 좋아하는 개라고 했다. 자기 밥그릇은 절대로 뺏기지 않으려고 갖은 수단을 다 부리며 매도 그때뿐으로 옛날 버릇은 못 고치는 놈이라고도 했다. 그는 또 급하면 90도 절을 하며 죽는 시늉을 하다가 유리해지면 밟고 일어서서 모른 체 하는 것까지 깡패정치인을 닮았다고 했다. 누가 지어낸 말인지는 몰라도 듣기에 무척 거북했다. 먼동이의 나쁜 소문은 현실이 되어 다섯 명의 후보 중 꼴찌를 하였다.

맏아들이 대학교생활의 마지막 겨울방학이라며 아르바이트도 하지 않고 집에서 공부를 하고 있다. 졸업반이라 중등학교 영어교사 임용고시를 치고 면접도 보았다. 지난해 졸업한 사람들이 순위고사에 불합격하여 금년에 또 응시를 하여 합격 비율이 높아져 걱정이다. 대학원에 진학하는 친구들도 있다는데 대학원은 둘째아들이 서울에 있는 k대학교 행정학과에 다니므로 시킬 형편이 못되었다. 맏아들은 열심히 공부를 했으니 모든 것은 하늘에 맡긴다며 자신이 없는지 말에 힘이 없다. 정치적 권력으로, 돈으로 사립학교에 넣을 형편이 못 되니 그런 방법은 있다 해도 들어가기 싫다. 그런데 아들이 한참 뜸을 들이더니 결혼을 하겠다고 했다. 결혼이라는 말에 반갑다는 생각보다 놀라는 것은 돈 때문이다. 서울의 대학교에 둘째가 다녀서 돈이 없는데, 취직도 하기 전에 결혼을 한다니 당황하지 않을 수 없다. 결혼을 한다면 결혼식 비용도 비용이지만 전세든 사글세든 신혼집을 장만할 여력이 없다. 아들은 지난해 겨울방학 때 우리 집에 온 충청도 여학생과 장래를 약속 했다며 얼마 전에 이야기를 했었다. 경찰공무원의 둘째 딸로 조부모 밑에서 가정교육도 제대로 받은 여학생이라 우리 집에서는 모두 좋다고 했다. 그러나 이렇게 빨리 결혼식 이야기가 나올 줄은 몰랐다. 신중한 아들이 아비의 형편을 알면서 한 말이니 무슨 사정이 있을 것이라고 짐작했다. 그래서

"약혼식부터 하고 임용고시에 합격하여 발령이 나면 결혼식을 올리도록 하면 좋겠다."

고 하니 아들은 한참 생각하더니

"양가가 모두 허락한 상태로 기다릴 필요가 없어서요."

맏아들이 참한 여자와 결혼을 한다는데 기쁘지 않을 부모가 있겠는가? 문제는 돈이다. 시골에 있는 논이라도 팔면 되겠다는 생각에 미치자 약혼식부터 올리기로 했다.

일이 풀리려고 그러는지 시골에 논을 팔겠다고 하니 고향

친구가 제값으로 사겠다고 했다. 신부집과 상의하여 약혼식 날을 잡아 놓고 장소를 물색했다. 아내는 무엇이 그리 좋은지 약혼식 때 신부집에 보낼 음식을 장만하느라 시장에 들락거렸다. 처음 혼사를 치르니 여러 사람 의견을 들어보았다. 약혼식 장소는 격식이 있는 한정식 집에서 하기로 했다. 약혼식 후 신부집에 보낼 음식은 고급양주와 전통주, 소고기, 돼지고기, 문어, 가오리 등 해산물과 과일은 예쁜 박스에 넣어 보자기로 싸고 유과 등 과자도 준비 했다. 약혼식 날 신부선물은 목걸이, 반지, 시계, 팔찌 등으로 반지도 다이아반지, 백금반지, 금반지, 쌍반지, 커플반지가 있지만 그 중에 몇 가지만 하기로 했다. 맏아들은 지방의 국립대학교에 다녀서 돈이 별로 들지 않았지만 둘째아들은 서울에서 대학교를 하니 돈이 많이 들었다. 하숙을 시킬 형편이 못되어 산동네에서 자취를 하고 있지만 동생이 서울의 k대학교에 합격을 하자 막노동 아르바이트라도 해서 학비에 보태겠다며 좋아했다.

약혼식만이라도 부잣집 같이 해 주고 싶었으나 마음뿐이다.

약혼식 날이다. 아침 일찍 어머니를 모시려고 시골에 갔다. 평소에 거쳐하던 사랑방문을 여니 어머니가 없었다. 웬일인가? 큰방을 향해 소리를 지르니 그제야 내가 온 줄 알고 박씨가 마루의 유리창살 미닫이문을 열고 얼굴을 내밀었다.

"큰아버님 오셨어요."

"어매는 어디 가셨는가?"

"대문채 방이 따뜻하다면서."

대문채 방문을 여니 어머니는 침대에 누웠다가 일어나 앉았다. 맏집의 맏손자 약혼식 날이라 세수를 하고 머리를 빗고 앉았다가 방이 따뜻하여 잠깐 누웠더니 풋잠이 들었다고 했다.

어머니는 무릎 관절이 좋지 않아 몇 년 전부터 약을 먹고 있다. 이제는 만성이 되어 다니던 병원의 약도 듣지 않는다. 직원 중에 조모가 무릎이 아파 고생하는 사람의 추천을 받아 관절전문병원의 약을 주문하여 복용하는 중이다. 전문병원 약도 진통제인지 하루 정도 지나면 약효가 떨어져 통증을 호소했다. 수술은 하지 않겠다고 하니 다른 방법이 없어 그 약을 하루에 한 번 이틀에 한 번 복용을 하고 있다.

간소한 약혼식을 하기로 양가가 합의하였으므로 신부의 조부모와 부모, 신랑의 조모와 부모로 참석 인원을 제한했다. 예약을 한 한정식 집에서 점심식사를 하고 예물을 교환했다. 신부 집에서는 신랑을 보고 만족해하고, 신랑 집에서는 신부를 보고 만족해했다.

약혼식을 하고 한 달 정도 지났을 무렵, 맏아들은 중등학교 교사 임용시험 영어과에 합격을 하였다. 다행히 신부도 수학과에 합격하여 부부가 나란히 발령을 기다리고 있다. 집안의 경사가 아닐 수 없다. 모두 돌아가신 아버지와 조상의 은덕이다.

그해 가을! 아침저녁으로 선선한 바람이 옷깃을 여미게 하더니 코스모스가 활짝 피던 날! 맏아들은 결혼청첩장을 돌렸다. 신랑 신부의 이름과 양가 부모의 이름이 새겨진 청첩장을 보니 눈물이 쏟아지도록 감개가 무량했다.

결혼식을 올리는 전날이라 가까운 친척들이 집에 왔다. 내일 결혼식장으로 바로 오겠다는 사람도 있고 멀리서 온 사람들은 우리 집에 자는 사람도 있다. 어머니는 둘째아들이 모시고 오고 먼동이와 박씨, 질녀들은 결혼식장으로 온다는 말을 들었다. 가까운 친척들이 모이니 잔치분위기로 무엇을 내어놓아도 아깝지 않았다. 단지 먼동이가 오지 않아 모두 한마디씩 했다. 그러나 내일은 온다고 했으니 분명히 올 것이다.

12시 결혼식으로 집 가까운 곳에 예식장이 있지만 모두 11시도 되기 전에 서둘러 일어섰다. 아내는 새벽부터 손님들 아침준비를 하더니 아침도 먹지 않고 미장원에 다녀왔다. 한복을 곱게 입은 아내는 새신부가 되어 택시를 탔다. 신부측에서 타고 오는 버스를 맞이하기 위해 맏아들과 나는 예식장 주차장에서 기다렸다. 예식을 마치고 돌아갈 때 버스 손님들에게 대접할 술과 안주 등 음식은 어제 준비하여 별도의 장소에 보관을 해 놓았다. 12시가 가까워오자 신부와 사돈 그리고 사돈의 손님들이 버스에서 하나둘 내렸다. 먼동이가 조금 일찍 와서 도와주었으면 좋겠는데 보이지 않았다. 어제부터 내심은 그를 기다리고 있었다. 신부측 버스에 넣어줄 음식을 운반하면서, 손님 접대용 봉투를 만들면서, 축의금(祝儀金) 접수대장을 보면서 일손이 부족하여 먼동이를 떠올렸다. 예식장은 내친척과 가까운 사람들, 직장동료, 모임의 회원, 평소 알고 지내던 분들이 줄을 서서 축의금 접수 순서를 기다렸다. 손님들한 사람 한 사람을 웃음으로 반갑게 맞이하며 악수를 했다. 둘째아들과 누님의 아들인 생질이 식권을 나누어 주었다. 바빠서 식사를 못하는 사람들은 식권으로 선물이라도 교환할 수있도록 했다. 먼동이는 끝까지 나타나지 않았다. 큰질녀의 남편인 질서가 헐레벌떡 달려와서 인사를 했다.

"이 사람아! 먼동이는?"

질서는 의미 있는 웃음을 웃더니 여러 개의 부조금 봉투를접수했다. 맏아들이 이유를 알아보니 먼동이는 누나와 자형, 동생과 매부 등을 모아 놓고 큰 질서를 대표로 보내면서 부조금도 장난으로 조금씩 넣었다. 백부 백모도 보기 싫고 버젓이결혼하는 4촌 동생도 보기 싫다는 것이다. 좋은 배필을 만나많은 사람들의 축하 속에 결혼식을 올리는 꼴이 싫다는 심뽀(마음보)가 분명했다. 맏아들은 참고 있다가 식장에 들어가면서 한마디 했다.

"이제는 인연을 끊자는 것이네!"

나와 아들을 위해 오는 손님들을 한 사람이라도 더 맞이하려다가 예식시각이 임박하여 식장으로 들어갔다. 사회를 보는아들의 친구가 결혼식의 시작을 알렸다. 주례는 아들의 고등학교 담임선생님을 모셨는데 반백의 머리카락이 무척 중후하게 보였다. 아내와 사부인(査夫人)이 단위에 올라가서 촛대에 불을 켜고 손님들을 향해 인사를 하자 모두 박수를 쳤다. 신랑 입장에 이어 신부가 입장을 했는데 내 며느리라 생각하니 너무 기뻐서 눈물이 나오려고 했다.

결혼식에 이어 폐백을 마치고 손님들이 식사하는 식당에 가니 모두 식사를 마치고 집으로 돌아갔는지 다른 집 손님들이 차지하고 있었다. 맏아들과 며느리가 인사를 하고 꽃으로 장식한 신혼여행 자동차에 올랐다. 사돈댁 손님들이 탄 버스에 술과 음식을 넣어주며 정중히 인사를 했다. 집에 오니 어머니와 친척들이 먼저 와서 술과 음식을 내어놓고 뒤풀이를 하고 있었다. 아이들 방에 있는 어머니는 무척 우울해 보였다. 아마 먼동이의 행동 때문이라 짐작되었다. 어머니는 나를 보자 눈물을 글썽거렸다.

"이 좋은 날에, 내가 너무 오래 살아서 못 볼 것을 본다."
먼동이 말인 줄 알면서 무슨 사정이 있어서 못 왔을 것이라고 얼버무렸다. 어머니는 짐작이 간다는 듯이

"그놈이 그렇게 속이 좁은 줄 몰랐다. 4촌이 결혼하는데 남매들까지 오지 못하게 하다니, 내가 죽어야지! 참 못 볼 것을 본다."

마루에 나오니 큰 질서가 찬장에 있는 오래된 담금주와 양주를 꺼내 놓고 먹지도 않으면서 뚜껑을 따서 여기저기 부으면서 술주정을 했다. 행패를 부리는 것이다. 그러나 다른 손

님! 특히 처가 손님들이 있어서 무시하고 큰방으로 들어갔다.

아들이 2박 3일 제주도 신혼여행을 다녀와서 할머니를 뵙기 위해 시골에 가겠다고 하여 나와 아내도 따라나섰다. 할머니를 뵙기 전에 할아버지 산소에 먼저 가기로 했다. 산에 올라가다 보니 이 기회에 조금 높은 산에 모셔져 있는 고조부 산소도 참배하기로 했다. 산이 높아 조금 힘들지만 조상님께 며느리 자랑을 하고 싶었다. 급경사가 있어 숨을 몰아쉬며 고조부 산소에 이르니 굽은 방풍목이 먼저 반겼다. 아버지가 계실 때 동생과 함께 어느 가을 볕 좋은 날 묘제를 지내던 생각이 났다. 아주 어릴 때 누님들과 함께 소분을 받던 생각도 났다. 아들에게는 5대 조부님으로 방풍목에 대한 풍수의 예언을 며느리에게도 들여 주고 싶어 없는 시간을 쪼개어 억지로 오른 것이다.

"여기 계시는 고조부님의 6대손은 너희들의 아들이다. 맏아들의 맏아들이니 바로 너희 내외의 아들이다. 풍수의 예언이 적중하리라는 것을 증조부도 조부도 나도 의심한 적이 없다. 부디 우리 집안을 일으키고 나라를 위해 큰일을 하는 6대손이 태어나기를 다 같이 조상님께 빌자."

아들과 며느리는 산소에 절을 하여 예의를 갖춘 다음 신을 신더니 굽은 방풍소나무를 한참 쳐다보았다. 산을 내려오면서 차례로 조상님들을 뵙고 산을 옮겨 아버지의 산소에 올라가면서 '먼동이가 나쁜 행동을 해도, 예의에 벗어나는 언행을 해도 싸워서는 안 된다.'는 당부도 잊지 않았다. 맏아들은 먼동이와

5년을 같은 방에서 잠을 자며 생활을 했기 때문에 상세한 이야기를 하지 않아도 짐작으로 다 알고 있다.

어머니가 있는 사랑방 문 앞에서 신발을 보고 방문을 바로 열려다가 가늘게 기침을 하며 '어매!'하고 불렀다. 어머니는 기다렸다는 듯이 방문을 열더니 한 걸음에 달려 나왔다. 사랑방에서 이야기를 하고 있어도 큰방에는 사람이 없는지 기척이 없다. 들어올 때 개가 짖고 방문을 여닫고 큰소리로 이야기를 했으니 알만도 한데 사람이 없는 것이 분명했다. 나도 아내도 맏아들도 먼동이나 박씨에 대해서 묻기를 자제했다. 어머니는 음식을 내오는지 연신 큰방 쪽 문을 살피는 눈치였으나 한참이 지나도 아무런 소리도 나지 않았다. 참다못한 어머니가 일어서서 큰방으로 가는 작은방 문을 열려고 했다. 작은 방은 큰방으로 가는 통로이다. 어머니의 행동으로 보아 큰방에 분명히 박씨나 먼동이가 있었다. 아내와 나는 가지고 갔던 음식을 구석으로 모아놓고 일어섰다. 어머니는 손을 저으며 앉으라고 했다.

"큰방에서 음식을 가져 올 것이다. 조금만 기다려라 새 사람이 왔는데 빈 입으로 가게 할 수는 없다. 기다려라!"

나는 몹시 언짢아서 일어서면서 한마디 했다.

"어매 보러 왔는데, 봤으니 됐다. 자! 모두 가자!"

무릎이 아파 앉았다가 일어서는 데 힘이 드는 어머니를 아내가 부축하자 어머니는 내 소매를 잡았다.

"그냥 가려거든 다시는 오지 마라!"

댓돌에서 마당으로 내려서니 박씨가 마루 미닫이문을 조금 열고 고개를 내밀었다. 나도 아내도 박씨를 보았지만 못 본 체하고 대문을 나섰다. 입이 무거운 맏아들은 대문을 나서자 참았던 말을 토해 내었다.

"결혼식에도 오지 않는 4촌이 무슨 4촌이로!"

맏아들은 먼 도시의 고등학교로 발령을 받아 근무하고 며느리는 집 가까운 중학교에 발령을 받아 근무한다. 신혼생활은 아들이 집 가까이 올 때까지 우리 집 작은 방에서 할 수밖에 없다. 아들이 쓰던 방이라 맏아들도 며느리도 좋다고 하여 방을 새로 얻지 않았다. 속으로는 섭섭하고 시어른과 함께 있으니 불편하겠지만 함께 산다니 고마울 뿐이다.

아버지 유산을 이전하면서 제수씨에게 주려던 논 두 마지기는 제수씨가 건강이 매우 나빠서 어머니 앞으로 이전을 했었다. 먼동이는 이 논이 탐나서 밤낮으로 할머니를 조르다가 구박하다가 협박을 하며 갖은 수단을 다 부린다는 소문을 우연히 들었다. 그렇지 않아도 아들도 며느리도 없는 집에 손자와 손부의 손에 밥을 얻어먹는 어머니가 항상 걱정이었다. 그렇다고 시골생활에 익숙한 어머니는 도시에서 못살겠다고 하니 이러지도 저러지도 못하고 있다. 이제는 아이들이 쓰던 방도 며느리가 쓰고 있으니 더 어렵게 되었다.

시골에 전화를 했다. 박씨가 받는데 어머니를 바꾸라고 하니 머뭇거리며 바꾸어 주지 않았다. 바꾸어 달라고 닦달을 하자 '애 아비가 데리고 갔다.'며 얼버무렸다. 무슨 일이 있음을 직감하고 하던 일도 팽개친 채 시골로 차를 몰았다.

열려있는 대문으로 마당에 들어서니 어머니의 지팡이가 뒹굴고 있었다.

"이 나쁜 놈의 자식이 할머니를 억지로 끌고 갔구나!"

먼동이는 저녁을 먹다가 할머니와 말다툼을 했다.

"할매! 논 나한테 이전 해주면 큰아부지한테 잘하고 4촌들하고도 친하게 지낼게?"

어머니는 맏아들인 나에게 들은 말이 있어서 쉽게 논문서를 내놓지 않았다. 논을 먼동이에게 이전해 주는 날은 쫓겨 나는 날이라고 했기 때문이다. 그러나 어머니는 먼동이가 논만 이전 해주면 큰아버지도 잘 모시고 4촌들과도 친하게 지낸다는 말을 믿고 싶어 몇 번이고 먼동이 말에 다짐을 했다. 그리고 죽을 때까지 먼동이와 함께 산다고 했지만 믿을 수가 없어 선뜻 일어서지 않았다.

먼동이는 할머니가 말을 듣지 않자 숟가락을 팽개치며 화를 벌컥 내었다.

"할매! 오늘은 우리 집에 가서 자고 내일 일찍 사법서사에 가자! 논문서가 사랑방 이불장에 있는 거 다 안다."

먼동이가 사랑방으로 급히 가자 어머니도 따라갔다. 먼동이는 논문서를 들고

"할매! 옷 입어라 지금 우리 집에 가자."

어머니가 아무 말 없이 방에 주저앉자 먼동이는 억지로 일으켜 세웠다. 문밖으로 나오자 신발을 신고 지팡이를 드는데 겨드랑이를 안고 끌다시피 하는 바람에 지팡이를 놓쳤다.

어머니의 지팡이가 마당에 뒹구는 것을 증거로 질부인 박씨에게 집이 떠나가는 큰소리로 그간의 사정을 말하라고 윽박질렀다. 박씨는 겁을 먹고 기어들어가는 목소리로 저녁때 일어났던 일을 이야기했다. 그러면서 끝까지 할머니가 자진해서 갔다며 먼동이를 두둔했다.

"먼동이에게 전화를 해서 어매를 모시고 오라고 하게. 만약에 오지 않으면 무슨 일이 벌어질지 모른다고 하게."

나는 화를 참지 못하여 개집에서 짖어대는 개를 보고 빨랫줄을 받히는 장대를 빼어서 내려쳤다. 개는 맞지 않고 장대가 부러지는 소리만 요란했다. 박씨가 먼동이에게 급하게 전화를 하는 동안 마당에 쌓아둔 나뭇단을 끌어내어 불을 지르겠다며 으름장을 놓았다. 박씨는 겁을 먹고 신발도 신지 않고 마당으로 내려서더니 내 손에 들려 있는 라이터를 뺏었다.

"할매를 택시에 태워 보냈다니더!"

"먼동이도 같이 온다던가? 이놈의 자식 오기만 해 봐라!"

사랑방 동마루에 앉아 한숨을 쉬며 한참을 기다리니 택시한 대가 대문 앞에 멈추었다. 마당에 있던 어머니 지팡이를 거머쥐고 대문 앞으로 가니 택시는 논문서를 손에 쥔 어머니만 내려놓고 가버렸다.

논문서 사건이 있은 후 어머니는 무릎관절이 좋지 않아 바깥출입을 못하고 방에 누워있다. 기력이 많이 쇠해진 어머니가 걱정이 되었으나 모실 형편이 못되니 전화만 자주 했다.

돌아가신 아버지를 닮았는지 일찍 퇴근 하는 날은 초저녁에 잠을 자고 새벽에 일어나는 버릇이 생겼다. 사무실 일도 전과 같이 초과근무를 하지 않아 초저녁잠이 더 흔했다. 그날은 모임이 있어 저녁 늦게까지 놀다가 집에 와서 잠자리에 들었다.

조금 큰 논의 높은 논뚝에 파란뱀이 한 마리 있었다. 무섭지도 않고 징그럽지도 않아 그냥 보고 있는데 날다람쥐 같은 날개를 온몸으로 파랗게 펴더니 내게로 날아와서 안겼다. 파란 빛은 옥빛이었다. 자세히 보니 그것은 뱀이 아니라 용이었다. 옥빛 용이 내게 안기자 나는 가슴에 품으며 소리를 지르다가 내가 지른 소리에 놀라 잠을 깨니 꿈이었다.

꿈이지만 너무나 또렷하여 현실 같은 느낌이 들었다. 신기한 꿈을 꾸고 나면 기록하는 버릇이 있어 머리맡에 준비 해 둔 메모지에 기록을 했다. 꿈은 그 꿈의 영험이 나타나기 전에 다른 사람에게 이야기하면 효력이 없어진다는 말이 있어 아침식사를 하면서 입이 간지러웠으나 억지로 참고 출근을 했다.

꿈을 꾸고 며칠이 지나자 맏아들과 며느리가 기쁜 소식을 전했다. 새 며느리는 임신을 하여 입덧을 심하게 했다. 그래! 그 꿈이 바로 태몽이었어! 그런데 며느리의 태몽을 시아버지가 꾸다니! 이럴 수도 있는가? 아내에게 꿈 이야기를 털어 놓았더니 분명히 태몽이라고 했다. 며느리의 태몽을 시부모나 친정부모가 꾸는 일도 있다고 했다.

꿈이 태몽으로 밝혀지자 이야기를 적은 말미에 손자의 이름을 짓기로 했다. 옥빛용꿈이니 옥빛이 들어가는 한자를 골라보았다. 그 중에 옥빛 찬(瓚) 자가 마음에 들었다. 그래서 용찬(龍瓚)이라고 지어 놓고 보니 너무 흔한 이름 같아서 고울 여(麗) 자를 써서 '찬려(瓚麗)'라고 지어 보았다. 만약에 손자가 아니고 손녀라 할지라도 찬려가 괜찮을 것 같았다.

도청에 승진관계 서류를 하기 위해 출장을 갔다가 퇴근 시간이 다 되어 사무실에 도착을 했다. 시장실에 들렀다가 자리에 오니 전화벨이 울렸다.

"먼동이씨더! 할매가 아파서 병원에 왔니더!"

먼동이의 목소리만 들어도 화가 났지만 맏아들 장가보낼 때부터 전화 한 통 없던 놈이 꽤 인정을 섞어서 부드럽게 말을 하니 부드럽게 받았다.

"그래! 알았다."

밀린 결재서류를 정리하고 나니 어머니가 얼마나 아픈지 궁금해졌다. 이틀 전에 병원에 입원했다는 말을 떠올리며 퇴근하고 가기로 하고 아내를 먼저 보냈다.

한참 후 아내가 병원이라며 전화를 했다. '조금 피곤하여 링겔이나 맞으러 병원에 왔다.'고 했다. 그러면서 '음식을 못

드시고 토하기는 하나 많이 편찮으신 것은 아닌 것 같다.'고도
했다.

밀린 일을 하다가 생각하니 어머니는 아파서 병원에 입원
해 있는데 내가 무슨 짓을 하는가? 불현듯 어머니 생각이 나
서 병원에 빨리 가고 싶어졌다. 마음이 급하니 운전이 되지 않
았다.

해는 기울어 서쪽 산에 걸리고 병원의 앙상한 시멘트 건물
은 석양에 물들어 빛이 나고 있었다. 흰 벽 사이에 창문만 을
씨년스럽게 널려있어 폐허가 된 도시에 홀로 남은 건물 같았
다. 너무 오래된 건물인데 보수를 제대로 하지 않는 탓도 있었
으나 몇 년 전 아버지가 암 선고를 받은 병원이라 더욱 삭막하
게 보였다. 내게는 무척 원망스러운 병원이다. 얼마나 많은 사
람들이 육신의 고통으로 우왕좌왕 하기에 이리도 조용하단 말
인가?

먼동이 놈, 괘씸하기로는 뺨이라도 때리고 싶었다. 그놈이
심통을 부리는 바람에 시골에 가지 않아 어머니를 뵌 지 한 달
이 지났다. 그리고 병원에 입원하고 바로 연락을 한 것도 아니
고, 이틀이나 지난 뒤에 연락을 하다니 또 한 번 괘씸하고 분
했다.

병실에 들어서니 원수 같은 박씨가 이를 드러내고 앉아 있
었다. 인사를 받는 둥 마는 둥 어머니 옆에 갔다. 어머니는 나
를 보자

"바쁜데 뭐 할라꼬 왔노! 안 그래도 내가 너 집에 가려고 했는데, 인제 괜찮다. 곧 퇴원한단다. 어제는 멍게를 먹었는데 무척 맛이 있었다. 밥도 맛이 있었고, 문어도 맛이 있었다."

어머니는 옆으로 누워 나를 보면서 가쁜 숨을 몰아쉬었다. 얼마나 보고 싶었으면 먹지도 못하고 토하기만 했다는데, 다른 사람과는 말도 하지 않았다는데, 아들 노릇도 못하는 나를 보자 이렇게 힘 드는 말을 많이 할까? 너무도 미안하고 죄스러워 어머니를 바로 볼 수가 없어 주름살 가득한 손만 잡고 고개를 숙인 채 듣기만 했다. 그러다 내일은 퇴원하여 우리 집에 가서 쉬자고 했다.

"병원비는 농협에 저금한 돈이 있는데 그것으로 내라고 해라!"

이 말이 마지막 말이 될 줄은 정말 몰랐다. 옆을 보니 작은누님이 언제 왔는지 앉아 있었다. 작은누님은 '아들이 좋기는 좋은 갑다. 내가 왔을 때는 말 한마디 안 하더니 아들한테는 저렇게 말을 많이 하노!' 환자복은 입었지만 머리카락 하나 흐트리지 않고 평소의 단정한 모습으로 앉아 있는 어머니를 보고 안심이 되어 병실을 나왔다.

담당의사를 만났다. 의사는 '관절이 불편하여 병원에 오셨는데 진찰과정에서 폐가 좋지 않아 내과로 옮겨 치료를 하고 있다.'고 했다.

사무실에 야근을 하고 있는 직원들에게 갔다. 야근을 마치면 병원에 갈 때 어머니가 맛있었다는 멍게를 사 가지고 가리라, 중한 병이 아니니 곧 음식도 먹을 것이고 우리 집에 가서 며칠 쉬게 한 뒤 시골로 보내리라 마음먹었다.

병실에는 작은누님과 큰누님, 박씨 그리고 아내가 지키고 있었다. 어머니의 손을 잡자 촉감으로 나를 반기기는 했으나 말은 하지 않았다. 아내는 깨우지 말라고 했다. 화장실에 다녀와서 집에 가자고 하시다가 잠이 들었다고 했다.

밤이 깊어지자 내일 출장을 가야 하므로 아내와 같이 집으로 왔다.

아침 일찍 어머니께 가고 싶었으나 출장을 가야 하는 장소가 여러 곳이라 병원 가까운 곳부터 일을 보고 들르기로 했다. 출장지에 가서 서류를 준비하고 사람을 만나다 보니 10시가 넘어서 병원에 갔다. 병실에 들어서자 큰누님이 충격적인 말을 했다.

"어제 먼동이가 그러는데 오늘이 고비라고 하더라!"
순간 가슴이 철렁했다. 그러나 잘못 들은 것이라고 일언지하에 말을 무시했다. 먼동이 그놈이 무얼 안다고, 어제 의사는 괜찮다고 했는데 무슨 말인가? 그럴리는 없지! 어머니는 얼마나 강하신 분인데, 아무 일 없이 무릎이 조금 아파 링거나 맞으러 병원이 왔다고 하지 않았던가, 음식을 먹지 못하고 배가 부른 것은 체했을 따름이라고 자위하면서도 의사를 만나 바로 알고 싶었다. 병실에 들어가지 않고 바로 담당 의사를 만났다. '누가 오늘이 고비라고 했는가?'하고 대들 듯이 따졌다. 의사는 '그런 말을 한 적이 없다.'고 했다. 담당의사는 어제 처음 만났을 때, 나를 보자 누구냐고 물었었다. 내가 아들이라고 하자 한 번 더 쳐다보았다. 아들이 왜 이제 왔느냐는 질책 같아 먼동이 놈을 또 원망하면서 무시해 버렸다.

병실에 들어가니 어머니는 말을 할듯할듯하다가 하지 않았다. 작은누님은 '어제 오후에 너와 말을 하고 큰질녀가 오니까 몇 마디 했을 뿐 아무 말도 하지 않았다.'고 했다. 물을 떠넣으니 받아 마셨다. 입술이 무척 말라 보였으나 병원에서 '음식을 주지 말라고 하여 아직 아무것도 먹지 못했다.'고 했다. 곧 일어나겠지, 음식을 못 먹어 힘이 없어 그럴 것이라 단정하고 옆에 있는 작은누님과 이야기 몇 마디만 하고 박씨가 보기 싫어 병실을 나와 버렸다. 담당간호사를 만나 잘 부탁한다는 말만 하고 또 직장으로 갔다.

먼동이는 어디를 쏘다니는지? 아니면 내가 올 시간이 되니 피해 버리는지? 한 번도 마주치지 않았다. 아버지가 5년 전에 돌아가시고 제수씨가 죽고 1년이 지났는데 또 어머니가 입원을 했으니 집안이 무슨 일로 우환이 계속되는지 알 수가 없어 답답하다.

먼동이는 서른 살이 조금 넘었는데 농사일은 하는 둥 마는 둥하고 선거판에만 기웃거리는 놈팡이가 되었다. 이놈이 무슨 일을 벌여 잘못 되어 재산을 탕진할까? 걱정이다.

아침 어스름이 거치지도 않았는데 전화벨이 울렸다. 먼동이의 다급한 목소리다.

"큰아부지요. 할매가 이상하이더. 빨리 와보소."

아내와 나는 신발도 바로 신지 못하고 병원으로 달려갔다. 병원 현관문에 들어서니 저 멀리서 먼동이와 작은누님이 밀침대에 어머니를 태워 내가 있는 중환자실 쪽으로 오고 있었다. 그 옆에는 간호사도 따라왔다. 영문을 몰라 침대 옆으로 가니 어머니는 머리를 흐트러뜨리고 고르지 못한 숨을 쉬었다. 작은누님은 아침에 갑자기 숨이 가빠져서 정밀검사를 받으러 간다고 했다. 나는 어머니를 모시고 이 방 저 방 돌아다니며 검사를 했다. 간혹 어머니에게 말을 걸어도 아무 말도 하지 않고 표정 변화도 없었다. 검사를 하기 위해 침대를 옮길 때도 옷을 매만질 때도 어머니는 아무런 반응이 없었다. 의사는 '갑자기 악화되어 원인을 찾기 위해 검사를 한다.'는 말만 했다.

오전이 다 가도록 검사를 하고 중환자실로 옮겼다. 어머니가 있던 병실의 물건들을 나르느라 작은누님은 이리 뛰고 저리 뛰느라 정신이 없다.

중환자실에는 위급한 환자가 너무 많았다. 곧 숨이 넘어갈 듯 물을 찾는 사람, 소리를 지르는 사람, 보호자도 없이 외롭게 앓고 있는 사람 등으로 가득했다. 보호자를 2명으로 제한하기 때문에 처음에는 2명씩 교대로 들어갔으나 나중에는 여러 명이 들어가서 어머니를 지켜보았다. 의사는 오늘이 고비라고 했다. 오늘만 넘기면 된다고도 했다. 어제 큰누님이 한 말이 맞는 것 같았으나 나는 여전히 믿고 싶지 않았다. 어머니는 곧 일어날 것이라는 생각뿐이다.

혈압기와 맥박기를 꽂은 어머니는 작은 숨만 쉴 뿐 잠을 자는 듯이 조용했다. 모두 곧 괜찮을 것이라며 한숨을 쉬었다. 나는 아내에게 작은누님과 함께 우리 집으로 가서 아침이라도 먹자고 했다. 작은누님은 며칠째 병원에 있어 세수도 하지 못했을 것이다. 아침을 점심과 겸해서 대충 먹고 병원으로 갔다. 평소 말이 많던 작은누님도 말이 없다.

중환자실에는 간호사 두 명만 있었다. 가끔 의사와 전화로 연락을 하는 것 같았으나 의사는 들어오지 않았다. 간호사들은 환자에 따라 매시간 경과를 기록하며 상태를 파악했다.

어머니는 입술이 말라 있었다. 물을 몇 숟가락 떠 넣었다. 넘기는지 마는지 미동도 하지 않았다. 혈압이 많이 떨어졌다. 곧 회복되리라 하고 손을 잡은 채 혈압기의 수치만 눈이 뚫어져라 보고 있었다. 맥박도 정상치보다 훨씬 내려가 있었으나 곧 회복되리라 하고 기다렸다. 큰누님 집의 조카들이 오고 우리 아이들도 모두 왔는데 어머니는 말 한마디 하지 않았다. 오후가 되자 나는 아들과 며느리에게 어머니는 괜찮을 테니 걱정 말고 직장으로 돌아가라고 했다. 작은누님과 아내는 내 생각과 다른지 아이들을 보내지 않았다.

오후 5시가 가까운 시각에 어머니는 맥없이 고개를 떨구었다. 혈압기도 맥박기도 한 줄로 멈추자 의사가 급히 와서 손바닥으로 인공호흡을 시키고 간호사도 무엇인가 부지런히 준비를 했다. 나는 누가 뭐라고 해도 어머니는 일어나리라 믿었다. 의사와 간호사가 한참 부산을 떨 동안 우리 식구들은 모두 빙 둘러서서 어머니의 회생을 빌었다. 의사는 나를 불렀다. 힘없는 목소리로 '할 수 있는 방법은 다했으나 안 됩니다.'하고는 내 대답도 듣지 않고 중환자실을 나가버렸다.

어머니의 손을 흔들고 몸을 흔들었다. 모두들 울기 시작했다. 눈앞의 광경이 꿈인 것만 같았다. 병원이 떠나가도록 울고 또 울었다.

한참 후 나는 먼동이에게 명령을 했다.

"어머니를 영안실로 옮길 준비를 해라! 다른 병원으로 갈 수도 없으니 이 병원 영안실이 좋겠다."

간호사에게 옮겨 줄 것을 부탁했다. 얼마 있지 않아 사람들이 왔다. 밀침대에 실린 어머니는 그렇게 중환자실을 나섰다.

영안실로 따라 가던 나는 너무 놀랐다. 밀침대에서 내린 어머니는 그대로 서랍 같은 곳으로 밀어 넣어버렸다. 숨을 쉴지도 모르는데, 아직은 살지도 모르는데, 그러나 어머니는 차디찬 서랍 속으로 사라졌다.

빈소가 차려질 방으로 들어왔다. 아들 된 도리로 어머니 장례는 잘 치르고 싶었다. 그래서 박씨를 부르고 먼동이를 불렀다. 박씨의 손을 잡은 나는 모든 것은 내 잘못이라고 했다. 박씨와 먼동이도 자기 잘못이라고 했다.

어머니를 염하면서 손톱과 발톱을 깎아 작은 주머니에 넣고 수의를 입혔다. 마지막으로 아끼느라 입지 않던 푸른빛 나는 한복을 덮어드리고 나니 눈물이 앞을 가렸다. 곧 일어날 것만 같아 몇 번이고 얼굴을 들여다보았지만 감은 눈은 뜨지 않았다.

3일장이지만 저녁 때 돌아가셨으니 다음날 하루뿐이다. 날이 밝자 많은 사람들이 오고 갔다. 또 아침이 오자 어머니를 선산에 모시면서 정신을 차리려고 다잡아도 내 정신이 아니다. 시골에 가면, 사랑방문을 열면, 어머니가 반겨줄 것만 같다.

식구들과 산역꾼들은 건넛방에서 음복을 나누어 먹느라 왁자했다. 어머니 장삿날이라니! 멍하니 사랑방 천장을 바라보다가 나도 모르게 눈물을 흘리다 큰 울음을 토하고 말았다. 식구들이 놀라서 달려왔다. 작은누님은 아무도 없는 방에 혼자 우느냐며 같이 울었다. 어느새 집안 식구들이 다 모였다. 박씨는 내 옆에 와서 손을 만지며,

"인제는 할머님도 없는데 정있게 사시더!"

먼동이도 내 앞에 와서 머리를 조아리며

"큰아부지 시키는 대로 함시더 용서해 주소!"

나는 내게도 잘못이 있으니 모두 잊어버리자고 했다. 식구들은 다시 한 번 화해의 눈물을 흘렸다. 아마 어머니가 주고 간 마지막 선물이 아니었나 싶다.

어머니가 돌아가시고 여러 가지 절차를 거치느라 시골에 몇 번 다녀오고 몇 달이 지나갔다. 며느리는 하루가 다르게 배가 불러오고 맏아들은 주말이면 특별한 일이 없으면 집에 왔다. 승진서류를 어렵게 하여 다행히 과장(5급 사무관)이 되어 문화관광과에 근무하느라 정신없이 시간을 보냈다.

고향친구가 옛 한옥을 허물고 양옥집을 지으려고 시청에 왔다가 승진을 했다는 소식을 듣고 문화관광과로 왔다. 어머니 돌아가시고 앞장서서 일을 봐주었던 친구라 점심이라도 사주고 싶어 시청 가까운 식당에 갔다. 점심을 먹고 커피를 마시는데 무슨 말을 하려다가 머뭇거렸다.

"이 사람아 무슨 말을 하려고 그렇게 뜸을 들이는가?"

"이런 말을 해도 되는지 몰라서 아까부터 자제를 했네! 꼭 무엇을 일러바치는 것 같아서, 오해는 하지 말고 듣게?"

고향친구가 말을 하기를 기다리며 그의 입만 쳐다보았다.

"자네도 아는지 모르겠다만 먼동이가 양지 밭을 팔았다네!"

드디어 올 것이 왔구나 하고 고개만 끄덕끄덕 거렸다. 그러다

"알려 주어서 고맙네! 자네 아니면 누가 이런 말을 해 주겠나?"

고향친구는 이야기 한 것이 후회가 된다는 듯

"내가 괜히 이야기해서 집안에 분란이 일어나지 않을까? 걱정이네! 자네만 알고 있게! 그리고 내가 그러더라는 말은 절

대로 하지 말게!"

　사무실에 와서 서류를 뒤적거려도 손이 떨려서 일이 되지 않았다. 볼일이 있다며 사무실을 나와 집으로 가면서 곰곰이 생각해도 도저히 참을 수가 없었다.

　얼굴을 하얗게 해서 일찍 퇴근하는 나를 본 아내는 무슨 일이 있느냐며 눈을 동그랗게 뜨고 물었다. 마루의 찬장에 소주를 꺼내 유리잔에 부어 안주도 없이 마셨다. 그냥 술이 마시고 싶었다. 아내는 무슨 영문인지 모르고 먹다 남은 반찬을 가지고 와서 무슨 안 좋은 일이 생긴 것이라 직감을 하고 안절부절 못했다.

　전화기를 당겨서 다이얼을 돌렸다. 시골에 전화를 하니 박씨가 받았는데 먼동이는 시내에 가고 없다고 했다. 어디에 갔는지 알 수가 없어 먼저 한옥에 전화를 했더니 한참 후에 먼동이가 받았다.

　"내다. 너 양지 밭을 팔았다면서?"
내 목소리를 듣자마자 갑자기 흥분을 하며 욕을 했다.

　"팔았다 왜 씹팔놈아!"
예상하지 못한 욕설이라 내 정신도 수습하지 못하고 나도 흥분을 하고 말았다.

　"이놈의 자석이 뭐라고 했노! 너 거기 고대로 있어라!"

　먼동이는 자기 말이 잘못 되었음을 알고 겁이 났는지 전화를 끊었다. 이놈을 만나야겠다. 만나서 지가 죽던지 내가 죽던지 결판을 내야겠다. 큰아비한테 씹팔놈이라니! 막보자는 심사가 아닌가? 이제는 조카라고 할 수도 없는 원수다. 먼동이 집을 찾아야 했다. 어머니 장사 때 다른 사람들이 하는 이야기 속에 먼동이 아들이 다니는 학교 이름이 떠올랐다.

먼동이 아들이 다니는 학교에 전화를 했다. 담임을 찾아 종손자 이름을 말하면서 집안 일 때문에 그러니 바꾸어 달라고 했다.

한참 후 종손자가 전화를 받는데 무슨 교육을 어떻게 받았는지 집 주소를 가르쳐 주지 않았다. 이번에는 질녀에게 전화를 했는데 다행히 집 주소를 가르쳐 주었다.

택시를 타고 먼동이가 산다는 집으로 갔다. 한옥을 산다는 말은 들어도 직접 와 보기는 처음이다. 큰 대문이 있고 넓은 마당이 있었는데 마당에는 잔디가 심겨져 있었다. 작은 화단에는 여러 가지 꽃나무도 심겨져 있고 등칡으로 햇볕을 가린 식탁도 있었다. 마당 귀퉁이에 석류나무는 지붕높이 만큼 컸다. 겉모습은 한옥인데 실내는 양옥으로 개조하여 미스트유리 미닫이문에 가려져 있었다. 대문벨을 눌렀으나 기척이 없다. 대문 밖에 작은 공간이 있어서 기다리기로 했다. 골목 끝에 있는 슈퍼마켓에 가서 소주 4홉 짜리 한 병을 샀다. 소주를 두 잔정도 마시는데 현관문이 열렸다. 잠시 후 먼동이가 밖의 동정을 살피기 위해 고개를 내밀었다. 나는 큰 소리로

"너 거기 있는 거 다 알고 있다. 현관문 열어라!"

먼동이는 순순히 문을 열어 주었다. 신발을 신고 현관에 들어서니 먼동이는 신발신은 것을 보고 흥분을 했는지 큰 소리를 질렀다.

"신발 벗어라, 씹팔!"

나는 다짜고짜 그놈을 때리려고 하자 언제 왔는지 박씨가 부엌에 있다가 급히 나와서 말렸다. 내가 다시 멱살을 쥐려고 하자 그놈도 내게 대들었다. 그러면서

"왜 밭을 팔았노! 니가 뭔데 밭은 왜 팔아! 니가 벌어서 샀나? 내 아버지가 벌어서 산 밭이다."

먼동이는 눈을 치뜨더니

"니는 씹팔 논 안 팔았나?"

흥분한 먼동이를 보자 나는 차분해 지려고 노력을 했다.

"이놈아! 나는 어매가 살아 계실 때 허락을 받고 팔았다."

먼동이의 큰 눈을 보자 나도 모르게 뺨을 때리려고 오른손을 크게 들었다. 등산 갔다가 주머니에 넣어 둔 칼이 방바닥에 떨어졌다. 질부가 주웠는지? 먼동이가 주웠는지? 금방 떨어졌는데 어디로 갔는지 사라졌다. 칼이 거실 바닥에 떨어지자 먼동이는 겁을 먹고 현관문 밖으로 달아났다.

거실 소파에 앉아 있는데 큰질녀가 누구의 연락을 받았는지 왔다. 집에 가자고 팔을 잡고 현관문으로 끌고 갔다. 나는 정색을 했다.

"내가 조카 집에 왔는데, 끌려 갈 수는 없지?"

집 주소를 가르쳐 주던 질녀도 왔다.

"큰아부지요. 제발 좀 가만 놔두소 동생을 왜 못살게 하니껴?"

초록은 동색이라더니 그래도 남매간이라고 먼동이 편을 들었다. 큰질녀는 또 내 신발을 벗겨 현관 밖으로 내 놓으며 박씨가 차려온 술상 앞에 앉으라고 했다. 마침 먼동이 딸이 하교를 했다. 집 주소를 가르쳐 주지 않던 놈의 동생이다. 그래도 인사를 하는 것이 귀여워 주머니를 뒤져 돈을 주었다. 술을 한 잔씩 나누어 먹으며 내가 한 마디 했다.

"앞으로 아버지가 남긴 재산을 팔려거든 내 한테 말이라도 해라! 그러면 내가 어디 못 팔게 하겠나!"

먼동이의 집 현관을 나오면서

"다른 것도 팔아서는 안 되지만 조상 산소 방풍은 팔지 마라! 특히 고조부, 너한테 5대 조부의 산소 방풍은 건들지도 마라! 내 말을 어기면 또 찾아 올 터이니 그리 알아라!"

먼동이는 술이 취했는지 얼굴에 미소를 띠면서 그냥 웃었다. 하도 의뭉스런 놈이라 웃음의 의미를 모르겠다. 하기야 나쁜 놈의 특징은 달면 삼키고 쓰면 뱉는다.

어제 저녁부터 산기가 있어 며느리가 병원에 입원을 했다. 아직 출산일은 조금 남았다는데 조산을 하여 잘못 되거나 미숙아를 낳을까 걱정이다. 아내는 아침부터 병원에 간다며 나보다 먼저 집을 나섰다. 사무실에서 일을 하면서도 며느리가 걱정 되어 마음은 병원에 가 있었다. 해가 질 무렵 아내에게서 전화가 왔는데 목소리에 힘이 들어있다.

　"기뻐 하이소! 아들을 낳았니더!"

아들을 낳았다고! 기다리던 손자라니! 너무 반가웠다. 며느리가 걱정되어

　"산모는 괜찮다나?"

　"산모도 괜찮고 손자도 건강하다니더!"

듣던 중 반가운 소리다. 지금이라도 당장 병원에 달려가서 손자를 보고 싶었다. 조금 일찍 퇴근하여 병원으로 가는데 돌아가신 어머니 생각도 나고, 너무 기쁘니 또 눈물이 나오려고 했다.

　산모들이 있는 병동은 다른 병동과 달라서 문이 겹으로 되어 있었으며 일반인들의 출입도 제한했다. 아내를 따라 산모가 있는 방으로 들어가니 며느리는 누웠다가 일어나 앉으려고 했다.

　"고생 많았다. 몸은 괜찮나? 잘 먹어야 빨리 회복된다."

　아들은 어제 저녁부터 산모를 지키다가 애기용품 중에 준비 못한 것이 있어 시장에 갔다고 했다. 조금 있으니 애기를 면회하는 시간이라며 가자고 했다. 작은 문을 열고 들어가는데 손자를 만난다고 생각하니 가슴이 뛰었다. 몇 몇 사람들이 애기를 보려고 기다리고 있었다. 넓은 유리창 너머 애기들이 유리 덮개가 있는 작은 침대 속에서 잠을 자고 있었다. 면회

오는 사람들의 애기는 접수 순서대로 간호사가 유리창 가까이 안고 와서 보여주고 잠시 후에 제자리로 안고 가서 눕혔다. 우리 애기 순서가 되었다. 간호사가 애기를 안고 유리창 가까이 오자 언제 왔는지 맏아들이 옆에 서 있다가 유리창에 손가락을 비비며 애기를 어르다가 사진을 찍었다. 애기는 눈을 감고 있었지만 지 애비를 닮아서 이목구비가 뚜렷했다. 며느리는 가지고 온 모유를 간호사에게 전달하고 남편에게 기대며 숨을 몰아쉬었다. 산모이니 쉽게 피로를 느꼈다. 고개를 숙이며 웃고 있는 며느리를 보자 방문 앞에 축하 화분이라도 넣어주고 싶었다.

먼동이가 두 번째 시의원에 출마를 했다. 아침저녁으로 선거구 동네 삼거리에서 흰 장갑을 끼고 지나가는 자동차를 보고 절을 했다. 운동원도 없이 새벽에 일어나서 추운 날씨인데도 하루도 쉬지 않고 절을 했다. 지나가는 사람들 중에 아는 체 하는 사람은 없고 입을 삐죽거리는 사람들이 한 마디씩 했다.

"저렇게도 시의원이 하고 싶은가? 지가 시의원을 해서 뭐를 할 것인데, 지 배나 불리겠지!"

아침에 출근을 하면서 먼동이가 절을 하는 삼거리로 가기 위해 시내를 돌아서 갔다. 먼동이는 여전히 무표정하게 지나가는 자동차를 향해 절을 하고 있었다. 전번에 밭을 팔아먹은 사건이 있은 후로 전화 한 통 하지 않는 사이로 벌어져서 손을 흔들어 줄 형편도 못되었다. 그러나 서서 무작정 절을 하는 모습을 보니 불쌍하고 처량했다. 이번에는 여섯 명이나 입후보를 했다는데 결코 쉬운 상대들은 아니다. 모두 먼동이보다 학력도 좋고 키도 크고 인물도 있고 정치적 연륜도 많은 사람들이다. 며칠 전부터 다섯 명의 여자들과 한 명의 남자가 먼동이 옆에서 함께 절을 했다. 여자들 속에는 박씨도 끼여 있었다.

먼동이가 통장을 하다가 시의원에 출마하려고 사퇴 한 것으로 알았는데 그것이 아니었다. 등잔 밑이 어둡다고 모든 동민이 아는데 나 혼자만 몰랐다.

통장선거에서 후보자들을 사퇴 시킨 것이 잘못되어 고소를 당할 위기에 처했다. 후보자 중에 생수공장에 취직이 되어 사퇴를 한 사람이 먼동이가 후보자들을 권모술수로 사퇴시킨 것을 알고 고소를 하겠다며 협박을 한 것이다. 그 사람은 생수공장에 다니다가 적성에 맞지 않아 집으로 돌아왔다. 할 일이 없으니 통장에 미련을 버리지 못하고 있는데 먼동이가 후보자들을 사퇴시키고 무투표로 당선된 사실을 알게 되었다. 그는 먼동이를 찾아갔다.

"후보자에게 사과박스에 돈을 넣어 사퇴를 시켰다는데 선거법 위반인 것은 알지요. 그 뿐만 아니라 친구 아버지에게는 친구를 앞세워 후보자를 사퇴하지 않으면 집안을 망하게 하겠다고 협박을 했다면서요."

명백한 증거를 가지고 대드니 먼동이는 아무 말 못하고 있다가 발뺌이라고 하는 말이 '그런 일 없다고 잡아떼었다.' 그는 증인까지 부를 수 있다며 큰소리를 쳤다. 그러면서 당장 통장을 사퇴하지 않으면 선거법 위반으로 고소하여 콩밥을 먹이겠다고 했다. 먼동이는 그 사람을 구슬려서 무마해 보려고 돈을 준비했다.

"이거 얼마 되지는 않지만 술값이나 하이소!"

먼동이가 준 돈은 밭을 판 돈으로, 백만 원이다. 그런데 그 사람은 혼자가 아니었다. 함께 고소를 하자고 모의를 한 사람과 증인을 합하여 다섯 명이나 되었다. 먼동이는 백만 원을 더 주고 통장을 사퇴하는 것은 물론 그 사람을 통장으로 밀어주기로 합의 하는데 손이 발이 되도록 빌었다. 그런데 돈을 못 받은 사람 중에 한 사람이 그가 먼동이를 협박을 했다며 또 협박을 하여 그도 통장을 포기했다.

먼동이는 두 번째 시의원 선거에서도 농협에 빚만 남기고 3등으로 낙선을 했다. 선거에 발을 들여놓은 사람들은 선거병이 들어서 선거철만 되면 엉덩이를 들썩거린다. 먼동이도 가짜 농사꾼으로 농민운동을 하며 선거판을 기웃거렸다. 국회의원 사무실에도 들락거리며 여당 공천을 받으려고 돈을 쓰고 다녔다. 이제는 누구에게나 비겁한 웃음을 날리며 여기 저기 돈이 되는 곳을 찾아 기웃거렸다. 이권에 개입하려고 정치인에게 줄을 댄다든지 공인중개사 자격증도 없으면서 토지나 가옥을 중개하고 심지어 돈을 빌려주고 받지 못하는 사람에게 돈을 받아 주는 일까지 했다.

손자는 태어나기 전에 태몽에서 얻은 이름을 그대로 쓰기로 했다. 찬려(瓚麗), 옥빛 찬(瓚) 자에 고울 여(麗) 자, '찬려(瓚麗)'다. 남자 이름이 여성스럽기는 하지만 손자가 어른이 되는 세상은 남성과 여성이 동등하여 이름으로 구분을 짓지 않는 세상임을 감안한 것이다.

며느리가 퇴원하여 애기와 함께 집에 왔다. 삼칠 날인데 직원들과 야유회가 있어 바닷가에 가는 날이다. 아침 일찍 손자가 자고 있어 안아보지도 못하고 와서 눈에 밟히었다. 직원들과 점심을 먹고 대게가게를 둘러보다가 제일 큰 대게 한 마리 가격을 물어보았다. 30만 원이다. 직원들은 입을 다물지 못하고 있는데 내가 선뜻 카드를 내밀었다. 손자의 삼칠 날이라 며느리에게 선물을 하고 싶었다. 며느리와 손자에게 무엇을 주어도 아깝지 않은 날이다.

찬려와 산지도 8개월이 지났다. 일요일이라 집에 있으려니 손자를 보는 아내가 모임에 간다며 당직이라 출근하는 며느리를 따라 나섰다. 찬려는 금방 재웠는데 깨어서 우니 안고 일어섰다가 앉았다하며 아는 동요를 부르고 또 불렀다. 손자를 어르고 달래다보니 땀이 비 오듯이 쏟아졌다.

저녁때가 되도록 손자에게 이유식을 먹이고 밥을 먹여 잠을 재우느라 진땀을 빼고 있는데 며느리가 먼저 퇴근을 했다. 며느리는 저녁을 한다더니 외출복도 벗지 않고 아이를 보느라 정신이 없다. 저녁때가 늦어서야 아내는 마음 놓고 놀다가 왔다며 얼굴에 홍조를 띠며 들어왔다. 점심도 찬려를 보느라 대충 먹었더니 배가 고팠다. 쌀을 씻지도 않는 아내와 며느리를 보며

"짜장면 시키자!"

했더니 모두가 좋단다. 내가 왜 이 고생하느냐고 투덜거려 보지만 평소에 아내나 며느리가 고생하는 것을 생각하니 위안이되었다. 젊은 며느리가 시어른과 산다는 자체가 불편한 일이다. 거기다가 아이도 키워야 하고 직장도 다녀야 하니 더욱 힘들 것이다. 요즘 세상에 손자와 며느리가 함께 산다는 것은 행복이라면 행복이다.

아침을 먹으려고 식탁에 앉는데 찬려가 아프다고 했다. 머리를 짚어보니 열이 나고 힘이 없어 보였다. 까만 눈을 하고나에게 기어 오던 놈이 나를 봐도 본체만체한다. 내 아이들을 키울 때는 아파도 낫겠지 하고 무덤덤했는데 손자는 그렇지 않았다. 며칠 전부터 밥을 먹지 않으려고 했는데, 이유식을 먹으려고 꾀를 부리나 보다 했는데 아프다니 걱정이다.

아침을 먹고 아들 내외는 찬려를 데리고 병원에 갔다. 찬려가 기어 다니는 모습이 눈에 삼삼하여 책이 읽혀지지 않는다. 아들에게 전화를 걸었다. 아직 환자들이 밀려 검사도 받지 못하고 있다고 했다. 걱정을 하며 시간을 보내다 보니 늦은 점심때가 되어서야 아들 내외가 왔다. 찬려는 힘이 없어 보였다. 병원에서 유행성 감기라고 한다며 주사기로 약을 먹이고 있었

다. 찬려는 약이 먹기 싫어 죽는다고 울었다. 억지로 주사기로 먹이니 그런가 보다. 안아서 달래며 '아마 체한 것 같은데 따야겠다.'며 바늘로 손가락을 찌르려고 하니 너무 작은 손가락이라 망설여졌다. 아들 내외가 늦은 점심을 먹는 동안 안고 재우다가 자리에 눕히려하니 깨어서 울었다. 전번에 눈에 눈물이 계속 나와서 수술을 한 뒤 흰 가운(gown)만 보면 울었다고 하더니 의사에게 놀란 것은 아닌가?

공휴일이 되면 찬려는 내가 봐야 한다. 모두 한 주일 동안 하지 못했던 일을 하느라 바쁘다. 아내는 아침 운동 갔다가 장보러 가고, 며느리는 미용실에 가고, 아들은 목욕탕에 가느라 바쁘니 찬려는 내가 봐야 한다. 아마 퇴직을 하면 더욱 그럴 것이다. 며느리는 집을 얻어 나가려고 하는데 이웃집에 방을 얻으라고 해도 말을 듣지 않는다. 시어른과 떨어져서 살고 싶은 것이다. 아직 신혼이니 저희들끼리 살고 싶을 것이지만 돈이 없어 집을 사주지 못해 안타깝다.

찬려는 어려운 낱말이 들어가는 말도 제법 하더니 한글은 거의 깨쳤다. 영어도 알파벳은 알고 숫자도 쓸 줄 안다. 아마 할애비보다 애비보다 더 영리한 것 같다. 그러나 건강이 최고이므로 예방주사시기를 놓치지 않으려고 며느리는 수첩에 적어 놓고 맞힌다.

찬려 동생이 태어날 것 같다. 꿈이 너무 좋다. 또 태몽을 시아비가 꾸겠냐마는 예사로운 꿈이 아니다. 반짝반짝 빛나는 파란구슬을 새가 물고 와서 내 품에 떨어뜨렸다. 가만히 생각해 보니 태몽이 분명하다. 찬려의 태몽도 시아비인 내가 꿨는데 또 꾸다니, 손자에 대한 갈망이 태몽으로 나타나는 것이 분명했다. 그러고 보니 찬려와 같이 태몽으로 이름도 떠올랐다. 찬조(瓚鳥), 옥빛 찬(瓚) 자에 새 조(鳥) 자를 쓰면 어떨까? 손자가 아니라 손녀라 할지라도 쓸 수 있는 이름이다. 찬려 동생도 손자였으면 좋겠지만 손녀라도 튼튼하게 낳았으면 좋겠다는 생각까지 했다.

공휴일이라 오늘도 찬려와 함께 보냈다. 귀엽지만 이제는 장난이 너무 심하여 다칠까봐 걱정이다. 침대에 누워 있으니 찬려가 노는 소리가 들렸다. 자기방에서 거실로 큰방으로 책을 들고 무어라고 중얼거리며 뛰어다녔다. 그러다 큰방에 와서 침대위에 뒹굴기도 하고 화장대에 물건으로 장난을 치며 이것저것 만져 보다가 스탠드에 불을 켜 보기도 한다. 내가 읽는 책을 같이 보며 '임' 자와 '찬' 자만 보면 '임찬려'를 외친다. 그러다 부엌으로 가더니 할머니에게 무엇인가 얻어먹고 또 침대 위로 올라온다. 오늘은 지 애비가 오고 애미가 노는 날이니 무척 좋은 모양이다.

옷걸이 옆에 있는 다리미판을 넘어뜨려 뒷면을 보며 영어 알파벳 놀이를 하다가 또 부엌에 가는가 싶더니 할머니가 심부름을 시켰다.

"찬려야! 할배 점심 잡수시라고 해라!"

쪼르륵 큰방 문을 열고 침대에 누워있는 나를 보며 무어라 조잘거리는 순간 다리미판에 걸려 넘어졌다. 침대 모서리에 쾅하고 박는 소리가 동시에 났다. 침대에 누워있던 나는 기겁을 하여 찬려를 일으켜 세우며 안았지만 찬려는 이마 어딘가 크게 부딪혔는지 울음도 울지 못하고 한참 컥컥거리는데 할머니와 애미가 달려왔다. 모두 보고만 있었다. 그러다 찬려가 울음을 터뜨렸다. 정말 순식간에 일어난 일이다. 우는 찬려의 이마를 보니 어디를 다쳤는지 표시가 없다. 할머니가 안고 거실로 나와서보니 눈과 눈 사이를 침대 모서리에 박았다. 눈이 아니어서 다행이다.

박씨가 농사를 짓던 작업복 차림으로 집에 왔다. 마루에 앉자마자 울상을 하더니 먼동이가 깡패한테 맞아서 입원을 했다며 울먹였다. 다시는 안 볼 것처럼 대하더니 급하니까 찾아 올 수밖에 없는 모양이다. 그동안 먼동이의 행동을 생각하면 모른다 하고 내치고 싶었으나 핏줄이 뭔지? 병원에 입원을 했다고 하니 무슨 일인지 걱정이 되었다. 그러다가 문득 밭을 팔았을 때 욕을 하던 일과 맏아들 결혼식에 오지 않던 일 등이 떠오르자 또 괘씸하여 고개를 저었다. 박씨가 무슨 일인지 알아봐 달라고 매달렸다. 알아보고 조치를 취하겠으니 점심이나 먹고 가라고 했다.

먼동이는 전과 다름없이 미숙이와 만나서 민물장어집에 들어갔다. 장어는 미숙이가 좋아하기 때문이지만 먼동이도 좋아

한다. 장어구이가 들어오자 미숙이는 깻잎에 싸서 먼동이 입에 넣어 주었다. 먼동이는 입을 우물거리며 큰소리를 쳤다.

"다음 시의원 선거에는 여당 공천을 받아 보란 듯이 당선될 테니 두고 봐라! 어제 저녁에는 국회의원 비서를 만나 아가씨 집에서 술을 얼마나 마셨는지 밥맛이 없어 아침도 못 먹었다. 마누라는 국회의원을 만난 줄 알고 북어국을 끓여주며 힘을 내라고 하는데 속으로 미안해서 죽을 뻔 했다."

이번에는 먼동이가 쌈을 싸서 미숙이 입에 넣어 주었다. 미숙이는

"우리 남편이 눈치를 챘는지 내가 어디 간다고 하면 꼬치꼬치 캐물어서 시치미를 떼기는 하는데 어쩐지 뒤가 캥겨!"

먼동이는 쌈을 우적우적 씹어 삼키고는

"까짓거 눈치 채라고 해라! 안 되면 이혼하면 되지 뭐!"

미숙이는 이혼이라는 말에 펄쩍뛰며

"아(童)는 어떻게 하라고! 나보고 너 집에 가서 농사나 지으라고! 나는 못해! 농사는 정말 못해!"

먼동이는 미숙이를 더블캡에 태워서 자주 가던 강가의 한적한 모텔로 갔다. 자주 가던 집이라 돈을 받는 아주머니가 거스름돈을 주면서 아는 척을 했다. 모르는 손님 같으면 카운터가 커튼으로 가려 있어서 얼굴을 볼 수 없어 손만 보고 돈을 주면 일회용 칫솔과 치약 그리고 면도기 등을 넣은 비닐 봉투와 열쇠를 내어준다. 복도 모서리에서 기다리던 미숙이는 열

쇠에 달린 방 번호를 보고 앞장서서 복도를 걸어 방을 찾았다.

응접세트 상 위에 마른 수건 두 장과 사탕이 놓여 있고, 거울 앞에는 남성 피임기구, 스킨, 크림, 일회용 비누가 있고, 사발면과 커피포트는 컴퓨터의 모니터 앞에 놓여 있었다. 먼동이가 출입문 앞에 있는 조명장치를 켜자 환한 불빛이 켜졌다가 분홍색 등이 가늘게 켜졌다. 벽에 걸린 남녀 가운을 입어보고 싶었으나 금방 샤워를 하고 나올 텐데 입을 시간이 없어 그냥 두었다. 미숙이가 팬티만 입고 샤워실로 들어가자 먼동이는 칫솔에 치약을 짜서 미숙이를 따라 들어갔다. 샤워실에 은은한 불빛을 받으며 미숙이가 몸에 물을 끼얹고 머리를 털자 먼동이가 선반 위에 큰 타올을 내려서 미숙이 어깨에 걸쳐 주었다.

미숙이는 침대 밑에 있는 스위치를 켜서 매트를 따뜻하게 조절했다. 어느새 먼동이가 샤워를 끝내고 누워있는 미숙이 옆 이불 속으로 들어가는데 출입문이 열리면서 사람들이 순식간에 들어왔다.

갑자기 밝은 조명이 켜지면서 카메라 후레쉬(flash)가 터지는지 빛이 번쩍번쩍 거리더니 셔터(shutter) 소리가 요란하게 났다. 미숙이는 이불로 얼굴을 덮어 가리고 먼동이는 팬티를 찾으려고 침대에서 내려오는데 누군가 펀치를 날렸다.

"이 나쁜 놈의 자식! 죽어봐라! 남의 여자를 꼬셔내! 이놈의 자식!"

먼동이가 팬티를 더듬어 찾아 입으려하는데 또 펀치가 날아왔다. 이번에는 머리를 정통으로 맞지 않고 빗맞아서 응접세트 탁자 쪽으로 피했다. 먼동이가 정신을 수습하고 공격 자세를 취하는데 뒤에서 둔탁한 나무로 머리를 내리쳤다. 먼동이는 외마디 소리를 지르며 화장대 앞으로 처박혔다. 손으로 머리를 감싸 안으며 몸을 웅크렸다.

"누군지 말로 해라! 말로 해라! 씨팔!"

먼동이가 누워서 발악을 하자 누군가 발로 배를 찼다. 그리고 머리를 밟고 허리를 밟고 올라서서 꿀렸다. 먼동이는 화장대 속으로 기어 들어가면서 화장대 의자를 던졌다. 그 바람에 발로 밟던 사람이 뒤로 넘어지자 먼동이가 일어섰다.

"니놈이 원동이지! 나는 미숙이 남편이다. 너 오늘 내 손에 죽어봐라! 경찰서고 법원이고 갈 필요도 없다. 두 연놈을 죽이고 나도 죽을 란다. 미숙이는 침대에서 끌려나와 알몸으로 뺨을 얼마나 맞았는지 코에 피가 흘렀다. 미숙이가 피를 흘리는 것을 본 먼동이는 옆에 있던 커피포트를 미숙이 남편에게 던졌다. 미숙이 남편은 맞지 않고 사진을 찍던 사람이 어깨를 맞았다. 키가 큰 사람이 먼동이를 뒤에서 껴안더니 커피포트 전선과 드라이기 전선으로 팔을 묶었다.

밝은 등이 켜지자 미숙이와 먼동이가 옷을 입고 미숙이 남편 앞에 무릎을 꿇고 앉았다. 미숙이 남편 친구 두 명은 먼동이가 무슨 짓을 할지 몰라 방어 자세를 취하고 있었다.

"너 여기서 뒤질래? 아니면 감옥 가서 콩밥 먹을래?"

먼동이는 겁을 먹고 죽을 죄를 지었으니 살려 달라고 했다. 미숙이는 아무 말도 못하고 울기만 했다.

미숙이 남편이 화가 덜 풀렸는지 갑자기 일어서더니 먼동이를 발로 차고 정신없이 밟았다. 먼동이는 손이 뒤로 묶여서 발만 버둥거리며 뼈가 부러졌는지 죽는다고 소리를 질렀다. 미숙이 남편은 미숙이 머리채를 잡고 흔들더니 뒤로 쓰러뜨리며 침대 쪽으로 밀었다. 미숙이는 침대다리에 머리를 부딪쳤는지 악! 하고 외마디를 질렀다.

미숙이 남편이 정신을 차리고 먼동이를 보더니

"나는 저 여자하고 헤어지고, 너는 간통죄로 감옥에 들어가서 콩밥 먹어라! 그것이 답이다."

먼동이는 다리를 오므려 꿇어앉으며

"돈을! 돈을 드립시더! 그라고 다시는 미숙이를 안 만납시더!"

"돈! 돈 좋아하네! 너 그렇게 돈이 많나! 얼마를 줄라꼬 카는데, 나는 장가도 새로 가야 되고 정신적인 피해도 크니까? 그거까지 계산을 해라!"

"이백만 원 드립시더!"

미숙이 남편은 어이가 없다는 듯 웃었다.

"이 자식이 남의 여편네 건드려 놓고 이백만 원 이라꼬! 미친 자식!"

"그라면 삼백만 원 드림시더!"

"야! 이 미친놈아! 천만 원을 준다케도 안 된다."

한참 후 미숙이 남편이 마음을 진정시키자 옆에 친구들이 '돈으로 계산하면 천만 원도 적지만 적당한 선에서 합의를 보라'고 권했다. 미숙이 남편은 이천만 원을 내어 놓으라고 하다가 점점 내려왔다. 먼동이도 정신을 수습하고 아픈 몸을 일으켜 세워 병원에 치료도 받아야 된다며 합의금을 내려 달라고 했다. 병원 치료비라는 말에 미숙이 남편도 마음이 약해졌다. 맞아서 다친 것에 대해서는 이의제기(異議提起)를 하지 않기로 하고 팔백만 원에 합의를 했다. 먼동이가 일어서다가 소리를 지르며 쓰러졌다. 허리를 다쳤는지 배가 탈이 났는지 알 수가 없다. 미숙이 남편 친구들이 먼동이 얼굴에 피를 닦고 부축을 하여 차에 태워서 병원에 데리고 갔다.

먼동이는 갈비뼈 두 대에 금이 가고 이빨이 한 대 부러졌으며 온 몸에 멍이 들고 얼굴에 타박상을 입었다. 병원에 한 달 보름동안 있으면서 한옥을 구백만 원에 팔아서 합의금과 병원비를 주고 퇴원을 했다.

시장실에서 문화재 보수공사에 대하여 업무보고를 하고 있는데 계장이 급한 전화가 왔다며 받아보라고 했다. 내 책상에 놓인 수화기를 들면서 손자 때문이라는 것을 짐작했다. 추측대로 집에서 걸려온 전화였다. 전화기를 귀에 대자 아내의 울음소리부터 들렸다. 아내는 다짜고짜

"빨리 병원에 와서 의사선생님 만나 보소! 찬려가, 찬려가 큰일 났니더!"

사무실 직원들이 일을 하다가 내 표정에 놀라고 있는데 나는 시선 둘 곳이 없어 창밖을 주시했다. 어쩌면 좋다는 말인가? 저 어린 것을 수술대 위에 올려야 한다는 말인가? 무슨 병인지 큰 병이 걸린 것이 아닌가? 의사 말을 들어보라는 것은? 좋은 일은 아닐 것이다.

손자는 며칠 전부터 심한 열이 나고 밥을 먹지 않아 병원에 입원하여 검사를 받으며 병명을 찾고 있었다. 무슨 병인지! 병명을 아는 것이 중요한데 의사도 알지 못하니 답답했었다.

내 정신이 아니다. 계장에게 업무를 부탁하고 한 달음에 병원으로 달려갔다. 찬려가 있는 병실로 가려다 담당의사를 찾아 자초지종을 알아보는 것이 빠를 것 같았다.

유아병동으로 갔다. 아이를 데리고 온 어른들 틈에 찬려가 있는지? 아내가 있는지? 살펴보았다. 간호사에게 물었다. '어제 그저께 입원한 찬려 담당의사가 누구냐?'고.

찬려는 나에게는 정말 귀한 손자다. 태어나서 첫돌이 되기 전에 키우던 할머니가 몸이 허약하여 입원하자 집 가까이 있는 유아원에 넣었다. 할머니가 한 달 정도 병원에 있는 동안 보채지 않고 집과 유아원을 오고가며 잘 적응했다.

찬려는 첫돌이 되기 전에 낱말 카드를 가지고 놀더니 한글을 깨우쳤다. 말을 배우면서 한글도 함께 깨우친 영리한 아이다. 손자자랑을 하려면 만 원을 내놓고 하라고 해도 나는 기꺼이 만 원을 내고 자랑하고 싶은 손자다. 이제 두 돌이 지난 지 5개월이 된다. 영어도 단어를 조금 알고, 숫자도 간단한 계산을 할 줄 알고, 한자도 천자문을 배우고 있다. 한번 이야기하면 잊어버리지 않는다. 놀 때도 인형 아니면 책을 들고 놀고 텔레비전도 글자가 나오는 것을 좋아한다. 흔히 남자 아이들이 잘 가지고 노는 자동차나 총 같은 것은 흥미가 없는 것 같다. 한글이나 영어, 한자 등 낱말카드 놀이를 좋아하며 만들기에 흥미가 있다. 집중력이 강하여 유아원에서도 수업이 진행되면 선생님만 쳐다본다. 친구들도 잘 사귀는지 모든 아이들이 찬려 이름만 부르며 논다고 한다.

그러던 놈이 아프다니? 그리고 의사에게 물어보라는 병이라니? 할머니가 울도록 아프다니? 도저히 믿어지지 않았다.

담당의사는 신중한 표정을 지으며

"뇌수막염이 아닌가 합니다."

"아직 두고 봐야 알겠지만 만약에 뇌수막염이면 큰 병원으로 가야합니다."

하늘이 무너지는 것 같았다. 그러다 보니 찬려가 할머니에게 안기어 왔다. 검사를 하려고 온 모양이다. 나를 보자 반색을 하며 고개를 바짝 들고 눈알을 굴렸다. 다가가 손을 만지니 열이 났다.

의사는 '경북대 병원이나 원주대 병원으로 간다면 당장 갈 수 있는데, 혹시 서울에 있는 병원에 아는 사람이 있으면 서울로 가는 것이 좋겠다.'고 했다. 찬려가 몇 일 째 입원한 병실에 다시 갔다. 찬려 외할아버지, 외할머니도 왔다. 서울에 아는 사람들을 갑자기 전화로 수소문을 했지만 쉽게 되지 않고 시간만 흘렀다. 찬려는 축 늘어져서 숨만 쉬고 있었다. 그러다 가끔 경끼(경풍)를 하는데, 손에는 퍼즐 맞추기 조각을 꼭 쥐고 있었다. 차마 보고 있을 수 없다. 눈물이 자꾸 나왔다. 한 시간이 흘러도 서울의 병원은 결정되지 않았다.

원주대학 병원으로 결정하고 엠블런스를 대기시켰다. 만약의 경우를 대비하여 의사 한분이 동행해 준다고 했다. 엠블런스를 타기위해 들것이 찬려방에 들어왔다. 찬려를 안아 들것에 눕히는 할머니의 손이 떨리기 시작했다. 나는 불현듯 이렇게 보면 못 보게 될지도 모른다는 주책없는 생각을 하고 얼른 지워버리려 노력했다.

찬려를 엠블런스에 태우려고 들것에서 차로 옮기는데 햇볕이 눈에 들어오자 갑자기 울기 시작했다. 나는 급하게 찬려의 눈을 가려주었다. 엠블런스가 출발하는 모습을 외할아버지와 지켜보면서

"하느님 제발 찬려가 다시 집으로 돌아와서 웃으며 뛰어 놀게 해 주세요."
하고 빌고 또 빌었다.

찬려가 병원에 입원하고 하루가 지나자 병세가 호전 된다

는 연락을 받았다. 당장이라도 뛰어가고 싶었으나 할머니가 병실을 지키고 있으니 주말에 가기로 했다. 찬려는 외할머니 외할아버지를 비롯하여 친가와 외가에 많은 사람들이 병원에 드나들면서 간호를 한 보람이 있어 열흘 만에 퇴원을 했다.

큰누님과 연년생인 둘째 누님이 상을 당했다. 친정 가까운 동네에 농사를 짓고 사는데 자형이 교통사고로 돌아가셨다. 자형의 장례식에 가서 손님을 접대하고 장례준비를 하는데 먼 동이와 큰질녀, 질서가 왔다. 손님이 한두 사람 뜨문뜨문 오니 별로 할 일이 없다. 빈소상이 차려진 방 앞에 앉아서 접수를 하고 있는데 먼동이가 먼저 들어오더니 본체만체하고 빈소방 에 들어갔다. 이어서 질녀와 질서도 나를 보고 목례도 하지 않 았다. 먼동이는 그렇다 치고 질녀나 질서가 나에게 인사를 하 지 않을 이유가 없다고 생각하는데 그들은 그렇지 않는 모양 이다. 나도 그들을 소가 닭 보듯 하고 있는데 앉을 자리가 마 땅치 않는지 내 앞에 와서 세 사람이 앉았다. 그들은 음식을 나누어 먹으면서 저희들끼리 귓속말을 주고받으며 웃었다. 내 가 앉은 자리가 손님을 맞이하는 자리라 다른 자리로 피하고 싶어도 피할 수가 없다. 그렇다고 내 앞에서 희희덕거리는 질 녀 조카를 보자니 눈이 시려서 시선을 어디에 두어야 할지 난 감했다.

'이놈들아! 내가 너희들에게 무슨 잘못을 그렇게 했다고 바 로 앞에서 본체만체 한다는 말이냐? 내 죽어서도 너희들의 꽤

씸함은 잊지 않을 것이다.'

위토를 하고 몇 년이 지나도 위토에서 수입이 얼마나 나오는지? 조상 일을 하는데 비용이 얼마나 들었는지? 문서로 남기지도 않고 말도 하지 않으니 알 수가 없다. 조상의 묘는 관리하는지? 묘제와 기제사는 지내는지? 간혹 아버지 어머니 묘소에 갔다가 위토를 둘러보면 사과나무도 심고, 고추도 심고, 벼도 심고, 배추도 심어 놓은 것을 보지만 농산물 수입과 지출에 대한 손익계산은 알 수가 없다. 조상일은 하지 않고 위토를 공짜로 농사만 짓는 것이 아닌가? 따지려고 하니 싸움이 될 것 같아 한해 두해 참고 또 참는다. 나중에 내 아들이 손익에 대하여 법적으로 따진다면 맏동이는 무슨 변명을 할지 궁금하다.

맏아들이 좁은 한옥에 살다가 13평 아파트로 전세를 얻어서 나갔다. 며느리가 작은 방에서 찬려와 함께 잠을 자고 출근을 하던 모습이 오랫동안 잊혀지지 않는다. 한 달에 한두 번 찬려를 데리고 아들과 며느리가 오는 날은 사람 사는 집 같아서 활기가 넘친다. 찬려가 마루에 앉아서 그림책을 보면 나는 옆에 앉아서 찬려만 본다. 아내는 가끔 손자가 보고 싶으면 며느리 집으로 가지만 나는 좀처럼 가지 않는다. 이사 갈 때 한 번 가고 찬려가 아프다고 해서 한번 간 것이 서너 달 동안 전부다. 며느리는 내가 꾼 꿈이 진짜 태몽이었는지 그 후에 태기가 있다고 하더니 이사한 지 8개월 만에 손녀를 낳았다. 태몽으로 이미 지어 둔 이름이 있다. 옥빛 찬자에 새 조자를 써서 찬조(瓚鳥), 며느리도 아들도 마음에 든다고 했다.

며느리는 출산휴가를 얻어 아이를 키우더니 아예 육아휴직을 했다. 가끔 할머니가 가서 찬려가 어린이집에 가는 것을 도와주지만 혼자서 두 아이를 키우기는 무척 버거운 모양이다. 며느리의 얼굴이 반쪽이다. 내가 한의원에 가서 보약을 지어서 주기도 하고 아내가 맛있는 반찬을 만들어 가지고 갈 때도 있지만 좀처럼 살이 붙지 않는다. 아픈 데는 없다고 하니 다행이지만 산후에 건강을 회복하지 못하는 것이 안타깝다. 가끔 친정어머니가 충주에서 와서 며칠 씩 묵어가지만 육아는 역시 힘이 든다.

찬조가 돌이 지나자 며느리도 복직을 하여 시내 중학교에 근무를 하게 되니 아내가 바빠졌다. 낮에는 찬조를 집에 데리고 와서 돌보며 찬려가 어린이집에 갔다가 오는 것도 도와준다.

맏아들은 전문직시험을 친다며 주말에도 도서관에 가느라 얼굴보기가 힘이 든다. 다행히 찬려가 어린이집에 잘 적응하여 재미있게 다니니 고마운 일이다. 찬려가 가끔 집에 오면 대화가 될 정도로 어휘력이 늘었다.

"찬려야! 오늘은 어린이집에서 뭐를 배웠노?"

작은 입이 달싹거리며 노래를 하려고 하다가 책을 읽듯이

"꽃밭에는 꽃들이 모여 살고요. 우리들은 어린이 집에 모여

살지요."

하고는 부끄러운 듯 입을 가린다.

"노래도 배우고 또 뭐를 배웠노?"

일어서려다가 앉으며

"율동도 배웠는데 잘 못해요."

그러다가 혼자서 읽었다는 동화책에 나오는 착한 어린이 이야기를 줄줄 외웠다.

먼동이는 미숙이와 불륜 사건으로 한옥을 팔고 병원에 입원하더니 농사일은 하지 않고 농민운동에 열을 올린다고 한다. 툭하면 사람들을 모아 시청에 가서 시위를 하고 버스를 대절하여 도청에 갔다. 30대 중반이지만 40대 중반으로 보일 만큼 얼굴은 술독이 올라서 검푸르다. 그래도 입은 살아서 모르는 것이 없다. 그의 친구들은 먼동이 말의 반은 거짓말 아니면 헛소리라고 놀리지만 본인은 들은 체 만 체 떠벌리고 다닌다.

먼동이가 세 번째 시의원에 출마하겠다며 큰소리치고 돌아다니는데 가는 곳 마다 시비가 붙어 하루건너 한번 씩 싸움질이다. 먼동이가 시의원에 후보자로 등록을 하여 사람들과 악수를 하며 다니자 술친구 중에 한 사람은 '저런 놈이 시의원 되면 시가 망할 것이고 안 되면 집안이 거덜난다.'고 악담을 했다.

먼동이는 사람들이 많이 다니는 삼거리 3층 건물을 빌려 사무실을 내고 현수막을 크게 걸었지만 여당의 공천을 받지 못하고 무소속으로 출마하여 관심 밖의 후보자가 되었다.

먼동이의 과수원은 관리를 하지 않아 잡초만 우거지고, 논에는 피를 뽑지 않아 벼보다 피가 더 많다. 그 큰 다섯 마지기 밭은 콩을 심었는데 비둘기가 다 쪼아 먹고 버드나무가 어른 키만큼 자랐다.

선거운동기간 중인데 운동원에게 일당 줄 돈이 없어 혼자 다녔다. 박씨도 집안일과 농사일을 하느라 선거에 나설 형편이 못되었다. 선거하던 날 다른 후보들은 참관인이 투표소를 지키는데 먼동이는 참관인으로 내세울 사람도 구하지 못했다.

개표 결과 현역 여당 시의원이 당선되고 먼동이는 네 명의 입후자 중에 4등을 했다.

찬려가 어린이 집에서 착한 일을 했다며 칭찬을 해주라고 가정통신란에 선생님이 적어 놓았다. 내용을 보니

"울고 있는 윤서에게 동화책을 읽어 주며 달래다가 가방에 있던 퍼즐 맞추기를 꺼내어 같이 맞추며 놀았습니다."

선생님의 가정통신란을 읽어 보고 아내가 답을 쓰려는 것을 쓰지 말라고 했다. 할머니나 할아버지가 답을 하는 것보다 어머니가 하는 것이 좋다고 생각되었기 때문이다. 퇴근을 하고 찬조와 찬려를 보러 온 며느리에게 찬려 자랑을 하며 답장을 쓰라고 했다. 어떻게 썼는지는 내일 찬려가 어린이집에 다녀오면 알 것이다.

찬려는 얼굴도 이목구비가 뚜렷하고 귀엽게 생겼지만 키도

또래 아이들 보다 훨씬 컸다. 찬려가 감기 기운이 있어 할머니가 병원에 데리고 갔더니 의사 선생님이 진찰을 하다가 얼굴을 자세히 들여다보며

"참 잘 생겼다. 몇 년 동안 보던 아이들 중에 제일 잘 생겼네, 크면 큰 인물이 되겠네!"

간혹 할머니가 찬려 손을 잡고 시장에 데리고 가면 보는 사람마다 잘 생겼다며 한 마디씩 한다. 가까운 사람은 찬려 손에 돈을 쥐어 주기도 하고 과자도 쥐어 주고 과일도 쥐어 준다. 시장에 다녀오는 날이면 찬려의 수입이 톡톡하다며 아내는 자랑을 한다. 아내가 찬려 자랑을 할 때 마다 나는 어른들에게 들은 말이 있어서 어디 데리고 갈 때는 '옷을 너무 비싸거나 화려한 색으로 입히지 말라!'고 한다. 그것은 유괴범들의 표적이 되거니와 아이가 탐이 나서 데리고 갈까 염려가 되어서다. 그럴 때마다 아내는 만족한 듯 웃으며 찬려의 머리를 쓰다듬는다.

찬려는 한자에도 관심이 많아서 한자만 보면 읽다가 모르면 누구에게나 묻는다. 요즘에는 영어에 관심이 있는지 영어 낱말카드를 보며 동물 이름을 영어로 발음 하기도 하는데 한 번 들은 말은 며칠이 지나도 기억을 한다. 어린이 집에서 아이들이 찬려만 찾는다더니 사교성도 있어 보이기는 하나 아직은 어리니 할아버지가 손자를 보는 눈과 남이 보는 눈의 기준이 다르므로 혼자만 생각하고 있을 뿐이다.

찬조는 두 돌이 가까워 오자 여자 아이라 조심성이 지나칠 정도로 많다. 그리고 조금이라도 마음에 안 들면 삐져서 다른 방에 숨어서 나오지 않는다. 모든 일에 너무 예민해서 그런지 할머니나 내가 조금이라도 싫어하는 기색이 보이면 금방 삐지는 것으로 봐서 관찰력이 대단하다는 생각이 든다. 눈이 크고 코가 오똑하여 그대로만 커 준다면 상당한 미녀가 될 것 같다. 또 오빠 찬려가 보는 그림책은 샘이 많아서 뒤적거리며 한글은 읽는다. 한자나 영어가 나오면 읽는 척 혼자 중얼중얼 거린다.

할아버지가 손자 손녀를 보면 귀여워서 잘 생기고 영리해 보인다지만 우리 아이들 키울 때를 생각해 봐도 두뇌가 영리하고 잘 생긴 것은 확실하다. 그러나 건강이 최고이므로 건강하게만 자라 준다면 더 이상 바랄 것이 없다.

먼동이가 시의원 선거에 세 번 낙선하고 네 번째 도전을 했다. 이번에는 한 선거구에 한 사람을 뽑는 것이 아니라 두 명을 뽑는다. 즉 2등을 해도 당선이 되는 법으로 바뀌었다. 그 대신에 선거구를 면 지역 일부와 시 지역 일부를 합하게 되었다. 이번에도 입후보자들을 살펴보면 두 명이 현역 의원이고 한 명은 새로운 인물이나 학력과 사회적 기반이 단단한 인물이다. 네 명이 입후보를 했는데 먼동이는 4등일 수밖에 없다. 현역 의원은 면 지역과 시 지역을 합하였으므로 면지역의 현역의원이나 시 지역의 현역의원이 여당의 공천을 받았으니 따 놓은 당상이다. 그런데 변수가 생겼다. 시 지역의 현역 의원이 법인 카드를 사적으로 사용한 것이 감사에 발각되었다. 시청의 담당공무원은 감봉을 당하고 시의원도 법의 심판을 받게 되었다. 선거운동기간 중이라 소문은 일파만파로 퍼지고 마침내 매스컴을 타게 되었다. 투표일 열흘을 앞두고 현역 시의원은 모든 것을 책임지고 후보를 사퇴한다고 발표를 했다.

먼동이는 4등을 할 것으로 예상을 했는데 유력한 한 사람이 사퇴를 했으므로 3등은 가능하게 되었다. 면 지역의 현역 의원은 3선에 도전하고 그동안의 공적과 다져놓은 고정표가 많아서 부동의 1위인 것이다. 문제는 새로운 인물이다. 인물과 학력 사회적 기반이 확실하여 먼동이 보다는 한 수 위의 인물이다. 그래도 먼동이는 싱글벙글 웃으며 선거구의 식당으로 슈퍼마켓으로 예식장으로 사람이 모이는 곳이면 밤낮을 가리지 않고 명함을 들고 돌아다닌다.

화수회의 신년회가 열리는 날이다. 신년회는 임원들이 모여서 새해인사를 하며 친목을 다지는 행사이다. 10시에 모이는 대형 식당에는 회장, 부회장, 시내 이사 면지역 이사들이 모이기 시작했다. 시의원으로 출마한 후보자들은 성씨를 가리지 않고 사람들이 모이니 명함을 들고 와서 출입문에 서서 인사를 했다. 그 중에는 먼동이도 서 있었다. 먼동이는 나를 보자 고개를 돌리더니 다른 사람과 악수를 했다. 나도 못 본 척하고 앞자리에 가서 앉았다.

    화수회 식순에 의거하여 회장이 인사를 하고 유력 인사가 축사를 하고 내려 왔다. 사회자는 '다음은 중앙화수회에 참석하신 임 이사님이 나오셔서 축하와 소감을 말씀 드리도록 하겠습니다.'하고는 내 이름을 불렀다. 나는 사전에 연락을 받았으므로 축하와 소감을 준비하여 단상에 올라갔다. 중앙화수회 신년교례회의 순서와 회장의 말, 축사 등을 소개 하고 내 소감을 유창하게 이야기 했다. 마지막으로 인사를 하자 모두 박수를 쳤다. 그런데 먼동이가 어디서 왔는지 내가 앉아 있는 둥근 식탁 앞에 와서 고개를 내 턱밑에 들이밀며 큰 소리로

    "큰아부지 그동안 잘 계셨지요."
함께 앉아 있던 여섯 명의 종친들은 눈을 동그랗게 뜨고 나를 보았다. 나도 어쩔 수 없이

    "그래! 선거운동 하느라 고생이 많다."

    사회자는 식을 시작하면서 '지금은 시의원 선거운동기간이므로 어느 후보를 막론하고 이름을 소개를 할 수 없으며 마이크도 줄 수 없습니다.'하고 선포를 했다. 여러 지역의 후보자들이 와서 인사라도 할까 싶었는데 식이 진행되자 가는 사람도 있고 그 자리에 서 있는 사람도 있었다. 먼동이는 사회자에게 가서 귓속말을 했다. '조금 전에 축사를 한 사람이 큰아부지인데 제가 절이라도 할 수 있게 해 주십시오.'라고 했다. 사회자는 처음에 한 말도 있고 하여 내 눈치를 보았다. 나는 어쩔 수 없이 사회자를 보고 고개를 끄덕여 주었다. 먼동이는 절

만 한다더니 마이크를 빼앗아 들고 단상 위에 올라가서 절도하지 않고 손으로 나를 가리키며 큰소리로

"조금 전에 축사를 하신 분이 저의 큰아부지입니다. 잘 부탁드립니다."

하고는 단상을 내려왔다. 아무도 예상하지 못한 말을 하자 모두 나를 보더니 환영을 하는 눈치다. 나는 엉겁결에 자리에서 일어섰다.

"예! 제 조카입니다. 우리 집안에서 시의원이 나오도록 잘 부탁드립니다."

사람들은 나를 보더니 박수를 쳤다. 마이크를 빼앗겼던 사회자도 우리 임씨에서 시의원 출마를 했다니 반가워하면서도 다른 후보자들이 항의를 할까봐

"조금 전 상황은 임이사님의 조카인 후보자의 돌출 행동으로 화수회 자리인 만큼 이해해 주셨으면 합니다."

먼동이는 출입문 쪽으로 바삐 나가더니 보이지 않았다. 다행히 우리 임씨의 후보자가 한 사람 뿐이므로 타 성씨는 말을 하지 못했다.

시의원 선거운동 기간이 끝나고 투표를 하는 날이다. 사람들은 네 번째 도전하는 먼동이와 새 인물 중에 누가 될 것인가가 관심사였다. 그래도 먼동이는 학력이나 인품은 세 사람 중에 뒤떨어지지만 선거를 여러 번 하면서 노하우가 있다는 말을 하는 사람도 있다. 결과는 알 수 없는 일이라고 하는 사람

도 간혹 있다. 투표를 하는 날이다. 나는 먼동이와 선거구가 달라서 직접 투표는 할 수 없지만 걱정이 되었다. 만약에 내가 사는 동네에 먼동이가 입후보를 했다면 그래도 조카인데 아내와 나는 찍어 주었을 것이다. 밤 세워 개표가 끝났다는 소식은 들었으나 누가 당선이 되었는지는 알 수가 없다. 아침 일찍 먼동이 선거구가 있는 동네에 갔다. 먼동이 선거사무실이 있는 건물을 쳐다보니 현수막이 그대로 달려있었다. 낙선을 했다면 부끄러워도 현수막을 내렸을 터인데 붙어 있다는 것이 이상했다. 선거사무실에 가볼 형편도 아니고 하여 그대로 집으로 돌아오려고 하는데 신호를 기다리던 사람들의 이야기를 엿들으니 현역 면 지역 3선 시의원과 원동이가 당선이 되었다고 했다. 그것도 3등과 13표 차이라고 했다. 당선이 되었다는 말을 듣고 안도의 한숨을 쉬다가 그동안 전화 한통 없는 것이 괘씸하여 질투가 났다. '그놈의 자식! 이제 큰소리! 더 치겠구나!'하고 한숨을 쉬었다.

나중에 소문을 들으니 먼동이는 같은 배에서 태어난 고모와 누나, 질녀 등 남매들이 모여 당선 축하 파티를 하고 당선 사례 현수막도 시골과 시내 선거구에 걸었다고 했다.

먼동이가 당선이 된 것은 할아버지와 조상의 도움이라고 할 수밖에 없다. 유력 후보자의 사퇴가 그렇고 13표 차이로 당선이 된 것도 그러했다.

꽃피는 4월에 화수회가 열렸다. 내빈석과 임원석이 분리되지 않아 기관장과 국회의원, 도의원, 시의원은 앞자리에 앉히고 부회장, 이사 등의 임원들은 뒷자리에 앉혔다. 먼동이는 앞자리에 와서 뒤를 돌아보더니 나에게 인사도 없이 내 앞에 앉았다. 뒤통수가 바로 앞에 보이자 한 대 쥐어박고 싶도록 미웠다. 사회자는 내빈들을 소개 하면서 우리 집안에도 시의원이 나왔다며 원동이를 소개했다. 다른 사람들은 나와 악수를 청하며 '조카가 시의원에 당선 되어 축하드린다.'라고 했으나 나는 답을 해야 하는 데 할 말이 없어 그냥 웃어 주었다.

예언은 자라고

　시골에서 면서기가 되는 것은 하늘의 별따기로 조상의 보살핌이 있어야 가능하다. 그 당시에는 5급부터 시작을 하는데 5급은 지금의 9급이다. 지금은 9급이 서기보이고 8급이 서기이며 7급은 주사보이고 6급은 주사이다. 사무관은 5급이고 서기관은 4급이다. 나는 면사무소에서 출발하여 시청과 동사무소, 도청에 근무하면서 조상의 은덕으로 정년을 2년 남겨놓고 꿈에 그리던 서기관이 되어 고향의 면사무소에 면장으로 발령이 났다.

　내가 자란 마을부터 부임인사를 하려고 갔다. 나보다 연세가 많거나 항렬이 높은 분은 거의 돌아가시고 몇 분이 남지 않았다. 어릴 때 같이 놀던 친구가 한 명 있어 막걸리를 놓고 그동안의 회포를 풀었다. 고향의 경로당은 마을에서 돈을 모아 지은 한옥으로 오래되어 수리를 해야 될 것 같았다. 수리비를 계산해 보니 새로 짓는 것이 오히려 좋을 듯 했다. 면내에 경로당의 상태를 파악하여 분석해보니 한옥 경로당은 고향을 포함하여 두 동네밖에 없었다. 한옥 경로당을 양옥으로 짓는 데 보조를 해 주기로 간부회의에서 결정을 했다.

초등학교 동기가 농사를 짓고 있는 마을에 부임인사를 갔더니 아직 건강하게 하우스 농사를 짓고 있어 무척 반가웠다. 그는 하우스에 상추, 배추, 수박, 오이, 호박 농사를 지어 웬만한 봉급생활자 보다 수익이 많았다. 자녀들은 모두 대학을 졸업하고 교원, 공무원, 회사원이 되어 도시로 나가고 늙은 부부 두 사람이 농사를 짓고 있었다.

한 달에 한 번 면내 우체국장, 농협조합장, 지서장, 초등학교장, 중학교장, 예비군 중대장 등 기관장 모임이 있다. 주로 식당에서 모이지만 여름에는 야외에서 모이기도 하고 면사무소 회의실, 농협 회의실, 학교 교장실 등에 모이기도 한다. 기관장 중에 고향에서 근무하는 사람은 우체국장과 나 뿐인데 요즘은 농촌 인심이 옛날 같지 않다고 했다. 주민들은 불만이 있으면 면사무소, 농협, 학교, 지서 할 것 없이 찾아와서 말로 안 되면 폭력을 행사 한다고 했다. 민주화도 좋고 주민이 우선인 것도 좋지만 공공기관을 우습게 보는 풍조가 있어 기관장 노릇도 힘이 든다고 했다.

초등학교나 중학교 졸업식에도 옛날 같으면 졸업생 중에 성적이 우수한 학생에게 상장과 상품을 면장상으로 주는데 요즘은 상장만 주니 면장상을 우습게 알고 받기 싫어한다. 그나마 우체국장상과 농협조합장상은 저금을 많이 한 학생들에게 주는데 상품이 있으니 좋아하나 성적에 관계가 없어 명예로운 상은 되지 못한다. 운동회도 간단히 학생들만 하거나 학예발표회로 대신 하는 학교가 늘어난다고 하니 세월이 바뀌어도 너무 바뀌었다. 옛날 운동회는 학생들과 주민들이 함께하는 잔치였다. 면장과 지서장 등 기관장들이 본부석에서 지켜보고 학생과 주민들은 모래가마니 메고 달리기, 줄다리기, 동대항 이어달리기 등을 하며 김밥과 땅콩, 고구마 등의 간식으로 하루를 즐겼다.

2년의 임기를 끝으로 정년퇴임을 하는 날이다. 기관장들이 식당에 모여 감사패를 주었다. 점심을 먹고 술도 한잔 없이 헤어졌다. 너무 간단해서 좋지만 조선시대 사또의 부임과 퇴임이 생각났다.

둘째아들이 군대에 갔다가 와서 몇 년을 공부하더니 행정고시에 합격을 했다. 그동안 두 번 실패하고 세 번 만에 2차까지 합격을 한 것이다. 집안에 경사가 아닐 수 없다. 발령도 서울시청으로 받아 서른도 되기 전에 팀장이 되었다. 지방 시청 같으면 과장인데 중앙부처라 한 급수 낮게 부른다. 지방 시청의 국장이 중앙부처에 가면 과장이 된다. 나는 한평생 쌓아올려 사무관이 되었는데 아들은 하루아침에 사무관이 되었다. 어쩌면 둘째아들이 고조부 산소의 방풍목 예언에 맞는 인물이 아닐까? 하다가 6대손이 아니어서 고개를 흔들었다.

주말부부로 살던 맏아들이 전문직시험을 친다며 공부를 하고 있다. 주말에는 대구의 학원에 가서 강의도 듣고 저녁 늦게 집에 온다. 며느리는 복직 후 집 가까운 중학교에 근무하다가 만기가 되어 학교를 옮겼다. 공립 중등학교는 5년 이상 한 학교에 근무 할 수 없으나 특수한 사무를 보는 경우는 1년을 연장할 수도 있다. 또 시내 만기라고 하여 10년이 넘으며 시골 학교로 가야 한다. 그리고 구역 만기라고 하여 시내에 근무하는 기간이 지나면 다른 시 지역이나 군으로 가야 한다.

맏아들은 서른이 넘어 공부가 잘 안된다고 하더니 공부를 시작한 지 6개월 만에 전문직인 장학사시험에 합격을 했다. 둘째아들의 합격에 이은 겹경사가 아닐 수 없다. 모두 조상님의 은덕이다. 다행히 시내 교육청으로 발령이 나서 주말 부부를 하지 않아도 되었다. 그러나 학교에 근무 할 때 보다 출장이 많고 야근이 많아서 퇴근 시간이 일정하지 않는 것이 흠이나 교감이나 교장 그리고 교육장도 할 수 있다니 더 좋은 내일을 위해 지금의 고생은 참아야 한다.

먼동이가 시의원을 한 지 3년이 지나니 또 출마 한다며 선거운동을 하려고 다닌다. 이제는 서로 남남으로 오고 가는 일이 없으니 관심 밖이지만 그래도 핏줄이니 가끔 생각이 나지 않을 수는 없다. 그러나 선거 운동을 한다고 해도 사무실에 한번 들여다보지 않다가 투표일을 이틀을 앞두고 전화를 했다.

"내다. 선거운동 하느라고 바쁘지."

무슨 일을 하다가 전화를 받는지 전에 없이 반갑게 받았다.

"예! 잘 계시지요."

"내가 주민들에게 들어보니 공기가 좋더라! 당선은 확실 한데 1등이냐 2등이냐가 문제다."

먼동이는 당선이 확실하다는 말을 듣고 기분이 좋은지 전화기 너머로 안 봐도 싱글벙글하는 모습이 눈에 선하다.

"그런데 집에 한번 왔다가 가거라! 내야 핏줄이니 괜찮다마는 너 백모는 그렇지 않으니 투표하기 전에 한번 오면 그동안의 이야기는 없었던 것으로 될 것이다."

전화기 너머로 흐느적거리며 비웃는 모습이 그려졌다. 그리고 가지 않겠다는 의지가 억양에 묻어나왔다.

"한 버언, 가알게요."

먼동이가 오지 않을 것이라고 짐작은 되지만 그래도 온다면 지금까지 있었던 나쁜 감정을 없애는 좋은 기회가 될 것 같았다. 특히 투표전이라 선거전략에도 좋은 영향을 미칠 것이라 판단을 했다. 만약에 오지 않는다면 그와 나는 완전히 남으로 회복의 마지막 기회조차 잃게 되는 것이다.

먼동이는 예측한 대로 투표일이 되어도 투표가 끝나도 집에 오지 않았다. '이제는 영영 남이다.'라고 생각하니 시원하고 섭섭했다. 그리고 그동안의 애증(愛憎)이 주마등처럼 스쳐갔다.

먼동이는 2선이 되었다. 면지역에서 4선에 도전 하겠다는 사람이 도의원에 출마하기 위해 입후보를 포기했다. 전번에 먼동이 보다 13표가 모자라 낙선을 한 사람이 1등으로 당선이 되고 먼동이는 방앗간을 하다가 처음 출마한 사람과 근소한 차이로 당선이 되었다. 역시 조상이 돕지 않고는 가능하지 않는 일이 또 벌어진 것이다.

　먼동이는 이제 2선 시의원으로 건설분과에 소속이 되어 관급공사를 하는 곳이면 어디라도 나타나서 주민들에게 봉사한다며 권력의 칼자루를 휘둘렀다. 좁은 시청 건물에 시의원 사무실까지 내어주다 보니 직원들이 근무할 공간이 좁아졌다. 특히 민원실이 좁아져서 민원인들이 앉을 자리가 없다며 불평을 했다. 시청 기획실에서는 시청 주변에 가정집 서너 채를 사들여 별관 지을 부지를 확보하고 설계에 들어갔다. 별관을 지으려고 하니 관급의 큰 공사라 입찰에 붙여야 한다. 먼동이가 건설분과라고 하자 여기저기서 건축업자들이 청탁을 하여 밤이면 술자리가 이어졌다. 그 중에 돈이 많은 젊은 건축업자가 시청별관을 짓는 입찰에 경쟁을 하려는 사람들을 돈으로 매수하기 시작했다. 그것은 공사금액을 많이 쓰게 하는 담합입찰로 그 중심에는 먼동이가 있었다. 먼동이는 공사 예상금액을 젊은 업자에게 알려 주는 대가로 돈을 받고 또 담합입찰을 눈감아 주는 대가로 돈을 받아 챙겼다. 도시계획을 빼돌려 도로가 신설되는 주변 땅을 사기도 하고 다른 사람에게 소개하여 돈을 챙기기도 했다. 그러나 그 돈은 거의 유흥비로 날리고 집에는 한 푼도 주지 않았다. 그의 아내 박씨는 혼자 농사를 짓느라 땀을 흘리는데 먼동이는 생긴 돈으로 밤낮없이 도박에 빠지거나 술을 마셨다.

시의원 급료가 나오는 날은 박씨가 통장을 빼앗아 챙기기도 하지만 몇 달이 가지 않아 통장을 바꾸어 버린다. 박씨도 돈쓰는 것을 말리다가 이제는 될 대로 되라며 시골에 들락거리며 농사만 짓는다.

돈독이 오른 먼동이는 이권이 있는 곳이면 구멍가게든 슈퍼마켓이든 마트든 상관하지 않고 업자를 만나 정보를 흘려주고 돈을 뜯어냈다. 마음대로 안 되면 주먹질도 서슴지 않고 공갈과 협박도 한다.

찬려는 초등학교 3학년이고 찬조는 1학년이다. 엄마, 아빠가 출근을 하니 오후 시간에는 혼자 집에 있을 때가 많아 할머니가 도와준다. 아침에 엄마 아빠는 일찍 출근을 하고 찬려와 찬조는 조금 늦게 학교 가는 준비를 하느라 바쁘다. 찬려는 동생의 준비물도 챙겨주고 가방도 들어주며 오빠답게 학교에 같이 간다. 가끔 엄마가 출근을 하면서 학교까지 데려다 주는 날도 있는데 그럴 때는 무척 기분이 좋아 친구들에게 자랑을 한다.

보통 때는 아침 일찍 일어나서 엄마가 차려준 아침밥을 먹는다. 찬조의 가방을 오빠가 들고 길을 건널 때는 손을 잡고 건너는데 학교에 가면 찬려는 3학년 교실로 찬조는 1학년 교실로 간다. 학년마다 일곱 개 반이 있는 4층 건물의 학교지만 찬조는 처음 몇 번 오빠가 교실까지 데려다 주고 그 후로는 혼자 교실을 찾아간다.

점심시간에 식당에서 찬조를 볼 때도 있지만 1학년이 먼저 밥을 먹기 때문에 좀처럼 볼 수가 없다. 오전 수업을 마친 찬조가 특기적성으로 생활체육반에서 줄넘기와 제기차기 등을 하면 찬려도 5교시를 마치고 바둑반에서 바둑 공부를 한다. 찬조가 교문 앞에 있는 피아노 학원에 가서 피아노를 배우고 있으면 특기적성 수업을 마친 찬려가 한문학원으로 데리고 간다. 찬려는 중급반에서 찬조는 초급반에서 수업을 하고 영어학원으로 간다. 영어학원에서 단어 맞추기를 하던 찬조는 오빠가 수업을 마치도록 기다려 집으로 가는데, 할머니는 항상 학원 앞에서 기다린다.

할머니와 집으로 가는 길은 무척 즐겁다. 할머니는 떡볶이를 사 줄 때도 있고 아이스콘이나 사탕을 사 줄 때도 있다. 집에 오면 할머니가 저녁준비를 할 동안 찬려는 퍼즐 맞추기를 하고 찬조는 종이인형 만들기를 한다. 찬려가 동화책을 읽으면 찬조도 그림책을 읽다가 오빠의 동화책을 뒤적거리기도 한다. 찬려는 과학에 관심이 있어 과학 도서를 즐겨 읽지만 찬조는 만들기나 꾸미기, 그리기를 좋아하여 작은 가위를 들고 종이를 오려서 인형을 만들기도 하고 색연필로 그리기도 하여 상자에 모아 둔다.

찬려는 반장을 뽑지 않는 1학년 때를 제외하고 2학년부터 반장을 하는데 공부도 1등이다. 한자급수 시험을 1학년부터 쳤는데 3학년이 되고 5급에 합격하여 친구들이 부러워한다. 어린이날에는 모범어린이 표창장도 받았다. 특히 외우기를 잘하여 영어단어는 무척 많이 안다. 웅변에도 소질이 있는지 교내웅변대회에서 3학년 중에 1등도 했다. 그런데 운동은 소질이 있어 달리기는 잘하는데 싫어한다. 다른 아이들은 태권도 학원에 다니고 축구나 수영도 배우는데 찬려는 관심이 없는지 실내에서 하는 놀이를 좋아한다. 그래도 운동회 때는 장애물 달리기에서 1등을 한 적도 있다.

찬조는 오빠와 달리 운동을 좋아하여 줄넘기 오래하기 시합에서 1등도 하고 훌라후프 돌리기 시합에서도 1등을 했다. 무슨 일이든 시작하면 이겨야 하는 것이 찬조의 성격이므로 줄넘기도 친구들에게 지고 오면 집에서 밤늦게까지 연습하다가 아래층의 항의를 받기도 했다.

찬려가 3학년 5월에 무슨 시험인가 치고 와서 힘없이 가방을 내려놓았다. 할머니는 걱정이 되어서

"찬려가 왜 힘이 없노?"

찬려는 할머니가 걱정 하는 것을 보고 용기를 내어

"할머니! 오늘 학교에서 이상한 시험을 쳤는데 뭐가 틀렸는지 기분이 무척 나빠요."

"무슨 시험인데, 몇 점을 맞았길래 그러노?"

"처음 보는 이상한 문제인데 쉬운 것은 찬조도 맞힐 수 있고 어려운 것은 아빠도 힘들 거예요."

"저런 그런 시험이 다 있노?"

"저녁에 엄마나 아빠가 오면 물어보자. 도대체 무슨 문제이기에 우리 손자도 힘드는 문제가 다 있노!"

일곱 시가 가까워 오자 찬려 어머니가 먼저 퇴근을 했다. 보통 때 같으면 할머니는 집으로 가는데 오늘은 가지 않고 걱정스러운 표정으로 기다리고 있었다. 찬려 어머니가 식사를 마치자

"애미야! 찬려에게 무슨 시험을 쳤는지 물어봐라!"

"시험이라니요."

찬려가 공부를 하다가 거실로 나왔다.

"엄마! 오늘 학교에서 이상한 시험을 쳤는데 156점을 맞았어요. 그래도 1등은 했는데 뭐가 틀렸는지 모르겠어요."

찬려 어머니는 한참 생각하더니 초등학교 3학년이면 지능검사를 한다는 것을 알고 웃기부터 했다.

"찬려야! 그것은 시험이 아니라 지능검사라는 것이다. 지능검사는 지능지수(知能指數, IQ)라고 하여 백점을 맞을 수도 있고 150점을 맞을 수도 있는데 156점을 맞아서 1등을 했다니 무척 기쁜 일이다."

찬려는 어머니의 말을 이해 할 수 없었다. 백점이면 백점이고 이백점이면 이백점이지 156점이라니 아무래도 이상했다. 그래서

"엄마는 시험지를 못 봐서 그래요. 문제를 보면 이백점이

만점인 것 같았는데 156점이 뭐예요."

"아니야! 지능지수가 156이라면 무척 높은 편이다. 너무 기분 나쁘게 생각하지 마라. 엄마는 기분이 좋다. 상세한 것은 아빠가 퇴근하시거든 물어 봐라!"

토요일에는 어머니와 같이 도서관에 간다. 책을 빌려 와서 찬려가 다 읽으면 찬조도 그림책을 보다가 오빠가 읽은 책을 구경하지만 싫증을 느끼고 그림을 그린다. 일요일은 가끔 엄마 아빠와 함께 할아버지 댁에 간다. 할아버지는 찬려와 찬조를 보면 달려와서 안아준다. 그리고 학교에서 있었던 일들 중에 친구들과 친하게 지내는지? 선생님 말씀은 잘 듣는지? 학교에 가고 올 때 차 조심은 하는지? 등을 묻는다. 할머니는 맛있는 음식을 만들어 식탁 가득 차려놓고 먹으라고 한다. 찬려는 어릴 때 음식을 가렸는데 학교에 다니고부터 가리지 않고 잘 먹는다.

잘 나가던 먼동이는 담합입찰을 할 때 받은 돈이 적다며 불만을 품고 있던 사람이 고소를 했다. 입찰에서 낙찰을 받은 건축업자와 먼동이가 피고소인으로 지방법원에 출두명령을 받았다. 먼동이는 싱글벙글거리며 출두를 했지만 부르는 횟수가 많아지면서 얼굴에 웃음기가 사라졌다. 건축업자와 함께 변호사를 사서 변호를 맡겼는데 변호사는 업자 편만 들어 주었다. 먼동이는 단독으로 변호사에게 많은 돈을 주고 변론을 부탁하여 재판을 했지만 징역 6개월 자격정지 2년을 선고 받았다.

건축업자는 모든 것을 먼동이에게 떠넘겨서 벌금형으로 풀려났다.

먼동이는 대구에 있는 고등법원에 상소(上訴)를 했다. 시장과 도지사, 국회의원 등을 찾아다니며 살려달라고 했다. 로비를 하는 중에 그동안 먼동이에게 피해를 당한 사람들이 집단으로 죄명을 적은 탄원서(歎願書)를 법원에 제출했다. 탄원서는 처분을 받은 사람을 구제하기 위해 쓴다는데 벌을 주라고 보낸 것이다. 혹을 떼려고 고등법원에 왔는데 혹이 더 붙은 셈이다. 고등법원에서는 권력남용 외에 법인카드 사적사용, 불법선거, 청탁알선, 선거자금법 위반, 폭력 등은 증거불충분으로 채택되지 않았다. 단지 담합입찰과 경로당 야유회에 현금 50만 원을 준 것만 문제 삼았다. 그것은 심부름 한 사람이 양심선언을 하며 증인으로 나섰기 때문에 어쩔 수 없게 되었다. 고등법원에서 벌금 150만 원 형을 받았다. 징역형은 면했지만 150만 원 벌금이면 의원직을 상실하게 되니 대법원에 상고를 했다.

대법원재판이 진행되는 동안 시의원의 임기가 끝나서 3선에 도전할 준비를 했다. 그러나 대법원재판에서 변호사 비용이 없어 위토만 남기고 모든 논밭과 시골집을 팔았다.

대법원에서도 법인카드 사적 사용, 불법 선거, 청탁 알선, 선거자금법 위반, 권력 남용, 폭력 등은 증거 불충분으로 채택되지 않아 150만 원 형이 확정 되었다.

재판이 끝나자 빚쟁이에게 넘어가는 시골집은 어쩔 수 없이 내가 맡아 먼동이에게 주며 위토에 농사를 짓게 했다. 그러나 먼동이는 재판과정의 피로가 누적되었는지? 지 애비를 닮아 지 성질을 못 이겼는지? 중풍으로 쓰러졌다.

　중풍(中風)은 뇌졸중으로 갑자기 인사불성이 되어 넘어지거나 반신불수, 구안와사(口眼喎斜), 언어장애와 같은 심각한 후유증을 남기는데, 중풍도 유전인지 지 애비가 40대 초반에 쓰러지더니 아들은 30대 후반에 쓰러졌다. 원수가 되었지만 안타까운 일이다.

　먼동이가 쓰러져 병원 응급실에서 응급처치를 하고 정밀검사를 위해 입원을 했다. 검사한 자료를 보던 담당의사는 어두운 표정을 했다.

　"조금 더 지켜봐야 알겠지만 생명에는 지장이 없을 듯합니다. 뇌졸중은 시간을 다투는 병이라 한 시간만 일찍 응급처치를 받았더라면 좋았을 텐데 늦어서 걱정입니다."

　먼동이는 왼쪽 수족에 힘이 없다. 말은 발음이 정확하지 않아 무척 어눌하여 알아들을 수가 없다. 참으로 딱한 일이다. 숟가락질은 오른손으로 하니 상관없다고 하겠지만 구안와사로 반은 흘리고 반은 입으로 들어갔다. 박씨가 떠먹이면 먹다가도 무엇이 억울한지 알 수 없는 눈물만 흘렸다.

　먼동이는 3선에 도전하고 싶어 자리가 들썩거리도록 소리를 질렀다. 그러나 몸이 말을 듣지 않으니 '몸만 회복되면 도의원에도 출마하고 국회에도 갈 것'이라며 큰소리를 쳤다. 먼동이의 큰아들은 과학대학 방사선과에 다니고 작은 아들은 고등학교 3학년인데 학비가 걱정이다. 아무래도 학교를 졸업할 때까지 등록금이라도 내가 주어야 할 것 같다. 먼동이는 회복될 기미는 보이지 않고 날이 갈수록 더욱 병이 깊어지는데 박씨는 혼자서 위토의 논밭에 농사짓느라 땀을 흘렸다.

방풍목 예언의 주인공이 혹시 먼동이가 아닌가? 돌아가신 아버지도 고개를 갸우뚱거렸으며 나도 그런 적이 몇 번 있다. 그러나 이제는 그런 기대를 걸 수 없을 뿐더러 나와 가까워 질 수도 없다. 먼동이 여동생 결혼식에서 백부와 백모를 두고 혼주석에 앉아 거드름을 피울 때부터 급속도로 멀어졌다. 향사나 묘제는 물론 기제사와 명절제사도 초헌관을 하겠다고 나서는 것이 보기 싫어 따로 제사를 지냈다. 2선 시의원에 입후보하여 투표를 하기 며칠 전 집에 다녀가라는 부탁이 가까워질 수 있는 마지막 기회였다.

가족들의 현재를 정확히 진단하고 미래를 짐작해 보는 것은 방풍목 예언을 기대하는 마음이다. 맏아들은 B형으로 선비의 기질을 타고났는지 온순하여 말썽을 일으키지 않고 잘 자랐다. 초등학교에 다닐 때는 반장도 하고 부반장도 여러 번 했다. 운동회 때는 달리기를 잘하여 학용품도 타왔다. 소풍이나 수학여행을 갈 때는 아내가 선생님의 점심까지 준비하여 손에 들려주면 용돈을 아껴서 부모와 동생의 선물도 챙겨 올 줄 아는 착한 아이다. 중학교와 고등학교도 무난히 입학하고 졸업하여 부모의 바람대로 사범대학 영어교육과에 들어갔다.

영어교사가 되어 전문직인 장학사 시험에 합격하여 학교 현장은 떠났지만 학생들에 대한 열정은 그대로 남아있다.

지방 교육청 장학사를 2년 정도 할 때 중등계장이던 선임자가 교감으로 발령을 받아 학교로 나가자 중등계장이 되었다. 장학사는 일반교사와 달라서 교감으로 승진하려면 근무성적을 잘 받아야 한다. 그러자면 장학사 업무에 충실해야 하는데 업무가 많아 야근도 서슴지 않는다. 출장을 다녀와도 쉬지 못하고 숙직을 해도 다음날 근무를 해야 한다. 일반교사가 교감에 승진 하려면 20년 이상의 경력과 연구점수, 자격연수점수, 일반연수점수, 벽지점수, 근무성적 등의 점수를 합산하여 같은 과목과 경쟁을 한다. 다음해 교감의 빈자리 수에 따라 인원을 결정하고 다른 과목과도 균형을 맞추는 비율이 있어 한두 명일 수도 있고 여러 명일 수도 있다. 또 전문직과 국립학교 교사에게도 일정한 비율로 자리를 주기 때문에 일반교사는 일 년에 몇 명만 교감으로 승진을 한다.

맏아들은 교직경력 21년이 되던 해 교감 승진연수를 다녀왔다. 40대 중반이니 아주 젊은 나이에 교감이 된 것이다. 일선 중등학교에 교감으로 근무를 해야 하는 법령이 있어 2년 정도 고등학교 교감으로 근무하다가 연구원으로 자리를 옮겼다. 연구원에서 교장연수를 받고 일선 고등학교 교장으로 근무를 하다가 장학관으로 발령을 받았다. 장학관은 교장자격증이 있어야 할 수 있다. 또 교장자격증이 있으면 교육장도 할 수 있어서 교육장을 하기 위해 노력하다가 학무과장이 되었다. 학무과장은 교육장 바로 밑에 자리다. 열심히 노력 한다면 능력이 있으니 정년퇴직을 하기 전에 교육장도 할 수 있을 것이다.

둘째아들은 맏아들만큼 두뇌도 명석하고 사교성이 있어서 대인관계가 좋다. 조심성이 많아 큰일을 쉽게 결정을 하지 못하고 여러 가지 상황을 계산하는 버릇이 있는데 좋은 점으로 작용할 때가 많다.

행정고시에 합격하여 친척들에게 잔치를 베풀 때는 이사관을 넘어 장관도 될 것이라고 모두 덕담을 했었다. 명문대학교를 졸업한 부잣집 고명딸과 결혼을 할 때는 많은 사람들이 축하를 해 주었다. 딸을 낳고 3년 후에 아들도 낳았다.

공무원의 승진은 9급에서 7급이 되려면 보통 7년에서 길게는 10년 이상 걸린다. 승진대상자명부에 올라야 승진이 되는데 적체가 심하면 일정기간이 지나도 승진이 되지 않는다. 거기다 근무성적이 좋지 못하면 더 늦어진다.

둘째는 4급 서기관이 되는데 10년이 걸리더니 3급 부이사관은 적체가 되어 15년 만에 승진을 했다. 퇴직을 할 때까지 2급 이사관은 무난하리라 보여 진다. 승진 운이 있고 시대를 잘 만난다면 1급 관리관을 넘어 장관이 된다면 방풍목 예언의 주인공이 6대가 아니라 한 대를 앞당겨 5대에서 이루어질 수도 있을 것이다.

찬려는 중학교 1학년이다. 집에서 조금 먼 거리에 있는 학교에 다니느라 버스를 한 번 갈아타야 한다. 초등학교 때 많은 상을 받았는데 중학교에서도 영어회화대회에서 2학년과 겨루어서 1등을 했다. 한문은 초등학교 때 3급을 따고 중학교에서는 다른 공부에 시간을 할애하느라 급수시험 공부는 쉬고 있다.

찬려의 희망은 미국에 있는 하버드 대학교에서 세계의 젊은이들과 어깨를 나란히 하고 공부를 하는 것이다. 그러기 위해서는 중학교와 고등학교의 성적이 좋아야 하는데 지금까지는 기대를 저버린 적이 없다.

맏집에 맏아들이 방풍목 예언의 주인공이라더니 찬려가 되었으면 하고 은근히 바라지만 영웅은 시대를 잘 만나야 된다는데 시대를 잘 만났으면 좋겠다. 찬려가 자라서 대통령에 버금가는 권력을 쥐든지, 재벌만큼의 재력가가 되든지, 박학다식하여 노벨상도 받을 만큼 큰 학자가 되기를 바랄 뿐이다.

찬조는 초등학교 5학년이다. 어릴 때부터 매사에 적극적이어서 무슨 일이든지 1등을 해야 직성이 풀린다. 전교어린이부회장에 당선되고 축하한다고 했더니 6년이 되면 회장을 하겠다고 당차게 다짐을 한다.

찬려와 찬조가 타놓은 상장, 표창장, 임명장, 자격증, 합격증 등이 100장을 넘어섰다. 그 중에 찬려가 탄 것이 더 많다. 찬조는 여러 방면에 소질이 있어 앞으로 초등학교를 졸업 할 때까지 찬려가 받은 숫자보다 더 많은 상장과 표창장을 받을 수 있으리라 기대를 해 본다.

세월이 가면 산천과 자연은 그대로인데 사람만 가고(죽고) 다시 태어난다는 사실을 아는 데는 오랜 시간이 걸리지 않았다. 철이 들기 전에는 내가 죽으면 모든 것들도 없어지는 줄 알았다.

후손에게 황금을 물려주면 현명한 자식도 방탕해진다는 말이 먼동이에게 해당 되는 것은 아닌지 가슴이 울렁거린다.

고조부 산소의 방풍목 예언이 6대손의 말이라고 한 것은 손자의 손자에 손자다. 그 시간만큼 세월이 지나야 한다는 시간 계산방법은 아닌지? 그 계산법이 맞아 찬려와 찬조에게 해당되었으면 좋겠다. 지금 분명한 것은 묘제 참배를 위해 후손의 자가용이 신작로를 메우는 일이 없었으니 그런 후손이 나타나지 않았다는 것이다.

흥선대원군이 둘째아들 명복(고종)이를 왕재로 키우듯이 찬려를 키우고 찬조를 키울 것이다.

방풍목 예언이 나와 조카 그리고 두 아들을 통하여 이미 이루어졌는지도 모른다. 내 꿈이 너무 커서 예언이 이루어졌는데도 더 큰 인물을 기다리는 것은 아닌지? 그러나 예언의 당사자인 찬려가 반드시 내 꿈을 이루리라 기대를 걸어 본다.

가을 묘제를 지내기 위해 후손들이 타고 온 자가용이 산소 아래 신작로를 메우는 그날이 오기를 바랄 뿐이다.

주관적 욕망과 내적 가치

– 이인우 장편소설 『방풍목』

이덕화

(평택대학교 명예교수, 평론가)

주관적 욕망과 내적 가치
—이인우 장편소설 『방풍목』

이덕화
(평택대학교 명예교수, 평론가)

1. 파행적 기행(奇行)의 한 인간의 삶의 경로

노자는 인간사에 대해 논할 때 자연스런 흐름을 따르는 것을 최고의 가치로 생각하는 철학자이다. 무언가를 추구한다는 것은 언제나 부작용이 따르기 때문이다. 그것은 항상 인간의 욕심이 개입되기 때문이다. 노자의 생존 원리에 관한 담론 중에 만물은 모두 생존과 강대함을 힘써 구하지만 생존을 구할 때가 실제로는 멸망으로 향하고 있는 것이다. 라고 말한다.

또 사람들은 지혜를 사용하고 위세를 부리며 투쟁을 하는 것은 원래 행복을 추구하기 위한 것이지만 많은 사람들은 이 때문에 재앙을 입는다.

이인우의 『방풍목』 초점 인물 먼동이는 바로 자신의 생존 욕망에 따라 권력을 추구하다 몰락에 이르는 인물이다. 이 작품의 구조는 먼동이 중심으로 서사가 이루어지고 있다. 그러다 마지막 부분에 작품의 화자인 먼동이의 큰아버지인 화자 '나'의 직계 가족 서사가 펼쳐진다. 이런 작품 구조는 장편에서 쉽게 볼 수 없는 구조이다.

문학의 지침서처럼 인용되는 아리스토텔레스의 『시학』에서는 비극의 주인공은 보통 사람보다 훌륭한 인물을 소재로 했을 때 독자들이 마지막 죽음이나 멸망에 큰 고통을 느끼기 때문에 연민으로 인한 감동의 울림이 크다고 했다.

희극에서는 보통 인간보다 못한 인간을 등장시켜 또 다른 연민을 자아낸다. 김유정의 「봄봄」이나 「땡볕」 등 대부분의 작품 인물처럼 좀 모자라기 때문에 그 상황에 대한 판단을 잘못한다. 「땡볕」에서 아내가 배가 아파도 병원에 갈 수 없는 상황에서 희귀병이면 실험용으로 무료 치료를 해준다는 소문을 믿고 갔는데, 간호사가 임신했다가 사산했기 때문에 수술로 죽은 아이를 꺼내야 한다는 말에 독자들의 폭소가 터진다. 남편이나 아내나 두 사람이 모두 임신한 사실조차 알지 못하는 무지한 인물들이다. 그러나 수술을 안 하겠다고 햇볕이 쨍쨍 쬐는 날 아내를 업고 가는데 아내는 자신이 이웃에게 빚진 것을 나열하며 죽으면 갚아달라고 하는 대목에서는 연민과 함께 그 인물들에 대한 동정이 일어난다. 죽으면서까지 주위 이웃에게 신세지지 않으려는 따뜻한 마음에 독자들은 더 큰 감동을 받게 된다.

문학의 소재로 등장하는 인물들은 독자인 보통 사람보다 크게 훌륭하거나 크게 모자라는 인물들이다. 이 작품에 나오는 먼동이라는 인물은 우리와 같은 평범한 인물인데 우리보다 더 모든 이권에 개입하며 자신의 이익을 만들어 내는 못난 인물이다. 그래서 이런 인물은 혐오의 대상이다. 그러기 때문에 주요 인물로 등장시키지 않는다. 그러나 현실에서는 쉽게 만날 수 있는 인물이다. 얼마 전 우리는 먼동이보다 통 큰 찌질한 인간의 가족들 때문에 질린 경험을 가지고 있다.

작가는 이런 찌질한 인물을 집요하게 추적하고 있다. 그래서 구조 또한 먼동이를 따라가다 보니 그의 인생 전체가 드러난다. 대부분의 독자는 몇 건의 사건이 반복되면 책을 덮어버릴 것이다. 그러나 이런 찌질한 인간이 어떻게 끝이 날 것인가가 궁금하기도 할 것이다. 이 작품의 묘미는 여기에 있다. 먼동이의 행동이 하도 찌질해서 이 인물의 마지막이 어떻게 끝을 맺을까 사건을 만날 때마다 궁금해진다.

2. 그림자 없는 인간

인간의 다양한 개성에 대한 무지로 마치 공부를 잘 해 학벌이 좋은 사람만 훌륭함의 전부처럼 생각하던 전 시대에 비해 최근에는 다양한 개성을 인정해주는 사회로 변하고 있다. 마찬가지로 아무리 악한이라도 어떤 부분은 높이 살만한 점을 가지고 있기에, 그런데 최근에는 그 악함마저도 개성으로 인식되기도 한다.

최근 법무부장관을 둘러싼 찬성과 반대로 갈라진 양 진영 간의 대치가 이를 극명하게 보여준다. 예전 같으면 이 사회에 발을 들여놓을 수 없는 인물임에도 그와 부인의 모든 윤리적 결함마저도 인간의 다양한 개성에 따른 차이처럼 잘못 해석되고 있다. 진보와 보수의 관점 차이라고 하지만 자기 자신을 낮춰 남을 불편하게 하지 않는다는 것은 진보 보수를 따질 것이 없는 만고의 진리이다.

그런데 이 작품의 인물 먼동이는 오직 열등감과 자신의 욕망만 있을 뿐이다. 그래서 그로 인해 주위 사람을 불편하게 할 뿐 아니라 스스로의 소외로 자신을 사물화 시킨다.

남미의 칠레 작가인 이사벨 아옌데의 「영혼의 집」에 나오는 초점인물도 상당히 악한 인물이다. 그는 농장 경영으로 크게 성공해 정계까지 진출한 부와 권력을 가진 인물이다. 그는 또 여자 하인을 강간, 그 하인에게 생긴 자신의 아들까지 외면하고 하나 밖에 없는 자신의 누이조차 요양원에서 고독사 시킨 인물이다. 주위 사람들에게 특히 가혹한 인물이다. 그러나 오직 가족, 아내와 딸에게는 그렇게 다정하고 따뜻한 남편이고 아버지일 수가 없다. 마지막 부분에서 딸이 자신과는 반대 정당인 진보 쪽에 활동하는 자신의 농장 하인 출신의 아들과 연애를 하자 죽이려고 쫓아다닌다. 그러나 딸이 죄인인 애인을 은닉했다는 혐의로 잡혀가면서 아버지에게 부탁한 한 마디에 그 하인을 사위감으로 인정하고 도피를 도와주는 장면은 감동적이다.

「영혼의 집」에 나오는 인물처럼 대부분의 악한은 의리가 있거나 사랑하는 여자에게는 마음이 약하다거나 한 가지 정도는 인간으로서 따뜻한 면을 보여준다. 이 작품의 먼동이를 찌질한 인물로 지칭하는 것은 그는 그런 어떤 좋은 점을 한 가지도 발견할 수 없기 때문이다. 물론 이 작품은 먼동이를 철저한 객관적 시점으로 그리고 있기 때문에 먼동이의 내면은 전혀 알 수 없다. 인간이면 상대방에게 남기는 따뜻함이나 의리 혹은 그 인간을 그리워하게 하는 어떤 요소를 가지게 마련이다. 남자면 의례히 술친구가 있기 마련인데 먼동이는 그런 친구조차 없다. 오직 자신의 편만 들어주는 부모들과 형제들만 옆에 있을 뿐이다. 먼동이는 주위 사람을 철저히 이용만하고 배신한다. 그의 주위를 둘러싸고 있는 환경에 내재되어 있는 모든 가치들에 대한 관심이 일도 없다. 먼동이는 자신의 주관적 욕망

외에 다른 기본적인 가치들, 특히 도덕적 가치들을 무시하는 데 있다.

이 작품의 화자는 집안의 장남이면서 공무원으로 자립할 수 있는 능력이 있기 때문에 고향집에서 떨어진 시내에서 집을 얻어 살고 있다. 먼동이의 아버지인 화자의 동생이 부모님을 모시면서 고향에서 농사를 짓고 있다. 전통적 가부장제에 의하면 장남이 모든 집안의 결정권을 가지고 있음에도 모시고 산다는 이유 하나로 대부분의 재산권이 먼동이의 아버지인 동생에게 넘어간다.

화자에게는 친부모이지만 동생은 배다른 형제임에도 부모 역시 모든 것을 동생이 하자는 대로 따른다. 자신들이 그 집에 의탁하고 있기 때문이다. 다만 위토(位土)라는 조상의 제사를 모시기 위해 마련한 논만은 건드릴까봐 염려할 뿐이다. 그런 아버지의 전횡을 배우면서 자라 온 먼동이는 할아버지의 모든 재산을 자신이 가로챈다. 화자가 교육을 위해 먼동이를 몇 년 간 집에서 길렀지만 화자인 큰아버지의 말은 물론 어른들의 말을 무시하고 자신의 주관적인 욕망이 움직이는 대로 한다. 그는 주위를 둘러싸고 있는 환경에 내재되어 있는 인간 관계성은 물론 흔히 세상에서 말하는 의리도 정도 없는 스스로가 스스로를 사물화 시키는 괴물이다. 그는 삶에 대한 경외심은 물론 내적 가치에 대한 이해나 관심을 전혀 가지고 있지 않다.

먼동이는 할머니가 말을 듣지 않자 숟가락을 팽개치며 화를 벌컥 내었다.

"할매! 오늘은 우리 집에 가서 자고 내일 일찍 사법서사에 가자! 논문서가 사랑방 이불장에 있는 거 다 안다."

먼동이가 사랑방으로 급히 가자 어머니도 따라갔다. 먼동이는 논문서를 들고

"할매! 옷 입어라 지금 우리 집에 가자."

어머니가 아무 말 없이 방에 주저앉자 먼동이는 억지로 일으켜 세웠다. 문밖으로 나오자 신발을 신고 지팡이를 드는데 겨드랑이를 안고 끌다시피 하는 바람에 지팡이를 놓쳤다.

어머니의 지팡이가 마당에 뒹구는 것을 증거로 질부인 박씨에게 집이 떠나가는 큰소리로 그간의 사정을 말하라고 윽박질렀다. 박씨는 겁을 먹고 기어들어가는 목소리로 저녁때 일어났던 일을 이야기했다. 그러면서 끝까지 할머니가 자진해서 갔다며 먼동이를 두둔했다.

　　-『방풍목』 중에서

위의 인용문에서는 할머니 이름으로 되어있는 땅을 팔기 위해 위협까지 심지어 폭력적으로 끌고 가 억지로 도장을 찍게 만드는 먼동이의 단면을 잘 보여주고 있다. 먼동이에게는 인간과 인간 사이의 도리, 아버지가 없으면 부모의 대우로써 당연히 해야 할 큰아버지에 대한 공경은 없고 거래의 대상일

뿐이다. 먼동이에게는 할머니를 비롯한 가족에 대한 사랑도 거래의 대상이다. 즉 어릴 때부터 함께 산 할머니 할아버지도 자신의 교육을 위해 길러 준 화자인 큰아버지도 자신의 욕망을 위한 도구일 뿐이다. 먼동이의 처나 먼동이의 부모, 그 남매들까지 모두 먼동이의 욕망의 도구로써만 이용될 뿐이다.

그런 먼동이에게 주위 사람들이 그리워하거나 따뜻함을 기대할 수 없다. 먼동이는 그렇기 때문에 그림자가 없는 인물이다. 남의 가슴에 드리우는 어떤 정서, 인간이면 누구나 가지고 있는 따뜻함이 스며들 수가 없다. 그림자는 사람을 사람으로 만드는 어떤 내적 가치다. 그런 내적 가치가 없으므로 스스로를 사물화 시킨 그림자 없는 인물이다. 우리가 사람으로 살아가기 위해서는 타인이 우리를 사람으로 받아들여줘야 한다. 우리 사회에서 흔히 말하는 권력이나 돈이 많다는 것으로 갑질 하는 사람들은 인간을 인간의 가치로 대우하지 않고 돈이나 권력으로 수단화하기 때문이다.

독일에 망명한 프랑스 18세기 작가 아델 베르트 폰 샤미소의 『그림자를 판 사나이』(최문규 옮김, 열림원, 2002)에서는 주인공 슐레밀은 이상한 사람이 그림자를 팔고 황금주머니를 주겠다는 약속에 황금주머니를 받고 필요도 없다고 생각한 그림자를 판다. 그림자를 판 이후 주위 사람들은 모두 주인공을 떠나갔고 심지어 애인마저 떠나갔다.

이 이야기는 가장 중요시 되어야 할 인간의 가치를 돈이나 황금으로 바꿈으로써 주위 사람들이 그를 외면하는 것이다. 먼동이 역시 자신의 노력으로 번 돈이 아닌 조상의 땅을 큰아 버지를 비롯한 아버지 형제와 먼동이 세대의 손자들이 모두 나누어야 할 땅을 자신이 모두 가로채는 데만 관심이 있을 뿐 그 외 인간에 대한 소중함을 잃어버린 것이다. 윗사람에 대한 예의 인간과 인간 사이에 흐르는 정, 이 모든 것을 잃어버림 으로 먼동이는 인간으로 기억되지 않는다. 인간으로 기억되는 것은 인간과 인간 사이에 흐르는 따뜻한 정이다. 심지어 부인 박씨에게까지도 관심이 없다. 먼동이 결혼하기 전 사귄 여자 친구와 바람이나 피우고 놈팡이가 되어 선거판이나 쫓아다니 는 동안 아내 박씨에게는 죽으라고 농사를 짓게 한다. 박씨는 부부 관계라는 사실을 잃을 정도로 혹사당한다.

그런 인물이 선거판에서도 수단을 가리지 않고 갖은 불법 을 자행하고 바람피우는 유부녀 남편에게까지 진탕 맞고 자신 이 살고 있는 한옥을 팔아 합의금을 지불했지만, 조금도 반성 의 기미는 없다. 오히려 불법으로 통장, 시의원에 당선된다. 그러자 권력을 이용, 더 큰 이권에 개입한다.

"후보자에게 사과박스에 돈을 넣어 사퇴를 시켰다는데 선거 법 위반인 것은 알겠지요. 그 뿐만 아니라 친구 아버지에게는 친구를 앞세워 후보자를 사퇴하지 않으면 집안을 망하게 하겠 다고 협박을 했다면서요."

명백한 증거를 가지고 대드니 먼동이는 아무 말 못하고 있다가 발뺌이라고 하는 말이 '그런 일 없다고 잡아떼었다.' 그는 증인까지 부를 수 있다며 큰소리를 쳤다. 그러면서 당장 통장을 사퇴하지 않으면 선거법 위반으로 고소하여 콩밥을 먹이겠다고 했다. 먼동이는 그 사람을 구슬려서 무마해 보려고 돈을 준비했다.

"이거 얼마 되지는 않지만 술값이나 하이소!"

먼동이가 준 돈은 밭을 판돈으로 백만 원이다. 그런데 그 사람은 혼자가 아니었다. 함께 고소를 하자고 모의를 한 사람과 증인을 합하여 다섯 명이나 되었다. 먼동이는 백만 원을 더 주고 통장을 사퇴하는 것은 물론 그 사람을 통장으로 밀어주기로 합의 하는데 손이 발이 되도록 빌었다. 그런데 돈을 못 받은 사람 중에 한 사람이 그가 먼동이를 협박을 했다며 또 협박을 하여 그도 통장을 포기했다.

먼동이는 두 번째 시의원 선거에서도 농협에 빚만 남기고 3등으로 낙선을 했다. 선거에 발을 들여놓은 사람들은 선거병이 들어서 선거철만 되면 엉덩이를 들썩거린다. 먼동이도 가짜 농사꾼으로 농민운동을 하며 선거판을 기웃거렸다. 국회의원 사무실에도 들락거리며 여당 공천을 받으려고 돈을 쓰고 다녔다. 이제는 누구에게나 비겁한 웃음을 날리며 여기저기 돈이 되는 곳을 찾아 기웃거렸다. 이권에 개입하려고 정치인에게 줄을 댄다든지 공인중개사 자격증도 없으면서 토지나

가옥을 중개하고 심지어 돈을 빌려주고 받지 못하는 사람에게
돈을 받아 주는 일까지 했다.
　-『방풍목』중에서

　먼동이의 권력을 이용한 불법과 탈법은 상상력을 동원해도
염려스럽다. 먼동이와 같은 인물이 저지르는 탈법과 불법이
우리 사회의 일상화된 단면이라면 우리 사회는 멸망할 수 없
음에 개탄스럽다.

　대법원에서도 법인카드 사적 사용, 불법 선거, 청탁 알선,
선거자금법 위반, 권력 남용, 폭력 등은 증거 불충분으로 채택
되지 않아 150만 원 형이 확정 되었다.
　재판이 끝나자 빚쟁이에게 넘어가는 시골집은 어쩔 수 없이
내가 맡아 먼동이에게 주며 위토에 농사를 짓게 했다. 그러나
먼동이는 재판과정의 피로가 누적되었는지? 지 애비를 닮아
지 성질을 못 이겼는지? 중풍으로 쓰러졌다.
　중풍(中風)은 뇌졸중으로 갑자기 인사불성이 되어 넘어지거
나 반신불수, 구안와사(口眼喎斜), 언어장애와 같은 심각한 후
유증을 남기는데, 중풍도 유전인지 지 애비가 40대 초반에 쓰
러지더니 아들은 30대 후반에 쓰러졌다. 원수가 되었지만 안
타까운 일이다.
　-『방풍목』중에서

소설 작품이나 드라마에서 악을 수행하는 인물들은 대부분 위의 인용문에서처럼 결말이 좋지 않다. 그렇기에 사람들은 소설을 읽고 드라마를 본다. 현실에서와 반대로 독자가 혹은 시청자가 소망하는 대로 멸망하기 때문이다. 그러나 현실에서는 작은 불법과 탈법을 저지르면서 확대된 권력으로 더 큰 탈법과 불법을 저지른다.

먼동이는 한 개인의 소시민적 삶보다는 가부장적 체계 내에서 누리던 권력을 지향한다. 그가 누리고자했던 부와 권력은 자신의 노력으로 이루지 않은 모래 위의 성이나 마찬가지다. 그렇기 때문에 바람 앞에서는 자신을 지켜주지 못하는 등불인 것이다.

작가는 작품 내용의 5분의 4에 해당하는 분량을 먼동이에 할애하면서도 객관적 시점과 건조한 문체로 묘사한다. 이것은 먼동이에 대한 화자의 태도이기도 하다.

3. 소시민적 개체의 삶

1980년대 혁명의 시대를 거쳐 후기 산업사회로 들어오면서 개별화의 시대로 들어왔다. 프랑스 철학자 르페브르에 의하면 개별화의 시대란 어떤 이데올로기보다 한 사람 한 사람의 욕망, 인식, 상상력이 중요성을 갖는 시대라고 정의한다.

일상성이란 자연환경의 자식으로서 별다른 갈등이나 불편 없이 산, 근대 이전의 개념이 아니라 인간의 생태와 삶의 토대가 현대도시로 이행된 뒤에 비로소 생긴 개념이다. 일상성은 순환적이며 일과성이고 무목적성이라는 외관을 특징으로 하고 있다.

허망한 권력과 부를 좇는 먼동이와 대척 관계에 있는 화자인 큰아버지는 매일 출근을 통해서 성실성에 토대를 둔 근대 일상인의 모습을 가지고 있다.

먼동이 큰아버지인 화자는 일찍이 공무원으로 취직, 성실성에 바탕을 둔 태도로 승진을 거듭하며 고향집에서 떨어져 나와 시내에 집을 얻어 독립된 개체로 일가를 이룬 가장이다. 먼동이 일가가 조상 땅에 눈독을 들이고 자신들이 그 땅을 가로채지 못해 혈안이 되어 있는 반면 먼동이의 큰아버지인 화자는 가부장제에서 가장 실권이 있는 장손으로 태어났음에도 시골을 떠남으로서 부모를 모시지 못하는 죄책감으로 먼동이 아버지인 동생에게 실권을 빼앗긴다. 화자는 분가해 나올 때 자신의 몫으로 받은 땅을 팔아 두 칸의 방이 있는 집을 마련 자녀들을 다 기를 때까지 그 집에서 불평 없이 주어진 업무에 성실하게 근무하고 자녀들을 건강한 시민으로 기르는 소시민의 양식으로 살아가는 인물이다.

맏아들은 교직경력 21년이 되던 해 교감 승진연수를 다녀왔다. 40대 중반이니 아주 젊은 나이에 교감이 된 것이다. 일선 중등학교에 교감으로 근무를 해야 하는 법령이 있어 2년 정도 고등학교 교감으로 근무를 하다가 연구원으로 자리를 옮겼다. 연구원에서 교장연수를 받고 일선 고등학교 교장으로 근무를 하다가 장학관으로 발령을 받았다. 장학관은 교장자격증이 있어야 할 수 있는 자리이다. 또 교장자격증이 있으면 교육장도 할 수 있어서 교육장을 하기 위해 노력하다가 학무과장이 되었다. 학무과장은 교육장 바로 밑에 자리이다. 열심히 노력한다면 교육장도 할 수 있는 능력이 있어 정년퇴직을 하기 전에 교육장도 할 수 있을 것이다.

둘째아들은 맏아들만큼 두뇌도 명석하고 사교성도 있어서 대인관계가 좋다. 조심성이 많아 큰일을 쉽게 결정을 하지 못하고 여러 가지 상황을 계산하는 버릇이 있는데 좋은 점으로 작용할 때가 많다.

행정고시에 합격하여 친척들에게 잔치를 베풀 때는 이사관을 넘어 장관도 될 것이라고 모두 덕담을 했었다. 명문대학교를 졸업한 부잣집 고명딸과 결혼을 할 때는 많은 사람들이 축하를 해 주었다. 딸을 낳고 3년 후에 아들도 낳았다.

　　-『방풍목』 중에서

위의 인용문이 보여주는 것처럼 일상의 소소한 것들을 끌어들여 사소한 것들을 새롭게 의미화 하는 자녀들의 취업, 결혼, 손자 손녀들의 출산 등에 의미를 둠으로써 현대의 개개인의 삶의 중요성을 일깨운다. 그것들은 한 때 작고 하찮고 뜻없고 권태롭고 자질구레한 것으로 간주되던 개체의 삶의 구체적 실감과 일상성을 중히 여기는 것이다. 그것에 대한 관심과 인식을 확대하려는 근대인의 삶의 주요한 부분으로 자리 잡은 것은 거대 담론이 해체되면서 순간적인 행복을 누리려는 현대인의 또 다른 특징 중의 하나이다. 그러나 한편으로는 일상성의 함몰은 거대한 조직이라는 사회와 국가라는 패러다임 속에서의 개인의 소외를 불러오기도 한다. 이것은 화자가 맏둥이의 오랜 기간 동안의 파행적 행적에 큰아버지로서 역할을 하지 못하는 것으로 드러난다. 집안의 가장 큰 어른으로서 어른 대접을 받으려는 것이 아닌 진정한 맏둥이에 대한 관심은 자신의 직업적인 성실과 자신의 자녀들의 교육 등으로 일상 소쇄사에 매몰된 결과이기도 하다. 오직 관심으로 드러나는 것은 방풍목의 예언이다.

　맏아들은 B형으로 선비의 기질을 타고났는지 온순하여 말썽을 일으키지 않고 잘 자랐다. 초등학교에 다닐 때는 반장도 하고 부반장도 여러 번 했다. 운동회 때는 달리기를 잘하여 학용품도 타왔다. 소풍이나 수학여행을 갈 때는 아내가 선생님의 점심까지 준비하여 손에 들려주면 용돈을 아껴서 부모와 동생의 선물도 챙겨 올 줄 아는 착한 아이다. 중학교와 고등학

교도 무난히 입학하고 졸업하여 부모의 바람대로 사범대학 영
어교육과에 들어갔다.
　　　–『방풍목』 중에서

　먼동이에 대한 묘사가 극히 건조하다면 화자 자신의 가족
이야기를 할 때는 따뜻하고 정감이 넘치는 문체로 계속된다.
먼동이의 대한 묘사는 작가적 개입이 일어나지 않지만 화자
가족의 이야기를 할 때는 위의 인용문에서 보여주는 것처럼
'부모와 동생의 선물도 챙겨 올 줄 아는 착한 아이'처럼 작가적
개입이 일어나면서 훈훈한 기운이 일어난다.

4. 방풍목 (防風木) 예언의 주인공

　방풍목 예언이 나와 조카 그리고 두 아들을 통하여 이미 이
루어졌는지도 모른다. 내 꿈이 너무 커서 예언이 이루어졌는
데도 더 큰 인물을 기다리는 것은 아닌지? 그러나 예언의 당
사자인 찬려가 반드시 내 꿈을 이루리라 기대를 걸어 본다.
　가을 묘제를 지내기 위해 후손들이 타고 온 자가용이 산소
아래 신작로를 메우는 그날이 오기를 바랄 뿐이다.
　　　–『방풍목』 중에서

이 작품의 구조는 먼동이의 서사와 화자 즉 먼동이의 큰아버지인 '나'의 가족 서사가 대비를 이룬다. 한 집안을 통해서 일어나는 대소사의 서사를 통하여 드러나는 궁극점은 결국 위의 인용문에서 보여주는 '방풍목' 예언이 실현이 되었는지 아직 계속되고 있는 것인지에 대한 화자의 관심이다.

이 작품의 가장 큰 갈등인 아직 전 근대적인 현대인으로 진입하지 못한 낡은 이념의 가부장적 권력을 추구하는 먼동이와 근대인의 일상의 소쇄사에 매몰된 큰아버지와의 갈등은 결국 먼동이가 30대 후반에 뇌졸중으로 쓰러지는 것으로 결말이 난다. 이것은 두 사람이 조카와 큰아버지 사이임에도 자신이 할머니 할아버지를 모신다는 것으로 큰아버지를 능가하기 위해 어른들의 말을 전혀 귀담아 듣지 않는 먼동이와 그 가족들의 일차적 책임이 있다. 두 번째는 자신의 삶은 철저히 자신의 관리 하에 있다는 현대인의 의식을 가지고 있는 먼동이 큰아버지의 관대한 관리 소홀이다. 현대인의 탈을 쓰고 있는 먼동이의 가족 역시 큰아버지의 훈수를 원치 않는다.

며칠 전 집에 다녀가라는 부탁이 가까워질 수 있는 마지막 기회였다. 방풍목 예언의 주인공이 혹시 먼동이가 아닌가? 돌아가신 아버지도 고개를 갸웃둥 거렸으며 나도 그런 적이 몇 번 있다. 그러나 이제는 그런 기대를 걸 수 없을 뿐더러 나와 가까워질 수도 없다. 먼동이 여동생 결혼식에서 백부와 백모를 두고 혼주석에 앉아 거드름을 피울 때부터 급속도로 멀어졌다. 향사나 묘제는 물론 기제사와 명절제사도 초헌관을 하겠다고 나서는 것이 보기 싫어 따로 제사를 지냈다.

　　–『방풍목』 중에서

　인용문에서 보여주는 것처럼 오직 집안을 통해 화자의 관심 초점은 이 '방풍목'의 예언이 이루어졌느냐에 관한 것이다. 그러나 '가을 묘제를 지내기 위해 자가용이 신작로를 메울 것이다'는 추상성은 자본주의적인 의미로 읽을 수 있는 부(富)를 상징하기도 하고 자손이 많아진다는 의미로 읽힐 수 있는 것이다. 분명한 것은 이 예언은 집안의 번창이다. 그렇다면 먼동이가 30대 후반에 쓰러짐으로써 더 이상의 의미는 없는 것이다. 그것은 화자의 가족을 통해서 이루어질 것이다. 화자는 미결정으로 예언의 의미를 미루고 있지만 무의식적인 화자의 의식 속에서 자신의 직계를 통해서 이루어지고 있음을 알고 있다. 이것은 작가가 먼동이의 불량적 기행(畸行)에 관한 서사를 크게 할애했다면 화자 가족의 서사는 압축적으로 그리고 있다. 대부분 작품의 경우 작가적 관심이 있는 서사를 앞부분에 배치하는 것인데 비해 이 작품은 특이한 구조를 보여준다.

5. 결론

이 작품은 초점 인물인 먼동이라는 인물에 관한 파행적 기행(奇行)에 대부분의 서사로 이루어졌다. 그러나 작가적 관심은 작중 화자 먼동이의 큰아버지를 통해 그 집안에서 방풍목(防風木) 예언의 주인공이 누구인가에 있다. 그 예언의 내용은 추상적이라 큰 의미에서 집안의 번창을 예언한 것이다. 그러나 작가가 서사의 대부분을 먼동이에 초점을 맞춘 것은 화자가 장손이면서도 공무원이라는 직업으로 고향에서 살 수 없기 때문에 고향에서 부모를 모시며 장손의 자리를 지키는 먼동이의 아버지에서 먼동이로 이어지는 장자권을 인정한 것이기 때문이다. 이 작품의 갈등은 여기서 발생한다. 실질적인 장자 집안의 행세를 하는 먼동이네의 가족과 호적상으로는 장자인 먼동이 큰아버지인 화자의 갈등이다.

성실한 자신의 업무와 충실히 가족을 돌보면서 열심히 살아가는 화자로서는 먼동이가 윗사람에 대한 공경심도 없고, 자신의 것이 아님에도 끝없이 욕심을 보이는 먼동이의 가족이나 먼동이의 탐욕에 회의를 가진다. 작가는 파행적 기행을 일삼는 먼동이보다 화자에게 더 심리적으로 크게 기울여져있다. 먼동이에 관한 서사는 관찰자 시점으로 묘사되는 데 비해 화자의 가족을 묘사하는 부분에서는 따뜻하고 정감있는 문체로 작가적 개입까지 일어난다.

소설이 현실의 반영물이기 때문에 이 작품의 인물들 또한 오늘날의 현실을 보여준다. 먼동이와 같은 파행적 기행은 전 시대의 가부장적 유물로서 사라져야 할 잘못된 관행의 반영이다. 최근 일어난 어떤 장관을 둘러 싼 그 가족의 파행 역시 먼동이의 파행과 동궤에 있다. 아직도 우리 사회에선 먼동이와 같은 인물들이 권력을 휘두르고 파행적 기행을 일삼는 경악스런 현실은 그들 가족의 몰락을 통해서 사라져야 할 전 시대의 유물이다. 화자 가족이 보여주는 성실한 일상의 하루하루의 궤적이 우리 삶을 받혀 줄 때 우리 사회는 건전한 미래를 보장할 수 있을 것이다. 그러나 작품과는 다르게 현실은 언제나 우리를 절망하게 한다.